***Robert Béné** est d'origine rétaise. Sa famille s'est installée dans l'île il y a de cela douze générations. Dans ses romans, il met à profit sa connaissance intime et innée des paysages et de la psychologie des insulaires pour livrer des histoires à l'excitant parfum de réalisme.*

Sainte-Rhéa-la-Blanche

Du même auteur

Aller simple pour Ré la Blanche, De Borée, 2009.

La Belle du Saint-Laurent, collection Romans, De Borée, 2008.

Terrain à vendre sur Ré la Blanche, De Borée, 2008.

Secrets de famille à Ré la Blanche, De Borée, 2008.

Le Trésor d'Alpaïde, collection Romans, De Borée, 2007.

Marée rouge sur Ré la Blanche, De Borée, 2007.

La Belle Mathilde, collection Romans, De Borée, 2006.

Pluie de diamants au large de Ré la Blanche, De Borée, 2006.

Week-ends à Ré la Blanche, De Borée, 2006.

Orage sur Ré la Blanche, De Borée, 2005.

La Belle Marguerite, collection Romans, De Borée, 2005.

Une résidence secondaire sur Ré la Blanche, De Borée, 2004.

La Belle Virginie, collection Romans, De Borée, 2004.

Imprimé en France en mars 2009
Dépôt légal : avril 2009
ISBN : 978-2-84494-899-1
ISSN : 1769-1788

Robert Béné

SAINTE-RHÉA-LA-BLANCHE

De Borée

Recette de la Sainte-Rhéa au sel de mer

Voici la recette très simple de « la Sainte-Rhéa au sel de mer » telle qu'on pouvait encore la préparer dans la période comprise entre les deux dernières invasions : la première qui submergea l'île pendant cinq longues années de son uniformité conquérante et de ses bruits sourds de bottes ; la deuxième, touristique, beaucoup plus colorée, beaucoup plus tapageuse, qui recouvre encore l'île aujourd'hui comme marée montante.

Prendre les dix communes de l'île de Ré et ses habitants et disposer en parts à peu près égales souvenirs d'enfance et imagination. Malaxer fortement le tout afin d'obtenir un ensemble homogène. Ajoutez votre grain de sel et parfumez de quelques gouttes d'humour et d'un zeste de nostalgie.

Laissez reposer le tout, puis étalez l'ensemble dans un moule en forme d'île. Décorez d'un vieux clocher, de quelques maisons blanches, d'un petit port, et mettez au soleil votre moule ainsi agrémenté jusqu'à ce que le contenu prenne la couleur dorée du sable de la plage.

Pendant ce temps, asseyez-vous en face, dans la fraîcheur bleue d'un chai, un verre de « folle noire » à la main, suivi d'un autre et éventuellement d'un autre et encore d'un autre...

Lorsque sur la pâte dorée vous verrez s'agiter des vareuses bleues et des fichus blancs, des ânes en culotte et des vélos rouillés, que vous entendrez gémir des roues de charrettes et traîner des sabots de bois, la Sainte-Rhéa au sel de mer sera prête à être dégustée.

Note de l'auteur : « La Sainte-Rhéa », vieille spécialité rétaise, est très difficile à préparer de nos jours, car les ingrédients tels que folle noire, chai, vareuse bleue et fichu blanc sont devenus introuvables. À noter, cependant, que l'on peut encore rencontrer des ânes en culotte dans certains endroits réservés aux touristes.

LE SOUS-MARIN DE JUSTINIEN

I

SAINTE-RHÉA-LA-BLANCHE est un petit village niché au creux de son port comme le nid d'une mouette dans le trou d'un rocher. La mer abandonne toute hargne, en franchissant, avec le flux, la pointe de sable qui ferme presque la baie avant de pénétrer tranquillement dans le port. Au passage, avec un petit bruit humide de langue, elle soulève gentiment les barques, sages et confiantes, à demi assoupies sur la vase molle et tiède comme un oreiller douillet, et continue son chemin jusqu'à la jetée où attendent aussi les grosses embarcations aux formes rondes et généreuses, vautrées sur un tapis d'algues parfumées telles des odalisques lascives et soumises. Même s'ils ne les chevauchent pas très souvent, leurs virils maîtres, à la fois jaloux et fiers de les posséder, les lâchent rarement des yeux. Derrière la vitre du *Café-Hôtel-Restaurant du Port* au pied duquel la mer docilement s'arrête sans avoir jamais une seule fois osé s'aventurer, ils parlent d'elles, comme on parlerait de femmes.

Par ce magnifique matin du 29 juillet, jour de la Sainte-Rhéa, tout le village dormait et personne n'avait vu le soleil incendier la baie. Reconnaissons qu'il se levait vraiment tôt, le soleil. Par tradition, les habitants de Sainte-Rhéa, le jour de la fête du village, eux, ne sautaient du lit que bien après le chant du coq, et le soleil devait insister de ses rayons pour parvenir à les sortir de dessous les draps.

Justinien Merlo, lui, était réveillé mais il n'avait pas vu poindre le soleil. À ce moment précis, l'œil encore embrumé de sommeil, il brassait depuis déjà cinq bonnes minutes son grand bol de café au lait et fixait, sans la voir, l'épaisse crème qui tournait au rythme de sa cuillère.

Justinien était un robuste célibataire de quarante-deux ans, aux jambes courtes et un peu arquées, au buste large, aux bras musclés, et la vareuse de toile qu'il prenait sur lui dès le réveil, toujours trop étroite pour sa carrure, mettait en évidence certaines rondeurs au niveau de la ceinture. Il vivait seul avec sa mère depuis la disparition de son père, mort à l'âge de quatre-vingt-treize ans d'une mauvaise grippe mal soignée. Cadet d'une famille de trois garçons, ses deux frères s'étaient laissé tenter par un certain goût pour les voyages. L'aîné s'était engagé dans la marine nationale et le dernier naviguait dans la marine marchande. De temps à autre, il recevait des lettres d'eux, de Santiago du Chili, de Hambourg, de Nouméa… mais elles ne le faisaient rêver que les quelques instants où il regardait le beau timbre sur l'enveloppe. Pas plus. L'aventure ne l'avait jamais attiré. Pour cette raison, il ne s'était jamais marié. Il était trop attaché à ses habitudes.

Le sous-marin de Justinien

Tous les soirs, avant de se coucher, il vérifiait au moins trois fois l'heure de la marée du lendemain sur le calendrier offert par la coopérative maritime. Dans sa chambre, en chemise de nuit, juste avant de laisser ses charentaises et de s'enfoncer au beau milieu de l'épais lit de plumes, il remontait avec application le mécanisme de son gros réveil : huit tours et demi pour les heures et six tours exactement pour l'alarme. Puis, juste avant d'éteindre la lumière, il s'assurait une ultime fois de l'heure à laquelle il avait réglé la sonnerie. Bien qu'il ne lui fallût guère plus de cinq minutes pour se rendre de chez lui au port, il faisait toujours sonner son réveil une heure et demie à l'avance. Ce rituel terminé, avant de sombrer dans un profond sommeil, il criait à sa mère, occupée à ranger au-dessous dans la cuisine la vaisselle : « Tu n'oublieras pas de préparer mon panier ? » Comme chaque soir, la vieille femme lui répondait : « Je l'ai déjà préparé ! » Et, afin d'apaiser son inquiétude, à chaque fois elle énumérait ce qu'elle lui avait accommodé. Alors Justinien s'endormait heureux, ses premiers rêves de la nuit peuplés par les derniers mots de sa mère : « omelette au jambon, pâté de campagne, tripes au vin blanc, camembert… »

Le matin, à peine descendu dans la cuisine, il tapotait de son gros ongle écaillé la vitre du baromètre. Si la petite aiguille bleue avait brusquement chuté pendant la nuit, il retournait se coucher. Dans le cas contraire, pendant que son café chauffait, aussitôt après avoir enfilé sa vareuse, il passait rapidement un gant humide sur le visage, se réservant le dimanche pour effectuer une grande toilette devant la cheminée, dans la buanderie. Avant de franchir la porte derrière laquelle était accroché un petit miroir, il coiffait les quelques cheveux gris qui lui restaient et ajustait avec application sur l'oreille gauche sa casquette bleu marine. Il s'accordait quelques secondes pour ausculter une dent douloureuse ou tout simplement contempler son visage. Le petit miroir lui renvoyait une image semblable à celle de son corps : une face carrée, aux contours arrondis par une nourriture trop riche, colorée par le vin du pays et le hâle de la mer. Après avoir chaussé ses galoches qu'il avait laissées la veille en entrant, à l'intérieur, à droite de la porte, panier sous le bras, écoutant la rue déserte lui renvoyer l'écho de ses semelles de bois sur les pavés, il prenait joyeusement la direction du port.

Il éprouvait une grande satisfaction à être le premier levé dans le village, mis à part le boulanger évidemment. Il éprouvait un sentiment de puissance à agir par le seul bruit de ses semelles de bois sur le sommeil des dormeurs qui, derrière les volets laissés volontairement ouverts, recherchaient dans la fraîcheur du petit matin un repos qu'ils avaient eu mille peines à trouver pendant la nuit.

Il aimait faire résonner fièrement ses sabots sous les fenêtres de Jean Benoît pour le seul plaisir de l'entendre dire, lorsqu'il reviendrait avec la marée montante : « Dis donc, Justinien, tu as appareillé de bonne heure, ce matin ! »

En passant devant les persiennes disjointes de chez le Grand Raymond, non seulement Justinien Merlo tapait encore plus fort de la semelle, mais il se trouvait également toujours pris du besoin de se racler bruyamment la gorge avant de continuer, sourire aux lèvres, s'imaginant le Grand Raymond dans son lit défait, la tête cachée sous l'oreiller pour ne rien entendre. Mais lorsqu'il arrivait devant l'épicerie de Rosette, ses gros sabots de bois devenaient soudainement pantoufles pour ne pas perturber le sommeil de celle que la mère de Justinien aurait bien voulu avoir pour belle-fille. Sur la pointe de ses lourdes chaussures, il portait le regard au-dessus du panneau décoloré par le temps où persistait l'inscription : *Épicerie-Mercerie-Graineterie.* Alors le cœur de Justinien avait soudain dix-sept ans… Depuis le jour où il avait vu – il y avait bien vingt ans ! – sécher sur un fil à linge, dans le jardin de Rosette, les sous-vêtements de celle-ci, il ne pouvait passer sous ses fenêtres sans imaginer les formes généreuses de l'épicière à moitié dénudée, voluptueusement allongée sur sa couche défaite. Mais presque aussitôt, la vue de sa pinasse chassait de l'esprit de Justinien ces tentations éphémères.

Ce matin-là, ses pensées coquines furent rapidement bousculées par la vue d'une banderole accrochée en prévision de la fête du village. Elle ondulait mollement sous un léger vent qui allait mourir avec le jour naissant. Bien que la Sainte-Rhéa fût chaque année de moins en moins fêtée et de plus en plus bâclée, Justinien Merlo calcula qu'il pourrait cependant être de retour avec la marée montante, juste pour profiter du vin d'honneur et entendre l'orphéon municipal.

Arrivé sur le quai, il caressa *La Fleur de l'Océan* d'un regard plein de tendresse. Ses formes rondes allongées à ses pieds ondulaient doucement, sculptant mille plis sur la surface immobile de ce morceau d'océan. L'espace d'un instant, Justinien Merlo crut voir Rosette se prélasser dans son lit. Sans s'attarder davantage sur des images un tantinet licencieuses, il sauta, pieds joints à bord de celle qui partageait sa vie depuis son retour du service militaire et qu'il nommait affectueusement « Ma Fleur ». Sous le poids du maître, *La Fleur* balança bord sur bord et déclencha presque une tempête sur les eaux encore endormies de l'avant-port.

Soigneusement, Justinien rangea son panier sous le banc près du gouvernail et mit le moteur en route. Docile, *La Fleur de l'Océan* ronronna. Après avoir largué l'amarre avant et l'avoir soigneusement lovée sur le gaillard, il s'apprêtait à larguer celle de l'arrière, quand une voix l'interpella. Surpris, le geste en suspens, Justinien Merlo leva la tête.

Élégante, en saharienne et pantalon clair, une jeune femme, immobile sur le quai, semblait attendre une réponse à sa question.

Muet de surprise, la bouche ouverte et les yeux ronds, Justinien regardait cette créature si différente des femmes du pays et surtout de Rosette. Il voulut dire quelque chose mais sa voix se coinça dans sa gorge.

– Vous emmenez des touristes ? répéta la jeune femme sur un ton très ferme.

Justinien Merlo cracha loin par-dessus bord afin de s'éclaircir la voix :

– Non ! fit-il en plongeant le nez dans son moteur pour en régler le ralenti.

– Je ne vous le demande pas pour rien, précisa l'élégante silhouette.

Malgré le teuf-teuf du moteur dans ses oreilles, Justinien entendit très bien ce que venait de dire la candidate à une promenade en mer et la possibilité de gagner un peu d'argent le fit rapidement changer d'avis.

Sur un ton bourru et sans même regarder cette étrangère apparue sur le quai comme par enchantement, il lança :

– Bon, embarquez !

Légère – *La Fleur de l'Océan* en frémit à peine – la touriste sauta sur le pont de la pinasse.

Sans y prêter longuement attention, Justinien Merlo remarqua à ce moment qu'elle tenait une petite valise à la main.

Il lui était déjà arrivé, ainsi que les autres pêcheurs de Sainte-Rhéa, d'emmener quelques touristes à son bord. Il ne faudrait pas croire pour cela que Sainte-Rhéa soit un de ces petits ports qui regorgent de vacanciers. Non ! mais tout de même, aux beaux jours, on compte bien jusqu'à une douzaine d'étrangers au village ! Des gens un peu bizarres : des poètes, des peintres, des amoureux de la nature ou des amoureux tout simplement et, comme il n'y a ni casino ni dancing, il n'est pas rare qu'ils fassent une sortie en mer avec les pêcheurs, histoire de se distraire un peu.

Justinien largua l'amarre arrière et *La Fleur de l'Océan*, toute guillerette, s'éloigna doucement du quai.

La barre du gouvernail coincée entre ses deux jambes écartées, il mit le cap sur la pointe de la baie. Docile, *La Fleur* pointa aussitôt son nez légèrement retroussé dans la direction demandée.

Justinien Merlo fouilla dans sa poche de vareuse pour en sortir une boîte vide de pastilles Rennie utilisée comme blague à tabac. Il entreprit de se rouler la première cigarette de la journée. Tout en mouillant le papier gommé d'un coup de langue appliqué, il regarda la passagère. Cela l'intimidait d'être seul avec une femme et il regrettait déjà un peu d'avoir accepté de la prendre à son bord. Avec un homme, cela n'aurait pas été la même chose : il aurait pu discuter. Mais avec une femme ? De quoi pouvait-on bien s'entretenir ?

Après avoir fumé sa cigarette et jeté d'une chiquenaude son mégot par-dessus bord, il trouva un motif pour amorcer la conversation. Il lorgna le soleil :

– Va faire beau ! fit-il.

La passagère, assise à l'avant, sa valise sur les genoux, n'entendit sans doute pas, car elle ne répondit pas à la remarque du capitaine de *La Fleur*. Justinien en fut légèrement embarrassé. Alors, histoire de se donner une contenance, il toussa bien fort et cracha en direction du large, mais la passagère ne sembla pas le remarquer.

– Va faire drôlement beau ! répéta-t-il, plus fort cette fois.

La jeune femme ne lui répondit pas davantage. Comme elle restait obstinément seule à l'avant, sa petite valise sur les genoux, Justinien se dit qu'il avait fait assez d'efforts de politesse et ne jugea pas nécessaire d'en faire d'autres. Il n'en fit donc plus.

Elle était descendue la veille au *Café-Hôtel-Restaurant du Port*, à l'heure où Justinien était installé, chez lui, devant sa soupe. Seuls Gros-Lulu, le patron du café, et deux représentants juste arrivés l'avaient aperçue avant qu'elle ne rejoigne rapidement sa chambre.

Légèrement essoufflée, *La Fleur de l'Océan* contourna la pointe des Sables et se retrouva un instant face au large. Prudent, d'un mouvement de reins, le commandant Merlo ordonna aussitôt à son navire de suivre une route parallèle à la côte. *La Fleur* obtempéra sans broncher, abandonnant toute velléité de courses folles sur l'immense océan.

Ils étaient partis maintenant depuis près d'une heure. Dans la brume matinale commençaient à s'estomper derrière eux Sainte-Rhéa, son port et son café...

La main en visière sur les yeux, Justinien recherchait ses repères. C'était le clocher de Sainte-Rhéa dans l'alignement de la tour gauche du château de Montpardy, la balise des Cailloux Gris dans l'alignement de la maison du garde-côte... Lorsqu'il les verrait, il serait tout prêt de la petite bouée surmontée d'un chiffon rouge, marque de l'emplacement où il avait mouillé ses casiers.

– Faites cap au large !

Justinien Merlo immobilisa au niveau de son menton ses grosses mains qui roulaient une deuxième cigarette. Il tordit la bouche et plissa les yeux pour essayer de mieux distinguer le visage de la passagère que le soleil, juste derrière elle, avait réduit à une tache sombre. Poliment, il questionna :

– Vous m'avez parlé ?

– Faites cap au large.

– Faut m'excuser, fit Justinien qui cette fois avait compris, mais *La Fleur de l'Océan* n'est pas un navire de croisière et voilà, justement, qu'on arrive sur mes casiers.

– Faites ce que je vous dis et ne discutez pas.

Le ton impératif était ponctué d'un geste de la main droite dans laquelle brillait ce que Justinien prit d'abord pour un briquet.

Sidéré, Justinien Merlo laissa partir au vent sa feuille de cigarette et des brins de tabac s'éparpillèrent sur son estomac rebondi. Nerveusement, il tritura sa casquette sur son crâne et eut un gros rire qui ne sonna pas très juste :

– Vous plaisantez ? parvint-il à dire, mais le ton de sa voix qui, d'habitude, portait à plusieurs milles au large, parvint à peine à l'avant de *La Fleur de l'Océan.*

– Pas du tout ! Et pour confirmer les dires de l'intrigante passagère, un petit coup sec claqua. « Flouc ! » fit la balle en entrant dans l'eau tout près de Justinien.

Les jambes de Justinien soudain se firent toutes molles et, bien malgré lui, il se retrouva assis sur le banc du gouvernail. Son menton était agité de mouvements incontrôlables qui secouaient les bourrelets de graisse de son large cou. Il sentit sa gorge horriblement sèche et amorça un geste vers sa bouteille de vin, dans le panier juste sous ses fesses, mais n'eut pas le courage de le terminer : sa main, à l'image de son menton, était secouée de violents tremblements.

– Ce n'est pas vrai ! dit-il ou du moins crut-il dire, car en réalité, ses cordes vocales, comme ses jambes et ses mains, refusaient de lui obéir.

Mais, devant le regard déterminé de la jeune femme et le petit œil noir du revolver qu'elle tenait fermement, *La Fleur de l'Océan* obtempéra sans plus chercher à comprendre et, pour une fois, tourna le dos à la plage et fit cap vers le large.

Justinien Merlo n'aperçut pas le jeune Amédée Marcelet assis sur la plage, à cheval sur la laisse de mer, les fesses sur le sable sec, les pieds nus sur le sable humide que la marée descendante venait de laisser, les genoux emprisonnés par ses petits bras maigres et nerveux. Lui non plus n'avait pas prêté attention à Justinien, à son navire et à sa mystérieuse passagère : il était bien trop plongé dans de profondes réflexions métaphysiques. Pour l'heure, il se demandait pourquoi le soleil se levait toujours après lui lorsqu'il n'allait pas à l'école, alors que c'était lui, Amédée, qui n'arrivait pas à se lever lorsqu'il devait y aller ? Même si le soleil venait cogner de ses rayons contre les volets de sa chambre !

Désespérant de trouver une réponse aux questions qu'il se posait, le jeune Amédée entreprit de fixer un rocher que la marée descendante venait de découvrir :

– Je compte jusqu'à cent, et le banc de sable où je pêche les palourdes – à cent, pile ! – devra apparaître. C'est ainsi, je le veux ! précisa-t-il en se remémorant un vague conte lu dans un vieux livre de gosses dégoté au grenier.

Il entreprit de compter. Mais comme la mer ne semblait pas très pressée de descendre, à cinquante il se mit à compter moins vite. À soixante-dix, il compta encore un peu plus lentement. À quatre-vingt, plus lentement encore. À partir de quatre-vingt-quinze, il se mit à compter les dixièmes : 95,1, 95,2 et... à cent, à cent exactement : miracle ! le petit bout de sable, au pied du rocher, baptisé par Amédée « le Nid à Palourdes » car il savait toujours trouver là les belles et grosses palourdes dont raffolaient les clients de Gros-Lulu, le Nid à Palourdes apparut, comme par enchantement.

– Si, en comptant jusqu'à cent, je fais descendre la mer au pied du rocher, à coup sûr en comptant jusqu'à un million – sans me tromper – je dois pouvoir faire reculer l'océan jusqu'en Amérique, se dit en toute logique Amédée.

En disant cela, il revoyait une gravure polychrome que lui avait montrée le curé Pageaud, la fois où il était allé au catéchisme, quand son copain Bouffi lui avait dit que le curé ferait des crêpes beurre-sucre. D'accord, sur la gravure, ce n'était pas l'Atlantique, ce devait être la mer Rouge… mais pourquoi n'y arriverait-il pas lui aussi ?

Amédée était alors en train de résoudre certains problèmes techniques concernant sa traversée de l'Atlantique à pied sec quand une risée de vent inopportune lui fit percevoir le bruit des cloches de Sainte-Rhéa. Contrairement à leur vocation, le tintement des cloches le ramena sur terre :

– Les palourdes de Gros-Lulu !

Sans perdre un instant, délaissant l'Amérique, il se dirigea bien vite vers le Nid à Palourdes. Il avait failli oublier qu'il était le fournisseur officiel de Gros-Lulu en coquillages et « p'tits gris ». Il ne devait pourtant pas l'oublier, car non seulement Gros-Lulu au cœur tendre payait comptant, mais aussi lui offrait-il à chaque livraison un énorme sandwich de terrine de lapin de garenne bien parfumé d'ail, fait maison, qui calmait la faim du jeune pêcheur mais également – à la demande de ce dernier – un Coca-Cola bien frais, plein de bulles, pour étancher sa soif d'Amérique.

Amédée jeta un rapide regard vers l'horizon derrière lequel se cachait son Amérique et où il ne désespérait pas de s'y rendre à pied sec – avec de bonnes chaussures, évidemment ! Son regard buta sur la pinasse de Justinien Merlo dont il reconnut les couleurs, mais sans s'y attarder il se pencha sur le sable humide sous lequel se cachaient les palourdes dont Gros-Lulu avait déjà préparé la farce.

Justinien jeta un regard perdu vers le phare. Ses bandes noires et blanches dansaient devant lui. Mais pouvait-il en croire ses yeux ? Soudain il n'entendit plus le gentil ronron-teuf-teuf de *La Fleur*. Mais pouvait-il en croire ses oreilles ? Car dans sa tête sévissait une tempête comme il n'en avait jamais connu un jour dans sa vie et encore moins une nuit dans ses rêves.

– Faites cap sur le phare.

– Oui, madame, fit Justinien, la voix chevrotante, le regard rivé sur la petite gueule noire du revolver braqué sur la large cible qu'offrait son buste.

Ils étaient maintenant tout près du phare, et Justinien n'arrivait pas à savoir s'il devait regretter ou non qu'il ne soit plus habité. Des images de films vues le samedi soir à la salle des fêtes assaillaient son esprit dans un vacarme de tambours et de cymbales.

– Faites le tour du phare.

La Fleur de l'Océan ébaucha une gracieuse courbe. Son nez pointu et relevé s'était orné d'une moustache d'écume qui lui donnait un petit air déguisé amusant, peu conforme aux circonstances.

– Stoppez ! ordonna la femme lorsqu'ils furent derrière le phare.

– Oui madame.

Le ronron-teuf-teuf se tut. *La Fleur* courut sur son erre et s'immobilisa face au courant. On n'entendit plus que la douce musique du clapotis pianotant les flancs de bois bleu clair de la pinasse. Mais Justinien Merlo ne pouvait la percevoir. Dans sa tête, c'était une tout autre musique. Pire encore que du Beethoven joué par l'orphéon municipal de Sainte-Rhéa ! Néanmoins, un vieil instinct doublé d'une vieille expérience lui fit entrevoir un danger possible : doucement, le courant drossait l'embarcation sur les rochers du phare. Après avoir concentré ses efforts, il s'autorisa à dire :

– Je m'excuse, mais si on accoste au phare, on aura des ennuis. C'est interdit par le Service des phares et balises.

Sans prendre la peine de lui répondre, la mystérieuse passagère se contenta de lui lancer un regard lourd de mépris.

Penaud, Justinien Merlo essaya de se faire petit sur son banc de bois et, ne pouvant plus supporter la vue du pistolet toujours dirigé dans sa direction, plongea son regard qui ne voyait plus rien de cohérent sous la surface de l'eau à quelques mètres de lui.

Il n'y avait pas deux minutes qu'il fixait l'eau calme et transparente qu'il lui sembla, d'un seul coup, la voir devenir plus sombre. Il se frotta les yeux de ses deux gros poings :

– Je deviens fou, pensa-t-il.

Afin de se rassurer, il regarda à nouveau.

La mer, là, juste sous ses yeux, à moins d'une demi-encablure de la coque de sa *Fleur*, avait perdu tout son calme et son bleu transparent qui, tout à l'heure, jouait avec les éclats du soleil. Elle était brusquement devenue sombre. De grosses bulles bouillonnaient à la surface. Mais, il est vrai, cela bouillonnait tellement aussi sous la casquette de Justinien qu'il ne savait plus s'il devait, une fois encore, en croire ses yeux. Une idée subite lui traversa l'esprit : se jeter à l'eau et nager à en perdre le souffle et peut-être la vie, en direction de Sainte-Rhéa.

Il dut inconsciemment amorcer le geste de sauter par-dessus bord, car il perçut dans la cacophonie qui ébranlait douloureusement son crâne une voix qui lui disait :

– Ne bougez pas !

– Oui, madame, balbutia Justinien, la gorge sèche.

C'est alors qu'il pensa à son panier posé sous le banc sur lequel il était assis. Il était bien incapable d'avaler la moindre bouchée mais en revanche, de cela il en était certain, une grande rasade de vin ne manquerait pas de le rendre à la réalité. Il se pencha pour ouvrir son panier.

– Ne bougez pas, répéta la passagère en serrant les doigts sur son pistolet.

– Je voulais juste boire un coup, avoua timidement Justinien sans insister.

Pétrifié, il se remit à fixer la mer et, brusquement, au même instant, juste sous ses yeux, une espèce de caisse en fer troua la surface.

– Un sous-marin de poche ! hurla Justinien.

– Mettez le moteur en route et accostez contre lui.

Les yeux ronds de Justinien louchèrent sur le petit œil rond et terriblement noir du petit pistolet. Son expression était suffisamment significative pour que, d'un geste, Justinien, tout tremblant, fît ronronner et ranger sa *Fleur* le long de cette espèce de cigare jailli des profondeurs de l'océan.

– Un sous-marin de poche ! Ici, presque sous le clocher de Sainte-Rhéa ! À même pas deux heures du café de Gros-Lulu ! Non, ce n'est pas possible !

Des sous-marins, son frère, le quartier-maître chef canonnier, lui en avait parlé et lui-même se souvenait en avoir vu un, quand il était gosse pendant la guerre, mais jamais il n'aurait pensé qu'un jour sa *Fleur* serait allée côtoyer les flancs de l'un de ces engins ! Dans quelle aventure venait-on de l'embarquer ?

Le couvercle de l'espèce de boîte qui venait de faire surface s'ouvrit et une tête d'homme en sortit. Un monocle ornait son œil gauche sur lequel vint ricocher un rayon du soleil levant avant d'aller éblouir Justinien qui depuis longtemps ne voulait plus croire ce qu'il voyait.

– Qu'est-ce qui vous prend de me faire venir ici ? Vous ne pouviez pas venir me rejoindre comme d'habitude ? demanda la tête au monocle.

– J'avais l'impression d'être suivie. Vous auriez voulu que je vous rejoigne avec les gabelous à mes trousses ?

La tête au monocle eut un mouvement d'agacement qui la fit osciller de droite à gauche avant de demander avec un fort accent étranger :

– Vous avez l'argent ?

Pour toute réponse, la passagère de Justinien lui montra la valise toujours serrée sur ses genoux.

– Sautez à bord ! ordonna l'homme.

Elle enjamba le bastingage de *La Fleur de l'Océan* sans lâcher des yeux Justinien qui était bien trop abasourdi pour chercher à comprendre ou oser le moindre geste.

Avant de disparaître à l'intérieur du minuscule kiosque, elle se tourna vers lui :

– Et pas un mot à qui que ce soit sinon… je vous fais abattre par un membre du réseau. Compris ?

Le menton de Justinien disparut dans les bourrelets tremblotants de son cou et ses larges épaules se firent tout étroites avant qu'il ne puisse répondre d'une voix à peine audible :

– Oui, madame.

Le couvercle se referma sur le couple et, aussitôt, s'enfonça dans la mer. Il y eut des bulles, des remous…

L'eau se fit plus sombre, puis redevint claire comme s'il ne s'était rien passé.

Justinien Merlo se laissa glisser du banc et s'affala sur les planches chaudes du pont. Il aurait bien préféré se lever, lancer le moteur et faire route à toute allure, cap à terre, mais ses jambes lui refusaient tout service. Il transpirait à grosses gouttes et la sueur coulait de son double menton sur les poils de sa poitrine qui débordaient de son col de vareuse toujours grand ouvert. « Pas un mot à personne, sinon… je vous fais abattre par un membre du réseau. » Cette petite phrase n'arrêtait pas de tourner dans sa tête, manège démoniaque de silhouettes étranges, mi-hommes mi-femmes avec, à la place des yeux, une espèce de petit trou noir d'où s'échappait une musique lugubre qui susurrait : « Pas un mot à personne, sinon… »

– Non ! cria Justinien Merlo qui avait à moitié perdu connaissance.

Il fit un geste pour se protéger le visage, et son bras heurta le panier à côté duquel il s'était effondré. Son contact familier le ramena à la réalité. Il s'y accrocha comme un naufragé se raccroche à une bouée. D'une main tremblante, il parvint à l'ouvrir et prit la bouteille de vin qu'il vida plus qu'à moitié. Son œil hagard scruta autour de lui, juste à temps pour s'apercevoir que *La Fleur de l'Océan* allait s'échouer sur le phare. Bien vite, il remit le moteur en route et, sans plus se préoccuper de ses casiers et de ses lignes, mit le cap sur Sainte-Rhéa.

II

Lorsque Justinien Merlo amarra *La Fleur de l'Océan*, tous les habitants de Sainte-Rhéa étaient au monument aux morts à écouter le discours du maire, à l'exception de Gros-Lulu. Devant la porte de son café, il prenait l'air et se frottait les mains en attendant les clients qui n'allaient pas manquer de venir.

– Alors, Justinien ? Bonne pêche ?

Ce dernier ne lui jeta pas le moindre regard :

– Non, rien !

Et, sans même s'arrêter prendre un verre – ce qui lui était vraiment inhabituel en temps normal – il continua en direction de chez lui.

– Qu'est-ce qu'il a aujourd'hui, Justinien ? demanda, interloqué, Gros-Lulu à sa petite bonne.

Debout derrière le bar, celle-ci s'appliquait à faire briller les verres.

– Oh ! vous savez… les vieux garçons, c'est souvent comme ça…

La mère de Justinien n'était pas chez elle. Elle était partie au défilé avec deux de ses voisines, deux veuves comme elle. Il prit donc la clé cachée dans le massif de belles de nuit qui, à cette heure, dormaient à poings fermés, avala deux comprimés d'aspirine et bien vite, monta se coucher.

Il fut long à trouver le sommeil et ce fut un sommeil peuplé de cauchemars. Toujours les mêmes. Entraîné au plus profond de l'océan par une femme à l'œil noir et menaçant, il suffoquait et allait mourir, sans aucun doute, étouffé et dépecé par des milliers de crabes aux énormes pinces s'échappant de ses casiers en forme de sous-marin. Afin de leur échapper, il tenta un geste désespéré pour remonter à la surface et rejeta le gros couvre-pieds sous lequel il s'était enfoui. Il respira bruyamment et ouvrit les yeux. Son oreiller était trempé de sueur.

Pendant ce temps, au monument aux morts, le maire lisait son discours.

– En ce jour de liesse, n'oublions pas nos héros…

Car Sainte-Rhéa avait ses héros. Leurs noms étaient inscrits en lettres d'or fraîchement repeintes par l'employé de la commune. On lisait même, sur la dernière ligne, le nom d'une victime civile : *Victor Martinet – mort en mer.*

Le cas Victor Martinet – car c'était bien un cas – avait, en son temps, failli provoquer la révolution dans le village. Pourtant Victor Martinet était bien mort en mer. Pas au large, il est vrai. Juste au bout de la jetée.

– Il a glissé sur une tripe de maquereau en sortant de chez Gros-Lulu, un jour qu'il avait trop bu, prétendait le commandant de Montpardy au cours de sa campagne électorale contre l'actuel maire.

– Victor Martinet est une victime du devoir, affirmait ce dernier en faisant graver son nom sur le monument des héros et s'assurant ainsi les vingt-deux voix que représentaient la famille de l'ancien ivrogne du village, tous fiers de voir un parent officiellement honoré.

Mais ne nous attardons pas sur Victor Martinet dont le cas fit couler, à l'époque, tant de vin dans les chais…

Pendant que Justinien Merlo sombrait à nouveau dans un sommeil houleux et que M. le maire haranguait la foule de ses concitoyens, au *Café-Hôtel-Restaurant du Port*, Yvette, la petite serveuse, mettait le couvert pour les trois clients remisés, exceptionnellement en ce jour de fête, dans une petite salle adjacente.

Et d'un seul coup, tout le village déferla, bruyant, coloré, le costume fleurant bon la naphtaline.

Les musiciens posèrent leur instrument à la porte du café, mirent leur partition dans leur poche et se ruèrent, gorge sèche, vers le comptoir derrière lequel les attendait Gros-Lulu tandis que les plus anciens s'installaient, dans un vacarme de chaises que l'on bouscule, le visage rouge et en sueur, autour des petites tables de la grande salle.

Yvette courait de l'une à l'autre et répondait aux grosses plaisanteries par un beau sourire.

De petits groupes se formaient, plus bruyants les uns que les autres, reliés entre eux par la voix de M. le maire portant la bonne parole républicaine à la place de M. le curé qui n'osait venir jusque chez Gros-Lulu porter celle de l'église.

Gros-Lulu n'en finissait pas de remplir les verres qui se vidaient à toute allure et, plus ils se vidaient, plus on parlait fort. On parlait politique, pêche, bateau... En vérité chacun parlait pour soi, l'interlocuteur d'en face ne pouvant entendre et n'écoutant pas ce que lui disait l'autre.

– Tiens ! Justinien n'est pas là, remarqua quelqu'un, mais sa voix se perdit dans le brouhaha de celles des autres.

Dans la petite salle à côté, les deux représentants passèrent à table tandis que dans la grande salle, le ballet des verres, qui ne cessaient de se remplir pour se vider aussitôt, commençait à tourner les têtes et creuser les estomacs.

– Il faudrait peut-être penser à aller manger ! lança une voix plus forte et plus affamée que les autres.

On s'offrit, sur le pouce, une dernière tournée, on s'essuya la bouche d'un revers de manche, on roula une dernière cigarette, on bourra une dernière pipe, les musiciens reprirent leur instrument sous le bras et ce fut soudain le grand silence dans le bistrot de Gros-Lulu.

– Oh ! mes clients... J'allais oublier mes clients.

Gros-Lulu laissa Yvette à son balai et à son chiffon et obtura de sa forte corpulence la porte de la petite salle :

– Bonjour, messieurs ! dit-il d'une voix sirupeuse à l'adresse des deux représentants ; puis, effectuant un demi-tour sur place :

– Yvette ! va appeler la dame du 2 qui n'est pas encore descendue.

Yvette posa son balai :

– Oui, monsieur Léon.

Elle revint presque aussitôt :

– Je frappe mais elle ne répond pas.

– Frappe plus fort.

Yvette reprit le chemin de l'escalier et revint au bout de cinq minutes :

– Elle ne répond toujours pas. Je ne vais quand même pas défoncer la porte !

Gros-Lulu fronça les sourcils :

– J'y vais…

Il ajouta à l'adresse des deux représentants :

– Les encornets farcis, ça ne peut pas attendre, ou bien ça brûle.

Il grimpa en soufflant l'escalier trop étroit pour son gros ventre. Les vieilles marches de bois lustrées semblaient souffrir sous son poids.

– Madame de Villarunda ? – il avait lu sa fiche avant de monter – dit-il doucement et de l'extrémité de l'index, il gratta la peinture de la porte.

Pas de réponse.

– Madame de Villarunda ? répéta-t-il plus fort en cognant la porte du revers de la main.

Toujours rien.

– Madame de Villarunda ? cria-t-il cette fois – car Gros-Lulu s'affolait vite –, et des deux poings il tambourina la porte qui gémit sur son chambranle.

Rien. Aucun écho.

Alors, Gros-Lulu fit ce qu'il n'avait jamais osé faire depuis quinze ans qu'il tenait l'hôtel : il regarda par le trou de la serrure !

Les volets de la chambre étaient fermés, mais comme ils joignaient mal, le soleil généreux distribuait ses largesses jusqu'à l'intérieur de la chambre close. L'œil broussailleux de Gros-Lulu opéra un rapide tour d'horizon.

– Mais il n'y a personne ! s'exclama-t-il en se relevant péniblement à cause de ses reins douloureux.

L'air hagard, il regarda Yvette qui l'avait suivi :

– Va vite chercher le trousseau de clés !

Yvette dévala l'escalier et remonta aussitôt, le trousseau à la main.

La serrure ne résista pas longtemps et la porte s'ouvrit.

Effectivement, il n'y avait personne. Il semblait même qu'il n'y avait jamais eu personne.

Gros-Lulu passa une main potelée sur son front moite :

– Mais elle est partie sans payer !

Il descendit aussi vite qu'il le put l'escalier qui gémit de plus belle.

– C'est la première fois qu'il m'arrive une chose semblable, dit-il aux représentants qui le regardèrent sans comprendre.

Il se dirigea vers l'angle du comptoir où trônait le téléphone. Sa main rencontra une bouteille de vin blanc qu'Yvette avait oublié de ranger dans le réfrigérateur. Il s'en servit machinalement un verre qu'il but d'un trait, sans même y prendre garde, avant de décrocher l'appareil :

– Allô ! la gendarmerie ?

III

C'ÉTAIT LE GRAND CALME sur l'océan. Pas la moindre vaguelette, même pas une ride, juste une grande houle molle sur laquelle les reflets de la lune dansaient avec le *Freetown* une danse chaloupée.

Le *Freetown,* ses trois cales vides, montait sur la crête de la houle comme un bouchon sur l'eau. Selon les documents « officiels » du bord, il était censé faire son dernier voyage à destination d'un chantier grec de démolition. Il avait juste embarqué, avant d'appareiller discrètement de La Corogne, quelques vivres frais ainsi que quelques caisses de conserves pour assurer la nourriture de l'équipage pendant cette ultime traversée. En réalité, cela devait être la dixième fois qu'il effectuait son dernier voyage « officiel » vers le cimetière des navires.

Ce vieux cargo ventru n'avait rien d'un lévrier des mers, il n'avait rien non plus d'un de ces anciens gréements qui incitent au respect. Pour la lune qui était seul témoin de ses pérégrinations nocturnes, il avait plutôt l'air d'une espèce de vieux loubard en quête d'un mauvais coup. Il est vrai que naviguer tous feux éteints, quand on est un cargo, cela n'inspire pas tellement confiance… si jamais on l'aperçoit ! Pour l'heure, il faisait route au nord-est, tant bien que mal, laissant à la surface de l'eau un long sillage chatoyant d'étincelles et, dans le ciel clair, une fumée noire crachée par ses moteurs poussifs.

– J'ai le phare de Sainte-Rhéa en plein par le travers, commandant, et celui des Baleines au 10 !

Fernimore McKintely tourna sa grosse tête hirsute et mal rasée, en direction de la lumière qui sortait de la chambre des cartes. Il fit un effort pour dire :

– O.K. Réduisez la vitesse de moitié et faites réveiller le bosco et deux matelots. Surtout, veillez à rester à au moins dix milles des eaux territoriales.

Le lieutenant Gino Bertoccelli obtempéra sans empressement. Il n'avait plus aucune raison de se presser, car ses prétentions de carrière dans la marine marchande s'étaient englouties avec le *Vénusio del Mar* quand ce splendide navire de croisière avait fait un trou dans l'eau après avoir heurté un pétrolier alors qu'il était chef de quart. Plus précisément alors qu'il faisait l'amour avec une passagère pendant qu'il était de quart. Après un procès aussi long que retentissant, il avait donc été bien heureux de retrouver un embarquement sur ce vieux caboteur de 4 800 tonnes qui, par miracle, flottait encore et parvenait même à avancer.

Accoudé depuis un long moment au bossoir rongé par la rouille, Fernimore McKintely redressa en grimaçant ses un mètre quatre-vingt-douze. Sa colonne vertébrale était lasse de supporter sa lourde carcasse au ventre proéminent retombant sur sa braguette. Il ajusta machinalement sur sa grosse tignasse rousse et frisée sa vieille casquette toute déformée par des années de mer, aux quatre galons depuis longtemps ternis par les embruns. Il cracha son mégot de cigare par-dessus bord, reprit sa position initiale et se mit à siffloter, sans même y prendre garde, une vieille complainte de son Écosse natale. Des souvenirs et un amour immodéré du whisky, voilà tout ce qu'il lui restait des landes sauvages où il avait vu le jour. Et plus ça allait, plus le whisky estompait ses souvenirs. Maintenant, il n'avait qu'une envie, rester en France, le pays de sa mère, une Périgourdine de vieille origine terrienne.

Jobic Le Bihec, le bosco, lui ne fonctionnait pas au whisky, comme son commandant, mais au gros vin rouge de cambuse. C'est grâce à cette différence de combustible qu'ils avaient fait connaissance et s'étaient liés de sympathie après s'être copieusement cognés sur la gueule dans un tripot de Glasgow, juste avant de se réveiller sur la dalle froide de la prison du quartier du port.

Après avoir erré trois semaines à la recherche d'un embarquement, car leur navire respectif n'avait pas attendu qu'ils dessoûlent pour appareiller, Fernimore McKintely avait rencontré un soit-disant armateur dont le siège social était au Liberia et qui, faisant fi de son petit brevet de lieutenant, obtenu il y avait plus de deux décades à Bombay, lui avait proposé, carrément, le poste de commandement sur le *Freetown* encore baptisé *Tchibanga* et battant alors pavillon de la République du Costa Rica. Kinterly avait sauté sur l'occasion et avait aussitôt promu son camarade de beuverie maître d'équipage en lui jurant d'embarquer suffisamment de vin pour tenir, s'il le fallait, le temps d'une traversée du Pacifique à la godille. Jobic Le Bihec accepta avec joie. Finir ses jours maître d'équipage avec une cirrhose du foie qui éclate, c'est quand même mieux que de crever matelot en vomissant chaque petit matin des lambeaux de foie parfumés au pinard ! C'est du moins ce que pensait – peut-être – le bosco du *Freetown* en montant chercher les ordres de son commandant et acolyte de beuverie.

– Fais sortir les caisses de conserves planquées dans la cambuse, paré à les affaler le long du bord.

Cinq minutes plus tard, leur tête enturbannée, leur corps à demi nu brillant sous la clarté lunaire, deux matelots pakistanais squelettiques arrimaient une dizaine de caisses le long du pavois.

McKintely n'avait pas eu beaucoup de peine à les recruter sur les quais de Glasgow où ils mouraient de faim. Ne percevant qu'occasionnellement un salaire de misère, ils ne pouvaient escompter que sur une hypothétique escale quelque part en mer d'Oman pour un jour, peut-être, espérer revoir leur pays natal. Mais une fois encore, ils n'avaient pas embarqué sur le bon navire.

Soudain une lumière s'alluma au ras de l'eau, à deux milles environ, sur deux quarts bâbord avant du navire. Aussitôt, elle s'éteignit pour se rallumer et s'éteindre deux fois encore.

McKintely arrêta de siffloter sa complainte pour lancer :

– Stoppez les machines ! Son étrave cabossée écrasant la surface de l'eau, le *Freetown* continua d'avancer sur son erre avant de s'immobiliser et de se retrouver la lame par le travers, roulant bord sur bord un peu plus fort.

– Ma Douée Béniguette ! Il n'est pas encore coulé, ce cercueil flottant ! ne put s'empêcher de s'exclamer le bosco en voyant venir vers eux, glissant au ras de l'eau, un sous-marin de poche, vestige de la dernière guerre.

Quand le minuscule sous-marin fut près du cargo, le bosco envoya un bout et le « cercueil flottant » vint se ranger le long de la coque rouillée du cargo.

– Envoyez vite la marchandise ! cria une voix venant du sous-marin, car avec cette putain de houle votre putain de navire est en train de défoncer ma coque.

La remarque avait été faite avec un fort accent étranger et suivie d'une série de jurons dans une langue que le bosco ne comprit pas car ce n'était ni du français ni du breton.

Effectivement, à chaque fois que le *Freetown* retombait dans le creux de la vague, sa coque venait heurter brutalement celle du sous-marin qui ne semblait pas apprécier la rudesse de ses caresses.

Le bosco cracha sa chique dans le creux de sa main avant de la ranger soigneusement dans son bonnet de laine et de bien enfoncer ce dernier sur sa tête.

– Alors ? qu'est-ce que vous attendez, bande de bons à rien, pour envoyer les caisses ?

Les deux Pakistanais, à moitié endormis et grelottants, sursautèrent et s'empressèrent d'obéir.

Une petite heure plus tard, les opérations de transbordement étaient terminées.

– Rendez-vous au même endroit, dans trois semaines, cria la voix qui semblait sortir de l'eau.

McKintely, pour toute réponse, fit un signe du bras qui pouvait vouloir dire « *Inch Allah !* » mais que personne ne vit dans la nuit.

Sans perdre de temps, le submersible fit cap sur la terre proche, vers la petite anse discrète, pas très loin de Sainte-Rhéa, au fond de laquelle se trouvait un petit port privé surmonté d'un château qui semblait de moins en moins se souvenir des fêtes somptueuses qu'on y donnait encore à la fin du siècle passé.

– La barre toute à gauche et en avant toute ! ordonna le commandant du *Freetown*.

Le cargo vibra de la tête de son mât au fond de ses cales vides et doucement amorça un large demi-tour.

De retour dans sa cabine, Fernimore McKintely se servit un grand verre de whisky. Le dernier, celui qui lui servait de soporifique. Le regard fixé sur le liquide ambré, il se demandait combien de temps encore il allait continuer ce trafic. Il en avait plus qu'assez de bourlinguer sur des vieux rafiots, pour des compagnies bidons, de naviguer dans l'illégalité et de transporter du fret dont il était sensé ignorer le contenu mais qu'il n'avait pas trop de peine à deviner. À cinquante-deux ans, l'aventure ne l'excitait plus du tout. Bien au contraire ! Il avait bougrement envie de mettre définitivement son sac à terre. En agitant distraitement le contenu de son verre, il y vit danser les flammes d'un feu de cheminée. Quand il en eut bu les deux tiers, une image qui maintenant lui était coutumière s'imposa, nette et précise : près du feu, une accorte femme tricotait en lui souriant. Il sentit même, à s'en délecter, l'odeur de la blanquette de veau qu'elle avait mijotée rien que pour lui. Lorsqu'il repoussa son verre vide et qu'il se laissa tomber tout habillé sur sa couchette – sans même avoir enlevé sa casquette –, il avait, sur son visage rougeaud et buriné, un sourire d'enfant que seul le rêve pouvait dessiner.

IV

Dès le lendemain, à l'heure de l'apéritif, les gendarmes Blondin et Gauthier arrivèrent chez Gros-Lulu. Tous deux étaient bien connus et estimés de la population de Sainte-Rhéa.

Blondin, que tout le monde appelait sans méchanceté « Boudin » à cause de ses rondeurs soulignées par un ceinturon trop court, attendait tranquillement sa retraite et, sans trop d'illusions, un petit galon qui ne se pressait pas de venir orner son bras.

Gauthier, beaucoup plus jeune que son collègue, avait un côté « service-service » qui réfrénait les élans de sympathie et on avait tendance à se méfier un peu de son nez pointu et fureteur qui contrastait avec la bonhomie de Blondin.

Quand ils pénétrèrent dans la salle du café, le silence se fit un instant, mais la forte silhouette de Blondin, son sourire jovial et ses chaleureuses poignées de main eurent vite fait de détendre à nouveau l'atmosphère.

Lorsque tous deux s'accoudèrent au comptoir, Gros-Lulu leur avait déjà servi deux pastis.

– Alors, comme ça, elle est partie sans payer ? questionna Blondin en reposant son verre.

– Sans payer ! répondit comme un écho Gros-Lulu, avec un hochement de tête scandalisé.

Gauthier, qui n'avait pas encore touché à son verre, regarda Gros-Lulu dans les yeux :

– Mais, vous lui aviez fait remplir une fiche, demanda-t-il sur un ton plein de sous-entendus.

– Évidemment ! même que j'ai aperçu son nom et sa photo sur sa carte d'identité…

– Alors, c'est tout simple, il n'y a qu'à écrire à la gendarmerie de son domicile, pour savoir qui est cette madame de… de…

Gauthier vérifia sur la carte que lui tendait l'aubergiste :

– Mme de Villarunda. On saura tout de suite de qui il s'agit.

– Vous croyez qu'elle paiera ma chambre ? s'inquiéta Gros-Lulu, la voix tremblante.

Blondin posa paternellement sa grosse main sur son épaule :

– Ne t'en fais pas ! On s'en occupe.

Rassuré, le Gros-Lulu attrapa derrière lui, sur l'étagère du haut, la bouteille de pastis :

– Vous remettez ça, les gars ?

Une semaine s'écoula avant que la maréchaussée ne revînt au café du port.

Au village, on avait oublié la fête de la Sainte-Rhéa. Dès le lendemain, chacun avait repris ses activités : les pêcheurs sur leur bateau et les paysans dans leurs champs.

Justinien Merlo, fidèle à la consigne de sa mystérieuse passagère, s'était bien gardé de parler à quiconque de son aventure. Parfois, il se demandait même si elle avait réellement existé, s'il n'avait pas été victime d'un malaise ou de son imagination.

« Il faudra que j'aille voir le médecin. C'est peut-être ma tension qui m'a encore joué un tour... » se disait-il.

– Oh ! Justinien, à quoi penses-tu ? demandaient ses copains de belote.

– Oh ! Justinien, tu rêves ?

De la large poitrine de Justinien s'échappait alors un long soupir bruyant, exactement comme celui d'un plongeur qui remonte à la surface :

– Non, non ! je réfléchis à la carte que je vais jouer, mentait-il, le front brillant de sueur sous la visière de sa casquette.

De temps à autre, entre deux conversations sur la pêche, la météo ou la politique, il arrivait que Gros-Lulu reparlât devant Justinien de son énigmatique cliente, étrangement disparue. Mais Justinien, respectueux de la consigne, ne disait mot. Seuls, ses doigts crispés sur son verre auraient pu trahir sa profonde inquiétude. Heureusement pour lui, il y avait toujours quelqu'un dans l'assemblée pour transformer ce « scandale » en plaisanterie :

– Dis donc, Gros-Lulu, si elle t'a payé en nature, la pin-up, c'est normal qu'elle ne t'ait pas donné d'argent...

– Et si ta femme t'a surpris dans les bras de ta cliente, peut-être qu'elle l'a accommodée au four, sauce Landru...

Devant de si bonnes plaisanteries, toute la salle éclatait de rire et les doigts de Justinien se desserraient sur son verre, tandis que Gros-Lulu tournait des yeux affolés vers sa digne épouse qui, à la cuisine, agitait ses quatre-vingt-dix kilos devant ses fourneaux.

À l'épicerie, chez Rosette, on parla bien sûr de cette femme, cette aventurière. On n'en savait rien, mais il n'empêche qu'on en parla beaucoup :

– Les gens sont tellement malhonnêtes ! concluait chaque fois Rosette en fermant prudemment son tiroir-caisse.

Huit jours après donc, Gauthier et Blondin garèrent leur véhicule sur la jetée et s'en revinrent au café.

– Et alors ? demanda sans préambule Gros-Lulu en posant automatiquement deux verres sur le zinc.

Blondin posa son képi sur le comptoir et épongea son front :

– Rien !

Gros-Lulu faillit s'étrangler :

– Comment, rien ?

– C'est-à-dire, plus exactement, précisa Gauthier, elle est inconnue à l'adresse indiquée.

– Mais puisque j'ai lu l'adresse sur sa carte, sacré bon sang ! cria Gros-Lulu.

Il ponctua la colère qui montait en lui par un gros coup de poing sur le zinc. Les verres en tremblèrent et il trembla pour ses verres.

– Eh bien ! cela veut dire que sa carte d'identité était fausse, précisa Gauthier, satisfait de sa déduction.

Blondin vida son verre et renchérit :

– Voilà, tout simplement.

Gros-Lulu resta la bouche ouverte, toute colère estompée. Jamais il n'aurait pensé à cela : dans son honorable établissement, une cliente avec de faux papiers !

Gauthier fronça les sourcils :

– C'est grave ! C'est peut-être même très grave ! Usage de faux papiers, ça cache sûrement quelque chose. Il faut ouvrir une enquête...

– Bien alors ? mon fric... quand est-ce que je le reverrai ?

– Si elle t'a déjà payé en nature... crut bon d'insister un plaisantin accoudé au bar devant son verre de vin rouge.

Gros-Lulu balaya cette plaisanterie déplacée d'un geste large de son torchon. Blondin éclata de rire, mais Gauthier fit entendre une petite toux sèche qui traduisait son impatience. Il sortit de sa poche un carnet et un crayon :

– D'abord, comment était-elle, cette femme ? demanda-t-il.

Gros-Lulu jeta un regard furtif en direction de la cuisine : son épouse n'y était plus. D'un geste rapide, il dessina une silhouette féminine. Gauthier eut juste le temps de deviner qu'elle avait une forte poitrine et une taille mince.

– Drôlement bien roulée, précisa Gros-Lulu.

Il y eut, une fois encore parmi les pêcheurs, quelques plaisanteries et quelques rires gras que le maître des lieux ne daigna pas relever.

– C'est quand même un signalement assez vague. Pour les nécessités de l'enquête, il s'avérerait utile d'avoir de plus amples précisions concernant le portrait physique de l'intéressée, précisa Gauthier.

Gros-Lulu fit un terrible effort de mémoire :

– Elle était grande… elle était brune, finit-il par dire. Elle avait un pantalon et une espèce de veste de toile jaune ou peut-être beige et il m'a semblé qu'elle fumait beaucoup.

Il se gratta longuement le crâne pour essayer d'en faire jaillir d'autres souvenirs, mais ce fut en vain :

– C'est tout ce que je sais d'elle, conclut-il, franchement désolé de ne pouvoir en dire davantage.

Gauthier notait avec application.

– Quand et comment est-elle arrivée ici ? questionna-t-il, le crayon entre les dents et le sourcil interrogateur.

Le patron du café réfléchit, les yeux mi-clos perdus dans la brume de ses souvenirs. Soudain, la brume de son regard s'échappa et son visage s'ensoleilla :

– Je m'en souviens ! En taxi ! À l'heure du dîner !

– Le taxi ? Vous pourriez le reconnaître ?

Gros-Lulu prit un air désolé :

– Ah ! non. C'était l'heure du dîner et j'étais justement à surveiller mon potage, crut-il bon de préciser. Elle m'a réclamé une chambre et je lui ai demandé à quelle heure elle désirait passer à table. « J'ai beaucoup voyagé, je n'ai pas faim, je vais me coucher sans tarder », m'a-t-elle répondu.

Gauthier nota, mordilla nerveusement son crayon avant de se l'enfoncer dans l'oreille gauche :

– Qui est allé la conduire à sa chambre ?

– Yvette, évidemment !

– Oui, c'est moi ! confirma une petite voix derrière un tas de vaisselle dans la cuisine.

Gauthier pointa son regard vers le réduit d'où parvenait la voix et aperçut Yvette. En tablier bleu et le torchon à la main, elle essuyait une pile d'assiettes et de casseroles, sans rien perdre de la conversation.

– Et… vous n'avez rien remarqué d'anormal ?

Yvette battit des cils lourds de Rimmel et tortilla son torchon :

– Non.

– Elle n'avait pas de bagages ?

– Si, une petite valise en métal chromé.

– Elle était lourde ?

– Je ne sais pas, elle n'a pas voulu que je la porte.

Gauthier s'absorba dans ses réflexions. Son crayon furetait tantôt dans l'oreille droite, tantôt dans l'oreille gauche quand il n'était pas entre ses dents et parfois même dans ses trous de nez. Il se retourna vers Gros-Lulu :

– Qui était présent, ce soir-là, à l'hôtel ?

Le patron du café du Port réfléchit longuement. Toutes ces questions paraissaient le troubler :

– Ma femme, Yvette et moi… et elle, évidemment !

– Personne d'autre ?

Gros-Lulu eut un temps d'hésitation qui n'échappa pas à la perspicacité de Gauthier :

– Non.

– Vous en êtes certain ?

Subitement, Gros-Lulu disparut sous son comptoir. On l'entendit ranger des bouteilles vides. Au bout d'un moment, une voix étouffée en sortit :

– Mais si, que je suis bête ! Je m'en souviens maintenant ! Il y avait aussi les deux représentants !

– Vous pouvez me montrer leur fiche ?

Le visage à demi congestionné du patron du bistrot fit surface au niveau du zinc. Il bredouilla :

– Euh… c'est-à-dire… c'est-à-dire que c'était la veille de la Sainte-Rhéa, s'il n'y avait pas grand monde à l'hôtel – comme d'habitude –, il y avait beaucoup de monde dans cette salle et j'ai complètement oublié de leur faire remplir leur fiche. Mais je les connais bien. Ils viennent très souvent à l'hôtel.

Yvette avait abandonné sa vaisselle et regardait les gendarmes dans la glace qu'elle s'évertuait de faire briller :

– Si c'est des deux représentants de l'autre jour dont vous parlez, ils ont téléphoné pour qu'on leur retienne deux couverts pour déjeuner.

– Bon, ça tombe bien ! On va les entendre, dit Gauthier, et il claqua son carnet pour bien faire savoir que l'interrogatoire était terminé jusqu'à nouvel ordre.

– Toutes ces questions, ça ne te donne pas soif ? demanda à son tour Blondin.

Dans la salle enfumée du café, personne ne songeait à repartir.

« À mon avis… » disaient les uns ; « À mon avis… » disaient les autres, et tous émettaient, ensemble, leur point de vue sur cette étonnante disparition, dans un brouhaha de voix fortes, de verres entrechoqués et de claquements de sabots de bois sur le plancher javellisé.

Dans le fond de la salle, seul devant son verre vide, Justinien restait muet.

– Qu'est-ce que tu en penses, toi ? lui avait demandé le père Florimond.

Justinien s'était contenté de lever les sourcils et de plisser le front pour bien montrer sa perplexité. Mais sans attendre la réponse, le bonhomme avait pivoté sur sa jambe de bois et s'était approché du cercle dont les deux gendarmes étaient le centre.

À midi dix, la voiture des deux représentants se gara près du véhicule de la brigade. Après avoir vérifié la solidité de leur nœud de cravate et le bon pli de leur costume, les deux jeunes hommes se dirigèrent vers le restaurant.

Gauthier les interpella dès qu'ils entrèrent.

Surpris et amusés, et répondant volontiers aux questions qu'on leur posait, ils regrettèrent, en toute franchise, d'avoir ignoré la présence d'une jolie femme à l'hôtel ce soir-là. Comme ils avaient vraiment l'air sincère, le gendarme les remercia et les laissa déjeuner, après avoir pris leur nom et leur adresse.

Plutôt décontenancé, Gauthier poussa un gros soupir et se retourna vers Gros-Lulu :

– En somme, si je comprends bien, toi et Yvette vous avez vu entrer cette femme mais personne ne l'a vue ressortir ? Où est-elle alors ?

Gros-Lulu eut un geste vague qui exprimait bien son ignorance.

– Peut-être dans le lit de Gros-Lulu ? lança une voix.

Il y eut à nouveau de gros rires et de grosses plaisanteries et il fallut que Gauthier menace de faire évacuer la salle pour que, doucement, le silence se rétablisse. C'est à ce moment qu'un gros sanglot médusa l'assistance. Tous les regards convergèrent vers ce gros chagrin qui venait d'exploser si bruyamment.

Au beau milieu de la salle, effondrée sur une chaise, Yvette, la tête dans ses mains, pleurait à fendre l'âme.

– Pauvre petite, elle est toute retournée depuis la disparition de cette femme, dit, le cœur tout attendri, Gros-Lulu à Blondin.

Lentement, Yvette releva la tête. De grosses larmes coulaient sur son visage et creusaient des sillons sur son fond de teint. Elle essuya son Rimmel dégoulinant avec le coin de son tablier blanc et renifla bien fort :

– Moi je l'ai vue, dit-elle.

Gauthier bondit de sa chaise :

– De quoi ?

Mais pendant un quart d'heure il ne put en savoir davantage car, pendant un quart d'heure, Yvette se transforma en fontaine intarissable.

Gauthier profita de ce laps de temps pour faire évacuer tous les curieux et un silence inhabituel envahit soudain la salle.

Après s'être longuement mouchée, Yvette, enfin, s'expliqua :

– Oui, je l'ai vue, commença-t-elle par dire.

– Mais ce n'est pas possible puisque tu étais couchée, interrompit Gros-Lulu.

– Puisque je vous dis que je l'ai vue !

– S'il vous plaît, laissez-la parler, ordonna Gauthier sur un ton péremptoire.

– Je suis allée me coucher, c'est vrai, mais à 11 heures et demie, je suis allée ouvrir la porte du garage.

– Pour quoi faire ? ne put s'empêcher de demander Gros-Lulu, surpris.

– Parce que Pierre Baboche attendait que je lui ouvre…

Le visage de Gros-Lulu devint soudainement écarlate :

– Tu ne vas pas me dire que tu l'as fait monter dans ta chambre ?

– Si !

– Oh ! la petite salope ! Faire ça dans un établissement aussi honorable que le mien !

Yvette se remit à fondre en larmes et Gauthier eut mille peines à la consoler.

– C'est pour cela que je ne voulais rien dire, avoua-t-elle entre deux sanglots. Elle se moucha à nouveau bruyamment avant d'ajouter en direction de son patron :

– D'abord on va se marier…

Et pour conforter ses dires, elle précisa :

– Je suis enceinte de trois mois.

– Oh ! fit Gros-Lulu qui ne trouva rien d'autre à répondre.

– Eh bien ! rétorqua Blondin, bon enfant et toujours prêt à arranger les choses, il ne faut pas te lamenter, mon Gros-Lulu… tu vas avoir un mariage et un repas de baptême, de quoi te plains-tu ? C'est plutôt bon pour tes affaires, non ?

Gros-Lulu sembla brusquement aller beaucoup mieux et son visage reprit ses couleurs habituelles. Il dut s'avouer qu'il n'avait pas vu les choses sous cet angle-là.

– Bon, alors ? questionna Gauthier qui n'avait pas perdu le fil de son enquête.

– Alors ? Alors, vers 4 ou 5 heures du matin, Mignonnet… euh… je veux dire, Pierre Baboche, est redescendu et je l'ai raccompagné pour l'embrasser une dernière fois et refermer le portail derrière lui. C'est alors que j'ai vu la femme, avec une valise à la main. Elle était sur le quai.

– Et Pierre Baboche, il l'a vue aussi ?

– Non, je ne crois pas car il est parti en courant dans l'autre sens.

Les poings sur les hanches, Gros-Lulu sentait la colère le gagner à nouveau :

– Tout de même ! Tu aurais pu me prévenir ! Vous pouvez être sûrs qu'elle ne serait pas partie sans me payer !

Gauthier ne prit pas garde à la réflexion amère de Gros-Lulu.

– Que faisait-elle sur le quai ? demanda-t-il.

Yvette prit son temps avant de répondre. Depuis qu'elle venait de faire ses aveux, elle se sentait toute légère et très consciente de l'importance de son rôle. Elle alla vers la glace constater les dégâts des eaux sur son visage. Elle tamponna un œil, puis l'autre.

Pendant ce temps, Gauthier dévora la moitié de son crayon :

– Alors ? Qu'a-t-elle fait ? répéta-t-il sur un ton où perçait une certaine impatience.

Yvette abandonna le miroir pour se tourner vers lui :

– Ce qu'elle a fait ? Elle a sauté dans le bateau de Justinien Merlo.

V

– DIS DONC, TU NE POURRAIS PAS nous faire un petit sandwich ? s'inquiéta Blondin.

Il était là depuis plus de deux heures avec son collègue qui interrogeait, téléphonait, réfléchissait, notait pendant que lui sirotait, les uns après les autres, les petits verres généreusement offerts par Gros-Lulu.

– Terrine maison ou jambon de campagne ?

Blondin hésita un court instant :

– Commençons par la terrine.

Pendant ce temps, les pêcheurs expulsés du café par Gauthier avaient eu juste le temps de sauter dans leur embarcation avant que la mer descendante ne laisse leur esquif sur le sable et, à regret, ils avaient fait cap sur leurs casiers mouillés de l'autre côté de la baie.

– Bon ! Maintenant, allons interroger Justinien Merlo, déclara Gauthier qui semblait ne se nourrir que de l'extrémité de son crayon.

Blondin, les joues gonflées par la terrine maison, roula des gros yeux vers le sandwich au jambon de campagne qui débordait de chaque côté de l'assiette que Gros-Lulu avait déjà posée devant lui sur le comptoir. Heureusement, sans le vouloir, ce dernier vint à son secours :

– Ce n'est pas la peine d'aller chez lui maintenant. Il n'y sera pas. Il est parti lever ses casiers.

Ce contretemps sembla contrarier Gauthier :

– À quelle heure reviendra-t-il ?

Gros-Lulu regarda le calendrier des marées accroché au mur derrière lui, puis, par la fenêtre, regarda la mer :

– Il sera de retour, comme les autres, avant le coucher du soleil.

– Alors, on a le temps de manger une bouchée, reconnut Blondin totalement rassuré.

– D'accord ! admit Gauthier à contrecœur.

La journée tirait à sa fin et, si la nuit n'était pas prête de tomber, si le jour semblait vouloir s'éterniser sur Sainte-Rhéa, le soleil avait tout de même perdu de sa fougue. Comme l'avait prévu Gros-Lulu, les pêcheurs revenaient et, tout en amarrant leur bateau, discutaient et commentaient leur pêche.

La vue du fourgon de la gendarmerie attisa leur curiosité et la conversation revint sur la mystérieuse cliente de Gros-Lulu et, avec elle, revinrent les mêmes plaisanteries.

– Il n'est pas là, Justinien Merlo ? demanda Blondin prudemment penché au-dessus de la jetée.

– Non, mais il ne va sûrement pas tarder.

Effectivement, *La Fleur de l'Océan* contournait la pointe des Sables.

Justinien s'était attardé sur les lieux de pêche. Non pas qu'il y ait joué les touristes. Oh ! non. Il n'avait même pas osé jeter un œil en direction du phare des Roches Percées. Mais il avait pris tout son temps pour remonter tous ses casiers et toutes ses lignes. Au lieu de les replonger comme il le faisait d'habitude, quand le temps était au beau, il les avait tous arrimés bien soigneusement, à l'avant de son navire, là où était assise, l'autre matin, sa mystérieuse passagère.

– As-tu peur du mauvais temps ? lui avait demandé en plaisantant le Grand Raymond.

Avant de répondre, Justinien avait longuement regardé la mer calme et plate, le soleil qui allait disparaître dans un ciel sans nuage :

– On ne sait jamais, mais j'ai l'impression que ça va se gâter…

Le Grand Raymond, malgré son habituel pessimisme, scruta longuement l'horizon à son tour, mais ne parvint pas à voir par où pourrait bien venir le mauvais temps.

Lorsqu'il aperçut Gauthier et Blondin, sur le quai, pour Justinien Merlo ce ne fut plus une impression, il fut persuadé alors que le temps allait se détériorer.

Il prit tout son temps pour amarrer sa *Fleur* avant de grimper pesamment, le panier sous le bras, à l'échelle de fer.

Lorsque son large buste arriva au niveau du quai, plus exactement au niveau du bas de pantalon des deux gendarmes, il s'arrêta pour leur demander sur un ton qu'il aurait voulu être celui de la plaisanterie :

– C'est moi que vous attendez, les gars ?

Devant leur réponse affirmative, il fit une pause dans l'échelle avant de proposer :

– Si on allait discuter chez Gros-Lulu ?

– Ce n'est pas une mauvaise idée, admit Blondin.

Tous trois se dirigèrent donc vers le *Café-Hôtel-Restaurant du Port*. Justinien eut la curieuse impression que sur son passage les pêcheurs s'écartaient et s'immobilisaient, soudainement silencieux. Mais de cela il ne pouvait jurer. Il lui parvenait juste le bruit d'un ressac lancinant qui cognait et recognait sans cesse sous sa casquette de marin.

– Bonjour les gars ! ânonna-t-il en entrant chez Gros-Lulu, mais il ne reconnut pas sa propre voix.

– Bonjour Justinien ! répondit Gros-Lulu, mais il ne reconnut pas non plus la voix du cafetier.

– Un rouge ! réussit-il à prononcer.

Blondin regarda sa montre :

– Un jaune !

Gauthier, lui, ne commanda rien : il avait déjà le crayon entre les dents et le calepin à la main.

Le goût âpre du vin fit redescendre Justinien de son nuage et le ressac frappa moins fort dans son crâne.

– Alors ? demanda-t-il enfin à l'adresse des deux gendarmes.

– Alors, fit Gauthier, il paraîtrait que la Mme de Villarunda, elle serait partie avec vous sur votre navire ?

– Hein ? Madame comment ?

– Mme de Villarunda, répéta, imperturbable, le gendarme Gauthier.

– Connais pas...

– Mais si, intervint Gros-Lulu, celle qui est arrivée l'autre soir.

– C'est possible...

Il montra les verres sur le comptoir :

– Remets-nous ça.

Gros-Lulu ne se fit pas prier.

Justinien vida le sien d'un seul trait, essuya sa bouche sur les poils de son avant-bras, chercha dans la poche de sa vareuse sa boîte à tabac avant de demander :

– Et qui vous a raconté ça ?

Gauthier hésita un moment, se demandant si, pour la bonne marche de son enquête, il devait révéler sans plus attendre le nom de ses témoins, mais Gros-Lulu ne lui donna pas le temps de réfléchir davantage :

– Yvette ! claironna-t-il, la bouche en cœur.

– Yvette ?

Yvette, qui balayait les mégots et les jus de chique de la journée, se tourna vers Justinien Merlo. Elle avait l'air confus d'un chien battu.

– Excuse-moi, Justinien. Il ne faut pas m'en vouloir... Tu sais, je ne voulais rien dire, mais je n'ai pas pu m'en empêcher...

Et elle éclata en sanglots.

Sidéré, Justinien ne trouva rien à répliquer. En face de lui, Gauthier, tout en se curant les oreilles distraitement de la pointe de son crayon, scrutait le visage du marin pêcheur. Blondin, lui, scrutait le fond de son verre vide et finalement toussota pour essayer d'attirer l'attention de Gros-Lulu appliqué depuis le début de la conversation à essuyer le même verre.

Un certain malaise flottait dans l'air plus lourd que la couche de fumée qui émanait des cigarettes et des pipes, accrochée au plafond bas de la salle.

Blondin toussota un peu plus fort. Cette fois Gros-Lulu comprit et resservit une autre tournée.

– Yvette... Yvette... se répétait pendant ce temps Justinien. Et dire qu'il m'est arrivé de penser que, si j'avais eu vingt ans de moins, j'aurais pu l'épouser... si elle avait voulu de moi...

Il tapa fortement sur le comptoir :

– Ce n'est pas vrai ! cria-t-il.

Blondin sortit son nez de son verre :

– Mais pourquoi voudrais-tu qu'elle ait inventé une telle histoire ?

Justinien regarda Blondin :

– Va donc savoir... Elle lit trop de romans, ça lui tourne la tête.

Pendant que Gauthier cogitait fortement, le crayon enfoncé dans la narine droite, Blondin enleva son képi, le posa sur le comptoir, n'en laissant que l'empreinte sur son front mouillé de sueur.

– Ce qui est certain, c'est qu'il y en a un des deux qui ment.

– Ce n'est pas moi ! C'est elle ! hurla Justinien.

Yvette, le visage dissimulé dans le creux de ses bras appuyés sur le dossier d'une chaise pour pleurer plus à son aise, releva doucement la tête, souffla sur une mèche qui pendait devant ses yeux gonflés de larmes et son regard de velours noir croisa celui de Justinien. Ses lèvres charnues et rouges s'entrouvrirent :

– Oh ! Justinien... fit-elle sur un ton de doux reproche.

Les yeux de Justinien plongèrent immédiatement vers le carrelage. Pendant un moment Blondin crut qu'il comptait les nombreux mégots écrasés sur le sol et il s'ensuivit un silence que Gauthier interrompit :

– Je vais faire un tour à bord de votre navire, dit-il à l'adresse de Justinien.

Ce dernier se contenta de répondre par un geste évasif de ses larges épaules.

– Je ne t'accompagne pas, fit Blondin, car il ne se sentait pas du tout le pied marin.

Un quart d'heure plus tard, le gendarme revint, la démarche altière. Un silence engendré par la curiosité entoura son entrée. Il avait les lèvres serrées pour réprimer un petit sourire de triomphe qui filtrait sous sa fine moustache blonde. D'un pas ferme, il alla jusqu'au comptoir où trônait Gros-Lulu et s'arrêta juste en face de lui. Brusquement, il sortit la main droite de la poche de sa veste et la planta sous le nez du patron du café.

« Et ça ? Qu'est-ce que c'est ? demanda-t-il.

Gros-Lulu ouvrit des yeux tout ronds et loucha afin de mieux voir ce que Gauthier avait mis juste sous son nez violacé et velu.

– Mais… mais… mais c'est son porte-cigarette !

– Le porte-cigarette de la soi-disant Mme de Villarunda, précisa Gauthier dont le visage ne pouvait dissimuler la satisfaction. Je l'ai trouvé sur *La Fleur de l'Océan*, sous un caillebotis, coincé entre deux planches du pont, annonça-t-il triomphalement.

Justinien Merlo se laissa tomber sur une chaise derrière lui et son regard parcourut lentement la salle. Mais il ne vit rien. Elle était soudainement envahie par un brouillard opaque tandis que le ressac s'était remis à cogner sous sa casquette plus fort que sur la jetée par gros vent de nord-est. Seuls, dans son paysage cauchemardesque, émergeaient les yeux d'Yvette, étrangement doux et calmes. Mais que pouvaient-ils contre le sous-marin qui n'allait pas tarder à faire surface ? Que pouvaient les yeux d'une jolie fille contre la menace des membres du réseau ?

Justinien Merlo gonfla son torse à en faire craquer sa vieille vareuse trop étroite et souffla bruyamment :

– Je vais tout vous dire, dit-il.

– Ah ! firent les badauds. Mais Gauthier fit évacuer la salle et il ne resta plus que les deux gendarmes, Yvette, Justinien Merlo et Gros-Lulu installé derrière son comptoir comme dans une loge de théâtre.

Justinien Merlo raconta tout, d'une seule traite, sans même s'arrêter pour boire un coup ou rouler une cigarette.

– Voilà ! C'est tout !

Et, pour bien prouver qu'il ne cachait rien, il montra ses grosses paumes de mains racornies.

Un long silence s'ensuivit. Un très long silence pour Justinien.

Gauthier, le crayon dans l'oreille droite, fixait beaucoup plus loin que le calendrier des marées qu'il regardait sans voir. Gros-Lulu essuyait toujours le même verre et Yvette, toujours appuyée à son dossier de chaise, n'osait même plus pleurer. C'est Blondin qui le premier rompit ce silence pesant. Il fit le tour de la table et vint poser sa grosse patte velue sur l'épaule de Justinien :

– Écoute Merlo, dit-il sur un ton paternel, on se connaît depuis longtemps… Ce n'est pas la première fois qu'on boit un coup ensemble… D'accord ? Alors, il ne faudrait tout de même pas nous prendre pour des idiots… Ton histoire de sous-marin ? À des gosses, peut-être ? Mais pas à deux représentants de la loi, allons !

Yvette et Gros-Lulu eurent un petit hochement de tête discret pour montrer qu'ils partageaient tout à fait le point de vue de Blondin. Gauthier, seul, donnait l'impression de ne pas avoir d'avis et semblait éprouver beaucoup de plaisir à mordiller son crayon.

– Mais bon Dieu ! puisque je vous dis que c'est la vérité ! s'exclama Justinien Merlo en se tapant fortement sur la cuisse.

Le regard de Blondin, derrière Justinien, rencontra celui de Gros-Lulu. De la pointe de son index, il se tapota la tempe. À nouveau Gros-Lulu eut un petit hochement de tête pour bien exprimer qu'il était de son avis : il n'y avait pas de doute, Justinien perdait la raison.

Gauthier retira son crayon de sa bouche :

– Oui, mais si son histoire est fausse, où est-elle, cette femme ?

– Ah ! oui... où est-elle ? se demanda à son tour Blondin.

Justinien Merlo eut un mouvement d'épaules qui exprima sa lassitude :

– Puisque je vous l'ai dit...

Personne ne prêta attention à sa réponse. Gros-Lulu et Yvette avaient l'air tout triste. Ils auraient tant aimé faire quelque chose pour Justinien. Faute de pouvoir faire mieux, Yvette lui servit un grand verre de vin :

– Bois-le, Justinien, je te l'offre.

Il vida son verre d'un trait. Gros-Lulu le remplit aussitôt :

– Celui-ci, c'est moi qui te l'offre.

Blondin toussota. Il commençait à se demander lequel des deux – Justinien ou lui – avait le meilleur rôle, quand Gros-Lulu lui remplit également son verre et le rassura.

Pendant ce temps, Gauthier s'était emparé du téléphone. Il téléphona beaucoup et longuement. Faisant dos à l'assistance, il parlait bas et, malgré tous leurs efforts, ni Yvette ni Gros-Lulu ne pouvaient entendre sa conversation.

– Justinien Merlo, il faut nous suivre, dit-il simplement quand il eut raccroché.

VI

LES JOURS PASSÈRENT...

Au début, dans Sainte-Rhéa-la-Blanche, on ne parla que de l'affaire Merlo. On ne disait d'ailleurs pas « l'affaire Merlo » mais beaucoup plus familièrement « l'histoire du sous-marin de Justinien ».

On en parla dans l'épicerie de Rosette :

– Ce n'est pas surprenant, affirmait la bonne du curé, venue chercher du coton noir pour repriser la soutane de son patron. Un vieux garçon, tout seul sur un bateau avec une femme, ça lui aura monté à la tête ! Il l'a violée, c'est sûr !

– À moins que ce soit elle qui l'ait violé, avançait la femme de l'adjoint. Vous savez, Justinien c'est un brave garçon, il ne ferait pas de mal à une mouche. Pour moi, j'en suis persuadée, elle est tombée à l'eau au cours de leurs ébats amoureux ? Ce genre de femme, ça a le vice dans la peau... Rosette, mettez-moi donc aussi un kilo de haricots secs.

Comme elle ne voulait pas contrarier ses clientes, Rosette acquiesçait en silence et encaissait la monnaie, un sourire bien peint sur son visage généreusement poudré.

On en parla abondamment, aussi, au *Café-Hôtel-Restaurant du Port.* « Le sous-marin de Justinien » continuait même d'alimenter la conversation des pêcheurs occupés à repeindre ou à calfater les joints de leur coque échouée à la basse mer. Évidemment, personne ne voulait croire à la présence d'un sous-marin – même de poche – au pied du phare des Roches Percées... Pourquoi pas une soucoupe volante avec de petits hommes verts ? En revanche, la thèse du viol avait ses adeptes. Mais tous étaient unanimes à reconnaître que ce n'était pas une raison pour jeter la passagère par-dessus bord après utilisation. Surtout qu'avec ce genre d'aventurière, il n'était pas certain du tout qu'il y ait eu viol... Et « l'histoire du sous-marin de Justinien » enflammait les esprits, exaltait les conversations, et chacun regrettait un peu, au fond de lui-même, que cette belle inconnue ne se soit pas embarquée à bord de son navire.

Dans la maison de Justinien, les jours qui suivirent son emprisonnement, les curieuses vinrent aussi nombreuses que les bigotes à l'église. Toutes les vieilles du village, sous prétexte de consoler sa pauvre mère, se précipitèrent pour voir et sentir les effluves qui émanaient encore de l'antre où avait vécu ce déséquilibré sexuel. Seule la mère de Justinien ne disait rien, tout simplement parce qu'elle ne savait rien. Elle était allée voir le maire, puis le curé. Le premier lui avait assuré qu'il ferait le nécessaire auprès du procureur de la République et le second promit d'en faire autant auprès du Tout-Puissant. Alors, confiante, la mère de Justinien attendait.

Même à l'école municipale, parmi les grands – les candidats au certificat d'études –, « le sous-marin de Justinien » était devenu le sujet qui attisait les conversations pendant la récréation et même en classe, en sourdine, pendant que la maîtresse écrivait au tableau, on chuchotait encore à propos de l'aventurière. Pour La Sauterelle, redoublant systématique depuis la maternelle, la thèse du viol prévalait et il ne manquait pas une occasion, sous le préau ou à la sortie de l'école, d'ébaucher une reconstitution de la scène avec les petites filles de son âge, consentantes ou non.

Le petit Amédée ne voyait pas « l'histoire de Justinien » sous le même angle que son camarade La Sauterelle. Les possibilités de viol ne le préoccupaient guère, toutefois, l'histoire du sous-marin, ça, il y croyait ! Et il avait pour cela des raisons sérieuses : tout le trimestre précédent, bien installé à son bureau au fond de la classe, dissimulé par les dos de tous ses petits camarades, il avait dévoré *Vingt mille lieues sous les mers* pendant que les autres écoutaient docilement la maîtresse. Il savait donc de quoi il s'agissait quand il discutait de sous-marin !

Les jours s'étaient écoulés, puis les semaines… Dans Sainte-Rhéa, « l'histoire de Justinien » et de son sous-marin sombrait peu à peu dans l'oubli.

Au chef-lieu du canton, dans la coquette petite gendarmerie aux balcons fleuris de géraniums, Justinien Merlo commençait à prendre des habitudes.

L'unique cellule étant en réparation depuis plusieurs mois – on attendait de nouveaux crédits avant de poursuivre les travaux – Justinien s'était vu installé dans le garage de Blondin transformé pour les circonstances en studio plutôt qu'en chambre carcérale.

Tous les jeudis, sa mère venait le voir. Elle lui donnait des nouvelles du pays et lui apportait dans un grand panier d'osier, recouvert d'un torchon propre, les petits plats qu'il aimait bien : des sardines salées, du lapin sauté accompagné de petites pommes de terre du jardin, des crabes... Il n'avait pas besoin de tout cela, car la nourriture était bonne dans cette prison-là – Blondin y veillait personnellement – mais, en bon fils, il acceptait tout de même pour faire plaisir à sa vieille maman. Et elle repartait, à la nuit tombante, une main sur sa canne, l'autre tenant son mouchoir pour s'essuyer les yeux et le nez humides, vers l'autobus qui la ramènerait à Sainte-Rhéa.

Malgré le changement de vie et le vague à l'âme qu'il ressentait à ne pas pouvoir toucher sa *Fleur,* à ne pas la sentir vibrer sous ses pieds, les jours défilaient assez rapidement pour Justinien.

Son arrivée inopinée avait obligé la voiture du gendarme et le vélo de son fils aîné à passer dangereusement la nuit dehors. Il avait donc consciencieusement repeint les deux véhicules menacés par la rouille. Il avait aussi tondu le gazon et taillé la haie de fusain avec tant d'application que, lorsqu'à la brigade on se retrouvait entre gendarmes à l'heure de l'apéritif, on évoquait avec inquiétude le jour où Justinien Merlo ne serait plus là pour faire tous ces menus travaux. Entre deux pastis, on ne tarissait pas d'éloges sur sa façon de cuisiner les maquereaux sur les braises... Rien qu'à le regarder les ouvrir sur le dos, les saler, les poivrer, les parer d'une feuille de laurier et les laisser sécher au soleil le temps exactement nécessaire afin que leur chair soit légèrement raffermie mais cependant moelleuse, Blondin en avait la salive qui montait à la bouche. Enfin, pendant qu'ils cuisaient sur les braises de sarments de vigne – car Justinien exigeait des sarments de vigne pour faire les grillades – avant de les servir encore tout ruisselants dans leur graisse chaude, les effluves de maquereaux grillés embaumaient toute la gendarmerie, et toute la garnison alléchée était prête à succomber au doux péché de gourmandise.

Les gosses des gendarmes eux-mêmes ne le lâchaient plus tant il excellait à tailler dans un bout de bois des coques de navires, à réparer des aveneaux ou à gréer des lignes.

– On le regrettera, avoua un jour Blondin à sa digne épouse. Si nous l'invitions à manger avec nous, dimanche prochain ?

Mme Blondin hésita un moment avant de répondre :

– Tout de même pas ! On ne sait jamais ! Ce ne serait pas prudent. Si, d'un seul coup, il lui prenait une crise, comme sur son bateau…

Et instinctivement, elle sera son dernier-né sur son opulente poitrine.

Trois mois passèrent ainsi. Par politesse, en attendant la décision du parquet, on évita, à la brigade, de parler de « l'affaire » devant Justinien Merlo. Et Justinien commença à oublier les raisons pour lesquelles il était pensionnaire à la gendarmerie du canton.

VII

À VINGT MILLES AU LARGE de Sainte-Rhéa, le *Guadalquivir*, un pétrolier panaméen de vingt-cinq mille tonnes, faisait route. La visibilité était assez bonne par cette nuit de fin octobre. Dans la chambre des cartes, le lieutenant de quart calculait la position du navire après avoir relevé au gognio le phare des Roches Percées. Il chantonnait gaiement car dans dix minutes, son quart terminé, il allait retrouver la chaleur de sa cabine.

Soudain, le matelot qui somnolait à moitié, accoudé au bossoir, sursauta et accourut en interpellant le lieutenant :

– Lieutenant ! lieutenant ! feu droit devant au ras de l'eau !

L'officier laissa aussitôt tomber ses calculs, son compas et son crayon et fonça dans la salle de veille, les jumelles à la main :

– Bon Dieu ! s'exclama-t-il, ne trouvant rien d'autre à dire pour exprimer sa stupéfaction et, sans perdre une seconde, il sauta sur le chadburn qui sonna à réveiller tout l'équipage avant que la petite aiguille de cuivre ne s'arrête sur « arrière toute ». En même temps, il hurla à l'homme de barre :

– La barre à droite toute !

Puis au matelot de veille :

– Allez vite appeler le commandant.

Une minute plus tard, le commandant déjà tiré de son sommeil par ce brutal changement de rythme de la machine du navire montait à la timonerie :

– Réveillez la bordée de repos et faites mettre une embarcation à la mer, ordonna-t-il.

Lentement, la masse sombre du *Guadalquivir* s'immobilisa à quelques encablures de la lampe torche qu'un bras agitait dans la nuit, au ras de l'eau. Il était grand temps, car à peine les deux personnes qui étaient à bord embarquaient-elles dans le canot venu à leur secours que le sous-marin de poche sur lequel elles étaient retournait rejoindre définitivement les profondeurs, en crachant quelques grosses bulles en guise d'adieu.

Une demi-heure plus tard, un homme et une femme, hébétés, trempés et grelottants, tentaient de se réchauffer dans la tiédeur du carré. Pendant qu'ils avalaient un café brûlant, la radio du pétrolier crépita dans la nuit. Un message glissa sur les ondes : « Recueilli équipage sous-marin de poche en détresse – stop – Un homme et une femme à bord – stop – Prévenir gendarmerie maritime et police locale – stop – Attendons directives – Fin de message. »

Le surlendemain le journal local titrait en première page : *Un mystérieux sous-marin de poche en perdition à quelques milles de Sainte-Rhéa-la-Blanche.* En sous-titre :

La contrebande semble toujours très active au large de nos côtes.

Le journaliste continuait ainsi son article :

Bien que les autorités policières soient très peu prolixes sur cette affaire, il semble bien, selon quelques indiscrétions, que les deux occupants – dont un certain baron Kurt von Plünk, ancien officier supérieur de U-Boot –, après avoir jeté la cargaison par-dessus bord pour tenter de maintenir à flot leur engin victime d'une voie d'eau, n'ont dû leur salut qu'à la venue inespérée du tanker croisant dans les parages. Il s'agirait de membres d'un réseau international de trafiquants. On peut supposer que le petit submersible effectuait la liaison entre certains cargos mouillés à la limite des eaux territoriales et quelques criques de la côte toute proche où il débarquait discrètement sa marchandise. Drogue ? Devises ? Armes ? Cigarettes ? L'enquête nous l'apprendra sans aucun doute très bientôt et nous ne manquerons pas d'en tenir informés nos fidèles lecteurs.

Gros-Lulu n'en croyait pas ses yeux en lisant l'article. Il se les frotta longuement et prit ses lunettes pour le lire une seconde fois. C'est alors qu'il reconnut, à côté de l'article, la photo d'un des deux passagers du sous-marin :

– Mais c'est ma cliente ! C'est la fameuse Mme de Villarunda ! s'exclama Gros-Lulu en se laissant choir sur un casier à bouteilles se trouvant derrière lui.

La nuit n'allait pas tarder à tomber quand le fourgon bleu foncé de la gendarmerie vint se ranger sur la jetée, devant le bistrot du port. La porte du véhicule glissa sur ses rails, la tête de Justinien Merlo apparut. Elle avait perdu beaucoup de son hâle cuivré et il donnait l'impression d'avoir quelque peu maigri. Il respira à pleins poumons, à plusieurs reprises, l'air qui sentait bon l'iode et le sel, avant de se décider à mettre pied à terre. Gauthier et Blondin étaient déjà sortis du fourgon et l'attendaient. Tout naturellement, ensemble, ils traversèrent la rue pour se rendre au *Café-Hôtel-Restaurant du Port.* L'odeur forte qui régnait dans la salle lui fit légèrement tourner la tête. Il avait oublié cette senteur particulière faite de tabac gris, de vin, de pastis et de respiration humaine. Ses yeux se voilèrent légèrement et il dut s'appuyer à un dossier de chaise tandis qu'un flot de phrases parvenait jusqu'à ses oreilles. Pendant un moment, il crut que le ressac allait à nouveau cogner sous sa casquette aussi fort que le jour où Gauthier et Blondin étaient venus l'arrêter.

– Salut, Justinien !

– Cela fait rudement plaisir de te revoir !

– On a toujours pensé que tu disais la vérité et que tu ne tarderais pas à revenir....

– C'est la victime innocente d'une justice bourgeoise et décadente, dit avec emphase un vieux second maître en retraite.

Justinien, sans trop bien voir à qui elles appartenaient, serrait les mains qui se tendaient vers lui et souriait d'un sourire un peu triste en répondant machinalement :

– Merci… oui… merci les gars… Salut… salut les gars… salut…

Sans perdre de temps, Gros-Lulu avait aligné des verres sur le comptoir devant lequel s'était déjà accoudé Blondin.

– Venez les gars, c'est ma tournée, cria-t-il pour se faire entendre.

La nouvelle de la libération de Justinien s'était répandue comme une traînée de poudre dans le village et, malgré l'heure un tantinet tardive, la majorité des Rhéalais et Rhéalaises s'était retrouvée chez Gros-Lulu pour fêter le retour de l'enfant du pays et clamer en chœur qu'ils n'avaient jamais cru à sa culpabilité. Même la vieille bonne du curé n'avait pas pu résister à la tentation de pénétrer dans ce lieu de perdition qu'était à ses yeux le bistrot de Gros-Lulu :

– Ah ! que je suis heureuse que tu sois revenu, mon petit Justinien ! Mes prières ont été exaucées. Je savais bien que ton âme était pure et que tu étais innocent, lui déclama la vieille femme.

Elle lui tendit son museau froid et essuya son nez humide sur la joue râpeuse du pêcheur.

Seule, près du poêle éteint, oubliée de tous, la mère de Justinien pleurait doucement la joie de retrouver son fils.

La nuit était tombée depuis déjà longtemps quand chacun regagna son domicile. Il n'y eut bientôt plus que Justinien dans la grande salle du café. Il avait l'impression d'avoir trop bu et n'était pas pressé de rentrer chez lui.

– Allez ! à demain, dit-il à Gros-Lulu.

Ce dernier essuya ses mains humides au bas de son tablier bleu avant de serrer chaleureusement celle de son dernier client.

Justinien allait refermer la porte sur lui, quand une petite voix l'appela :

– Justinien ?

Il se retourna.

Il reconnut Yvette. Bien que son ventre eût pris du volume, elle était toujours aussi belle.

– Dis, Justinien… si tu voulais… si tu ne m'en veux pas trop… tu ne voudrais pas être témoin à mon mariage et puis... peut-être aussi, tu voudrais bien être le parrain du bébé que je vais avoir ?

Justinien ne répondit pas tout de suite. Il regarda un long moment vers le large, vers cet horizon qu'il n'avait pas vu depuis longtemps. Par dessus la pointe des Sables, le faisceau du phare des Roches Percées balaya la nuit :

– Je veux bien, finit-il par dire.

Yvette se dressa sur la pointe des pieds et l'embrassa sur la joue :

– Merci, dit-elle.

Justinien se dirigea vers le quai. Le vent soufflait du large. Il le respira, narines grandes ouvertes et yeux fermés.

Plus un chat dans la rue. Plus un chat sur le port. Au bout de la jetée, un maigre réverbère diffusait une lumière ingrate. Le vent qui s'élevait faisait gémir l'abat-jour et balancer les ombres.

Mains dans les poches de son pantalon de toile bleue, Justinien Merlo marcha tranquillement jusqu'au bout de la jetée. *La Fleur de l'Océan* semblait l'y attendre.

Il sauta sur le pont :

– Sacrée vieille Fleur ! soupira-t-il.

Les deux poings sur les hanches, il fit le tour du propriétaire. Sa *Fleur* à lui sentait bon le gazole et la tripe de poisson. Il en savourait le parfum, le contact du pont oscillant sous ses pieds, la plainte des amarres, puis il s'assit près du gouvernail, le temps de rouler et de fumer tranquillement une cigarette. La fraîcheur de la nuit le décida, à regret, à quitter son navire.

– Ah ! les femmes… confia-t-il au vent en remontant à l'échelle de fer, ce n'est pas demain la veille qu'il en montera une à mon bord.

LES BOÎTES DE CONSERVE

I

AVEC LE RETOUR DE JUSTINIEN Merlo, on reparla encore beaucoup de l'histoire du sous-marin. Du moins, à Sainte-Rhéa car, bizarrement, les journaux, eux, ne donnèrent pas de suite à cette affaire comme ils l'avaient promis à leurs lecteurs. Peut-être à cause de la venue en France du premier ministre de Mozambique… ou du prochain match France-Écosse ? L'affaire fut donc vite étouffée. Seul, un journal à scandales commença une enquête sur le sujet. Mais il l'interrompit rapidement pour annoncer, le premier, le mariage de Bobby Maker – la star de la chanson bien connue avec Miny Watting, la fille du roi du chewing-gum qui fait « schplak ! ». Ce dernier haut fait de l'actualité s'avérait tout de suite beaucoup plus intéressant et beaucoup plus juteux. Surtout que l'on pouvait déjà prévoir les nombreuses scènes de ménage qui précéderaient le divorce tapageur et prochain du couple, et toute l'encre que cela allait faire couler.

Évidemment au village, les opinions avaient bien changé depuis le jour du départ du pêcheur entre les deux représentants de la loi vers la gendarmerie du canton, et tous maintenant affirmaient de bonne foi que jamais un seul instant ils n'avaient cru en la culpabilité de cet enfant du pays, incapable de faire mal à une mouche.

À maintes reprises, au bistrot de Gros-Lulu, il y eut des voix qui s'élevèrent dans le tapage habituel pour demander à Blondin :

– Dis donc ? Et cette histoire de sous-marin… c'était quoi, en vérité ?

À chaque fois, de sa grosse main, le gendarme saisissait bien vite son verre pour se donner une contenance :

– C'est à mon collègue qu'il faut poser la question, se contentait-il de répondre. Et, tournant le dos à l'interlocuteur curieux, il se rinçait bruyamment la bouche au pastis.

– Pour les nécessités de l'enquête, dans l'état actuel des choses, nous avons l'absolue obligation de ne rien révéler, se contentait de répondre Gauthier sur un ton qui, pendant quelques secondes, arrivait à créer un relatif silence dans l'honorable mais bruyant établissement de Gros-Lulu.

Gauthier n'allait tout de même pas avouer en public qu'il avait reçu un coup de fil de Paris lui faisant savoir que l'affaire n'était pas de son ressort et lui intimant l'ordre de ne plus s'en occuper.

Avec le vent froid de nord-est persistant, annonciateur d'un hiver précoce, Sainte-Rhéa s'emmitouflait dans une torpeur hivernale. On évoquait encore de temps à autre le sujet, au coin du feu, dans les chais, adossé à une barrique, ou chez Rosette en faisant ses emplettes...

« La Trinquette », le cantonnier, ne manquait jamais non plus une occasion d'aborder ce sujet, et pour cela n'attendait pas d'être accoudé devant le comptoir de Gros-Lulu. Le balai à la main, dès qu'il voyait âme qui vive, il abandonnait sa poursuite des feuilles mortes pour immanquablement amorcer la conversation sur « le sous-marin de Justinien ». Il se lançait alors dans des élucubrations sans fin dans lesquelles il amalgamait politique, espions, sectes secrètes, gangsters et extraterrestres. Quand il repartait dans les bras de sa brouette, après une bonne heure de discussion, il continuait seul la conversation en se dirigeant vers l'église où quelques feuilles de platanes avaient exprimé au vent leur pieux désir de passer avant d'être incinérées.

Chez Gros-Lulu, Justinien Merlo, héros simple et modeste, se laissait parfois aller à raconter, par bribes, son aventure entre deux belotes ou deux verres de vin. Bizarrement, les funérailles du père Florimond et de sa jambe de bois semblèrent enterrer, en même temps que le bonhomme, « l'histoire du sous-marin de Justinien ». Ce fut pourtant un enterrement comme les autres. On peut même dire que les gens du village étaient un peu habitués à l'enterrement du père Florimond. Il y a quinze ans, en effet, ce vieil original avait tenu à ce qu'on inhume en grande pompe la jambe qu'on venait de lui couper après l'avoir soignée vainement, lui-même, pendant plusieurs mois, à l'aide de jus de chique macéré dans de l'eau-de-vie. Il n'y avait pas eu grand monde à cet enterrement partiel du vieux bonhomme, si ce n'est quelques vieux copains de bistrot, mais Florimond avait tout de même posé beaucoup de problèmes au curé en insistant pour que sa jambe défunte reçoive les derniers sacrements. Mais, ce jour-là, le curé eut – hasard ou don du Ciel – une grosse poussée de fièvre et la jambe n'eut donc pas droit aux derniers sacrements souhaités par son propriétaire. Mais au retour du cimetière, quand on eut rebouché le trou et que le père Florimond eut déposé, la larme à l'œil, la couronne en céramique où il avait fait inscrire en lettres d'argent *À ma jambe regrettée*, tous, le père Florimond et ses vieux copains, s'arrêtèrent chez Gros-Lulu où ils se consolèrent bien vite de ne pas être passés par l'église.

À peine la tombe du père Florimond était-elle refermée définitivement sur lui et sa jambe qui l'attendait depuis longtemps que le vent se mit à souffler en tempête, mais alors une tempête d'une telle violence que, de mémoire de Rhéalais, on n'en avait jamais connu.

Tous les pêcheurs du village avaient senti venir ce coup de tabac et, dès la veille, prudemment, avaient amarré un peu plus solidement leurs embarcations. Maintenant, bien à l'abri derrière les vitres embuées du café du port, ils écoutaient le vent gémir et regardaient les embruns passer par-dessus la jetée et leurs pinasses danser allègrement sans eux.

Assis près du poêle, le verre de vin à la portée de ses mains tremblantes jointes sur le pommeau de sa canne, le vieux Théodore, un ancien rescapé du cap Horn, avait beau répéter que ce n'était rien et qu'il avait vu pire, c'était pourtant une sacrée tempête ! D'ailleurs, on ne l'écoutait pas, le vieux Théodore. Depuis longtemps déjà, on ne l'écoutait plus.

Dans la nuit, heureusement, la tempête se calma et les marins de Sainte-Rhéa, bien enfouis sous leurs couvertures, poussèrent un « ouf ! » de soulagement. Seul Justinien Merlo ne poussa rien car il dormait trop profondément pour entendre s'atténuer le mauvais temps.

Au matin, le calme était revenu comme par miracle. La mer était encore houleuse et brassait de l'écume et des algues mais ce n'était plus la furie de la veille. Le ciel bleu avait un petit air innocent comme si rien ne s'était passé. Mais le rivage, malgré tout, portait encore les meurtrissures de sa colère récente. Il était jonché de longues algues arrachées au fond de l'océan, de morceaux de bois, vieux lambeaux d'épaves incrustés de coquillages, de bouteilles vides balayées du pont des cargos, des bouts de filins, de casiers à homards roulés par la houle et mille autres choses encore...

Comme après chaque tempête, Jules Marcelet s'était levé avec le jour. Enveloppé dans un vieux ciré noir tout troué, ses bottes mal rapiécées relevées jusqu'aux fesses, il arpentait la plage à la recherche des trésors laissés par la mer déchaînée. Il avait déjà trouvé un cordage de près de deux mètres et l'avait noué autour de sa taille ; une bouteille vide, avec son bouchon, aussitôt engloutie par la poche de son ciré.

Jules Marcelet – surnommé Julo la Biette du nom (très local, il est vrai) de ce vilain petit crabe même pas comestible, qui se sauve, menaçant et bavant de colère dès qu'il est découvert –, en parcourant la laisse de mer, ressentait la même excitation que ses aïeux naufrageurs-pilleurs d'épaves – desquels il avait hérité son sobriquet –

mettant à sac les navires qu'ils avaient attirés vers la côte.

Il aperçut une planche flottant entre deux eaux, poussée par la marée montante et les vents d'ouest et, sans hésiter, il entra dans l'eau et la récupéra :

– Pour rafistoler mes cages à lapins, grommela-t-il, et il jeta sur son épaule la planche dégoulinante d'eau de mer.

Il s'apprêtait à faire demi-tour quand son regard fouineur fut attiré par un point brillant sous le varech. De la pointe de sa botte, il écarta les algues :

– Une boîte en fer-blanc, dit-il, déçu.

Néanmoins, il la retourna sans conviction. Elle était fermée et n'avait pas dû faire un trop long séjour dans la mer, car elle n'était même pas oxydée. Julo la Biette pensa que cela valait la peine de se baisser pour la ramasser.

La boîte rutilait au soleil comme si elle sortait du magasin et Julo sentit son estomac se creuser lorsqu'il lut : *Maquereaux au vin blanc et aux aromates - 250 grammes net.* Il n'eut pas à faire un gros effort d'imagination pour se les imaginer dans son assiette accompagnés d'un gros oignon cru et de pommes de terre cuites à l'eau.

Sans attendre, la boîte alla rejoindre la bouteille vide dans la grande poche de son ciré. Trois pas plus loin, il en trouva une deuxième, identique à la première. Encouragé, il parcourut fébrilement plus de trois kilomètres de côte, cognant d'un pied rageur dans les monticules de varech amenés là par la tempête, scrutant dans le creux des rochers, soulevant les pierres, mais rien ! Plus la moindre petite boîte. Dépité, il envoya une bordée d'injures en direction du large et se décida à faire demi-tour.

Lorsqu'il arriva chez lui, il jeta les conserves sur le buffet poussiéreux où traînaient de vieux journaux, une pince coupante, les restes durcis d'une miche de cinq livres, une bouteille de sirop contre la toux, du raticide et une photo de Julo la Biette et de son épouse le jour de leurs noces... Car Julo la Biette était marié !

Il avait attendu quarante ans avant de trouver femme ou plus exactement, ses parents, lassés de l'avoir à leur table, lui en avaient déniché une. Pas n'importe laquelle ! Celle que tout le village appelait la Grosse.

On n'avait pas mal jasé le jour de leur mariage, mais discrètement, la main devant la bouche, afin d'être sûr que Julo la Biette ne puisse entendre ce que l'on pouvait dire sur son couple. Car on le craignait, le Julo ! Il n'était pourtant pas très fort et une simple gifle de Justinien Merlo, par exemple, aurait suffi à faire voler très loin ses quarante-huit kilos. La nature ne l'avait pas gâté : une petite figure sale et chiffonnée comme une vieille noix, surmontée de mèches de cheveux filasse sortant toutes droites des trous d'un bonnet crasseux vissé sur sa tête, de petits yeux ronds tout noirs, sans cils et à demi dissimulés sous des sourcils pâles et broussailleux ; un cou maigre dans une chemise bien trop grande pour lui, mettait en évidence une pomme d'Adam agitée sans cesse comme un Yo-Yo. À le voir on pensait davantage à un épouvantail à moineaux qu'à une sculpture antique. Il n'empêche que lorsque les gens du pays retrouvaient les deux pneus de leur vélo crevés ou bien les poireaux de leur jardin coupés au ras du sol, ils concluaient à voix basse : « C'est sûrement encore un mauvais tour de ce sacré Julo la Biette. » Les amoureux clandestins, les amoureux illégaux à la recherche des coins sombres, se méfiaient aussi des mauvais tours que Julo pouvait leur jouer.

Julo la Biette et son épouse habitaient une maison basse, à la sortie du village. Elle était, à l'image du couple, dans un état délabré. Il est vrai que la Grosse n'avait rien fait pour maintenir l'harmonie dans le ménage. Un triple menton, des joues flasques, une peau terreuse, des seins énormes s'effondrant sur un ventre aux multiples bourrelets et une certaine odeur que le parfum acheté chez Rosette ne parvenait pas à chasser n'empêchait pas Mme Marcelet d'avoir un amant ! Oui ! et pas n'importe qui : le premier adjoint en personne ! Et c'est bien parce que l'amant de sa femme était premier adjoint que Julo la Biette supportait cette liaison : elle lui avait permis d'avoir une vigne qu'il convoitait depuis longtemps sans trop espérer pouvoir l'acquérir un jour.

Pour compléter ce trio – Julo, la Grosse et l'adjoint –, la Grosse avait cru bon de mettre au monde un garçon qui, hélas ! pour lui, était tout le portrait de son père. C'était il y a de cela douze ans, bien avant sa liaison avec le premier adjoint.

Julo la Biette décrocha la musette suspendue à un clou derrière la porte d'entrée et la mit sur son épaule. Comme il s'en doutait, ni sa femme ni le gosse n'étaient à la maison :

– Trainée ! Paillasse ! marmonna-t-il, en imaginant sa femme dans les bras du premier adjoint au lieu de désherber le champ d'asperges.

Indifférente à ce mouvement d'humeur, la vieille pendule prit tout son temps pour égrener onze coups et jugea même bon de recommencer trois minutes plus tard.

Rageur, Julo fit le tour de la cuisine, bouscula au passage une chaise qui aurait mérité beaucoup plus de respect vu son grand âge et plongea dans l'obscurité de la cheminée enfumée pour soulever le couvercle d'une marmite aussi noire que la suie de l'âtre. Il y prit quelques pommes de terre cuites de la veille. Sur le buffet, sous la pile de vieux journaux, il trouva le camembert, coupa un gros morceau de pain et offrit le tout à la gueule ouverte de sa musette. Il passa au chai pour tirer un litre du vin de sa récolte. Il était le seul à pouvoir boire cette affreuse piquette tant elle avait un goût affreux de vinaigre et d'iode. Au beau milieu de la cour, le tas de fumier fumait et coulait entre les pierres disjointes. Il y prit une fourche, chassa d'un coup de pied un canard qui pataugeait dans le purin et partit à la recherche de son vélo. Il le retrouva sous la treille noueuse près de la porte de la cuisine et l'enjamba sans cesser de maugréer entre ses dents.

Le lendemain dimanche, le hasard voulut que la famille Marcelet se trouva au grand complet à l'heure du repas.

Julo était, ce matin-là, resté à la maison pour l'entretien de ses barriques.

Amédée, le fils, avait réussi à se faire oublier de son père, et s'appliquait, assis sous la treille, à transformer un os de seiche en contre-torpilleur.

La Grosse, absente toute la matinée, était revenue vers midi, toute coquette dans sa robe à fleurs assortie à son chapeau et ses chaussettes blanches qui étranglaient ses gros genoux. Elle avait l'air guilleret qu'elle affichait à chaque fois que, revenant de la messe, elle s'était attardée, dans la cabane de jardin d'Édouard Pinson, le premier adjoint.

– Alors ? Qu'est-ce qu'on mange ? questionna Julo dès qu'elle fut arrivée, car il avait trop faim pour s'intéresser à l'emploi du temps de sa femme. De toute façon, il n'avait pas envie de savoir.

– Pourquoi pas une boîte de maquereau ? suggéra la Grosse qui n'avait pas la réputation d'être un cordon-bleu.

Julo la Biette haussa les épaules en guise de réponse et sa femme alla fouiller sur le buffet pour essayer d'y dénicher un ouvre-boîte. Elle dut se contenter de la pince coupante et Julo ouvrit la boîte en jurant.

– Qu'est-ce qu'il y a dans cette fichu boîte, bougonna-t-il tandis que, de la pointe de son couteau, il en extrayait des papiers rectangulaires.

Intrigué, il versa le contenu de la boîte à même la table. Il dut se rendre à l'évidence, elle ne contenait que des morceaux de papier, tous identiques. Déçu et l'estomac déjà mis en appétit, Julo exprima sa déconvenue par toute une bordée d'injures.

Amédée, qui attendait devant son assiette vide, hasarda une main jusqu'à saisir l'un des papiers et s'attarda à le regarder pendant que son père tentait de se consoler en mordant méchamment dans un quignon de pain dur.

– Dis p'pa, s'aventura Amédée, ces papiers… c'est des sous ?

– Tu veux une claque ?

Instinctivement, Amédée évita la gifle avant qu'elle ne parte. Malgré tout, il insista :

– Je te dis que c'est des sous ! Des dollars !

– De quoi ? demanda son père, la bouche pleine.

– Je te dis que c'est des dollars !

– Des dollars ! articula Julo au risque de s'étouffer.

La Grosse, intriguée, abandonna la marmite enfumée de la cheminée dans laquelle elle tentait de récupérer quelques pommes de terre froides et se pencha au-dessus de l'épaule de son mari. On aurait pu croire qu'elle voulait l'embrasser, mais tous deux avaient bien d'autres idées en tête.

– Mais bon Dieu ! c'est vrai ce que tu dis là, fit Julo, les mains tremblantes d'émotion. Va fermer la porte ! rugit-il à l'adresse d'Amédée.

Amédée courut fermer la porte.

– À clé !

Amédée courut à nouveau vers la porte et fit jouer deux fois la clé dans la serrure.

À la vue de tous ces billets en vrac sur la table, les petits yeux tout ronds de Julo la Biette faisaient penser aux billes que son fils avait souvent dans ses poches. Ils allaient d'un billet à l'autre, les dévorant de convoitise. De ses gros ongles noirs, il les tripotait sans cesse tandis que ses lèvres murmuraient :

– Des dollars ! Bon Dieu de bon Dieu ! des dollars !...

Il les compta et les recompta :

– Cinquante billets de 50 dollars !

Pour Julo la Biette, il ne faisait aucun doute que c'était une véritable fortune qui lui tombait du ciel ou, plus exactement, qui surgissait de la mer, et il se fichait totalement de leur provenance. Seul comptait pour lui le fait qu'ils soient là, devant lui, sur sa table, donc bien à lui. Pourtant, soudain, son front se barra d'une ride profonde qui accentua l'étroitesse de son front en donnant l'impression de diviser en deux sa petite tête :

– Cinquante billets de 50 dollars ? Ça fait combien ? se demanda-t-il à haute voix car il n'avait jamais eu l'occasion de s'inquiéter du cours du billet vert. Mais ni sa femme ni son fils ne purent lui apporter la réponse. En revanche, la Grosse, qui s'était contentée de regarder sans trop comprendre, avança de sa voix sourde, à demi étouffée par la graisse de son triple menton :

– Mais dans l'autre boîte, il y en a sûrement autant...

Bon sang ! Julo avait oublié l'autre boîte ! D'un bond, il fut sur le buffet. Il fit voler la pile de journaux, fit tomber sa photo de marié, renversa la bouteille de sirop dont le contenu se mélangea à celui de la boîte de raticide et enfin trouva ce qu'il cherchait sous la paire de chaussettes blanches jetée négligemment par son épouse au retour de la messe.

Sur le front de Julo, la sueur coulait et ses mains tremblaient de plus belle. Avec la pince coupante, il ouvrit précipitamment la boîte sans prendre garde au fer-blanc qui lui coupait la chair et renversa, comme précédemment, le contenu à même la table.

Le souffle court, il se laissa tomber dans la chaise, juste derrière lui.

La boîte ne contenait que du maquereau au vin blanc et aux aromates et rien que du maquereau au vin blanc et aux arômates.

Bien que l'appétit n'y fût plus, il fallut bien se contenter de les manger.

Un quart d'heure plus tard, lorsqu'il eut finit son frugal repas, Julo la Biette essuya la lame de son couteau sur la jambière de son pantalon avant de le fermer et de le mettre dans sa poche et se leva. Il regarda tour à tour, droit dans les yeux, sa femme et son fils, et montra son poing fermé :

– Si l'un de vous deux parle de cette histoire à qui que ce soit, je lui casse la gueule, compris ? déclara-t-il, menaçant de ses quarante-huit kilos.

II

Le lendemain lundi, le bulletin météorologique de la T.S.F. confirma, dès 7 heures, ce que tous les pêcheurs de Sainte-Rhéa avaient deviné, dès le samedi soir, en regardant la girouette du clocher, leur baromètre au-dessus de leur cheminée et le soleil couchant derrière les dunes. C'est donc sous un ciel bleu et une mer des plus clémentes que toute la flottille de Sainte-Rhéa, joyeuse et pimpante, franchit la pointe des Sables. Les moteurs des embarcations faisaient « teuf-teuf » et crachotaient un peu d'eau tandis que la voix forte de leur commandant – seul maître à bord parce que seul à bord – leur permettait de continuer la conversation d'un bateau à l'autre, tout en faisant route vers les lieux de pêche.

Toute l'armada de Sainte-Rhéa était présente, sans exception.

Debout à la poupe de son navire tout neuf, *La Belle Yvette*, à la coque aussi rouge que les lèvres d'Yvette elle-même, Pierre Baboche surveillait son cap, le gouvernail entre les jambes, dans la main gauche une grosse tranche de pain, dans l'autre son couteau et un morceau de saucisson à l'ail. Le fait d'avoir la bouche pleine ne l'empêchait pas de discuter avec son père dont la vieille pinasse, à quelques mètres de la sienne, s'essoufflait à vouloir la suivre. À une demi-encablure sur bâbord se trouvait Jean Benoît, le Grand Raymond et quelques autres encore, avec leur casquette bien enfoncée et leur grand mouchoir à carreaux noué autour du cou. Légèrement en retrait, sur tribord, Justinien Merlo sur sa *Fleur de l'Océan*, tout en surveillant sa route, finissait de mettre de l'ordre parmi ses lignes et ses casiers.

– Va faire sacrément beau ! affirma le père Baboche en montrant le soleil levant au Grand Raymond.

– Oui, mais ça ne va sûrement pas durer… répondit ce dernier sur le ton pleurnichard qui était le sien.

Il crut bon d'ajouter :

– Et l'eau est trop claire, on ne pêchera rien !

Le père Baboche ne trouva rien à répondre et se contenta de lever les bras au ciel, fataliste.

– Attention ! droit devant ! cria-t-il soudain à l'adresse de Jean Benoît dont les deux navires naviguaient maintenant presque bord à bord.

Jean Benoît mit sa main en visière devant ses yeux.

Se détachant en sombre, sur la longue houle qui étincelait sous le soleil matinal, dérivait une épave dodelinant dans le léger frémissement des rides de la mer. Elle n'était pas énorme, de la taille d'une caisse, et, d'un coup de rein, Jean Benoît poussa la barre afin de l'éviter et en même temps coupa les gaz.

– C'est le sous-marin de Justinien ! s'exclama le père Baboche qui ne manquait pas une occasion de plaisanter.

En vérité il s'agissait bien d'une caisse. Une grosse caisse à moitié submergée. Elle avait dû être malmenée par la dernière tempête, car on devinait qu'elle était défoncée sur un côté.

Jean Benoît manœuvra habilement de façon à passer au ralenti tout près d'elle. Lorsqu'elle fut le long de son bord, il pencha son gros ventre par-dessus le bastingage et, d'un seul mouvement, la hissa, toute ruisselante à son bord.

– Qu'est-ce que c'est ? demanda sans attendre le Grand Raymond, dévoré par la curiosité.

– Des lingots d'or ! lui répondit le père Baboche.

Le Grand Raymond eut un mouvement de tête trahissant son mécontentement. Il n'aimait pas que l'on se moquât de lui.

– Méfie-toi, c'est peut-être une mine, dit-il, et prudemment il s'écarta du navire de Jean Benoît.

Sans se préoccuper des réflexions de son entourage, Jean Benoît remit le moteur en route, redressa la barre et entreprit d'explorer l'intérieur de la caisse. Il fit sauter quelques planches disloquées afin d'y plonger le bras :

– On dirait des boîtes de conserves, fit-il.

Pour appuyer ses dires, il montra à tout son entourage une boîte au bout de son bras levé.

– Eh bien ! au moins tu es sûr de ne pas revenir bredouille, remarqua le père Baboche qui avait une forte tendance à ne voir que le bon côté des choses.

Le Grand Raymond ne partageait pas l'optimisme habituel du vieux Baboche :

– Oui, mais fais attention… elles sont peut-être empoisonnées !

Jean Benoît était trop occupé à faire l'inventaire de sa caisse pour répondre :

– Maquereaux au vin blanc et aux aromates, déchiffra-t-il péniblement car il n'avait pas ses lunettes.

– C'est quand même beau le progrès ! reconnut le père Baboche, voilà que maintenant on pêche le poisson tout cuisiné.

Cette fois encore, le Grand Raymond ne voulut pas comprendre la plaisanterie :

– Oui, mais, dit-il sur un ton de reproche à Jean Benoît, si tu n'avais pas dévié ta route, c'est moi qui la pêchais, cette caisse.

Jean Benoît ouvrit grands les bras avant de s'exclamer :

– Ne pleure pas mon gars ! Je vous invite tous, en rentrant au port, à une dégustation gratuite de maquereaux au vin blanc et aux aromates chez Gros-Lulu.

Cette proposition obtint sans difficulté l'unanimité de tous et consola en partie le Grand Raymond de ne pas avoir la caisse entière à lui tout seul.

Après plus de cinq heures de navigation au large – à plus de cinq milles du café de Gros-Lulu ! –, après avoir immergé lignes et casiers, l'invincible armada accostait bruyamment dans le port de Sainte-Rhéa.

Par petits groupes, la démarche chaloupée, les armateurs-commandants-matelots se dirigèrent tout naturellement en direction du *Café-Hôtel-Restaurant du Port,* traînant avec eux une odeur de tabac gris, de gazole et de sel. En tête marchaient Jean Benoît et le père Baboche portant fièrement la pêche miraculeuse.

Au passage, le père Baboche interpella deux petits vieux qui essayaient de réchauffer leurs vieux os au soleil, adossés à une embarcation aussi vieille qu'eux :

– Venez donc casser la croûte avec nous !

L'un des deux cracha adroitement le jus de sa chique entre ses deux sabots de bois. Ses yeux s'allumèrent, comme la faible lueur d'un phare, perdus dans une tempête de petites rides :

– Avec plaisir, mon gars !

– Qu'est-ce qu'il dit ? demanda l'autre en penchant son oreille vers son vieux camarade. Le premier ne lui répondit pas mais lui fit simplement signe de le suivre.

À cette heure-là, le bistrot de Gros-Lulu sentait encore bon l'eau de Javel et l'encaustique. À peine restait-il dans les coins quelques relents de tabac froid et de vin rouge.

La nouvelle bonne – celle qui avait remplacé Yvette, une petite blonde aux cheveux raides, à l'air malingre et sale – finissait juste de passer la serpillière quand le groupe de pêcheurs entra :

Une voix sortit de la cuisine :

– Voilà ! voilà ! j'arrive…

Et Gros-Lulu apparut en tricot de corps, le visage recouvert de savon à barbe et vit Pierre Baboche – le fils du père Baboche – dont le regard s'attardait sur la nouvelle bonne :

– Dis donc ! tu m'as déjà pris une serveuse, tu ne vas pas encore me prendre celle-ci ?

Et se tournant vers le père Baboche :

– Ah ! celle-là, elle est loin de valoir notre petite Yvette !

– On apporte notre panier, interrompit Jean Benoît, et, de la tête, il montra l'affiche jaunie, à moitié cachée par le tuyau de poêle, qui déclarait : *On accepte les gens avec leur panier.*

Ils avaient posé la caisse au bout de la grande table, et, dans un bruit de bancs que l'on bouscule, tout le monde s'installa, la casquette en arrière, les manches de vareuse retroussées jusqu'au coude. Chacun fouilla dans sa poche pour en sortir son couteau et la grosse miche qu'avait apportée Gros-Lulu fit rapidement le tour de la table.

– Apporte-nous quatre bouteilles de pinard pour commencer, commanda le père Baboche, et des échalotes, des petits oignons, du poivre, de la moutarde et du vinaigre...

Il se tourna vers son fils :

– En général, ces boîtes, elles sont assaisonnées pour les Parisiens, autrement dit, ça n'a pas de goût si tu ne fais pas ta sauce toi-même.

Jean Benoît ouvrit une première boîte sous le regard gourmand de toute la tablée :

– Allez-y les gars ! Faites comme moi !

Il n'eut pas la peine de répéter ses paroles. Après avoir bu un grand verre de vin rouge, histoire de se mettre en appétit, tous se mirent en devoir de faire honneur à cette pêche miraculeuse.

Gros-Lulu s'affairait autour de ses clients tapageurs, partagé entre le désir de bien les servir et de s'asseoir avec eux. Heureusement pour lui, le père Baboche mit fin à ses hésitations. De la pointe de son couteau, il lui montra une place libre au bout de la table :

– Assieds-toi donc et casse la croûte avec nous au lieu de nous faire de l'ombre.

– D'accord, admit Gros-Lulu qui n'attendait que ce moment, mais alors, j'offre le camembert et une autre tournée de vin rouge.

Cette déclaration lui valut un long applaudissement qui le fit rougir comme une petite fille.

Il y avait à peine un quart d'heure que tout le monde mangeait de bon appétit, et déjà la conversation avait monté d'un ton, accompagnée de gros rires que n'arrivaient pas à étouffer les bouches pleines, quand le Grand Raymond, assis face à la porte, s'exclama :

– Tiens ! il ne manquait plus que lui…

Tous les regards convergèrent vers la porte vitrée.

Les mains sur le ceinturon, le ventre en avant, le képi en arrière, le gendarme Blondin prenait tranquillement la direction du bistrot.

– Salut à tous ! clama-t-il à la cantonade, la voix forte et le sourire épanoui.

– Pour un gendarme, on peut dire que tu as du flair, reconnu le père Baboche.

– Pourquoi ? demanda Blondin l'air faussement étonné, alors que ses yeux gourmands avaient déjà fait l'inventaire de la table et que ses narines dilatées savouraient en connaisseur le subtil mélange des effluves de camembert et de la sauce aux aromates améliorée façon père Baboche.

– Tu mangeras bien une bouchée avec nous ? proposa Jean Benoît.

La réponse de Blondin fut catégorique :

– Impossible ! Je suis de service.

– Allez ! allez ! laisse-toi faire… On va te faire une petite place…

Le regard de Blondin parcourut encore une fois les maquereaux aux aromates, les petites échalotes, le camembert... La tentation était vraiment très forte.

– Bon ! eh bien ! j'accepte pour vous faire plaisir. Mais... juste une petite bouchée.

Il dégrafa son ceinturon et posa son képi sur le poêle éteint.

– On peut dire que ça sent bon, remarqua poliment Blondin, le nez dans une boîte de conserve, mais, en toute franchise, ça ne sent pas aussi bon que les maquereaux préparés par Justinien.

Justinien Merlo, la bouche obstruée par une grosse bouchée de pain, se contenta de répondre par un signe de tête.

– Mais où est-ce que vous avez pêché tous ces maquereaux, demanda le gendarme tandis qu'il s'évertuait à ouvrir une autre boîte.

Jean Benoît lui expliqua.

L'explication laissa Blondin quelque peu pantois :

– Normalement, il aurait fallu avertir le service des douanes...

Il termina néanmoins d'ouvrir la boîte qu'il tenait à pleines mains, l'observa un long moment avant de regarder tous les convives les uns après les autres, le sourire fendu jusqu'aux oreilles :

– Ah ! cette fois les voleurs ont été volés.

Cette réflexion, au beau milieu du festin, fit l'effet d'un pavé dans la mare, et certains commencèrent à se demander si c'était une bonne idée de l'avoir invité.

– Qu'est-ce que tu veux dire ? demanda Jean Benoît qui, sans trop savoir pourquoi, se sentait particulièrement visé.

Le sourire imperturbable, Blondin montra à tous la boîte de maquereaux.

– Elle ne contient que du papier, dit-il en pouffant de rire et en postillonnant à la ronde.

– Mais c'est vrai !

– Les vaches ! Jusqu'où va se loger la publicité !

– C'est une honte ! De mon temps on aurait jamais osé faire une chose pareille, cria un des deux vieux retraités qui, en bout de table, n'avait encore rien dit tant il était occupé à manger. Bien vite, il se servit un verre de vin pour faire passer la colère qu'il sentait monter en lui.

Blondin tailla, avec application, une bouchée de pain en biseau, la piqua adroitement au bout de la pointe de son couteau afin de bien essuyer son assiette. Quand il jugea l'assiette suffisamment propre, il fit disparaître la bouchée de pain derrière ses grosses moustaches, lécha soigneusement son pouce et son index afin de ne pas laisser d'empreintes graisseuses sur les papiers qu'il se mit en devoir de sortir de la boîte, à la grande satisfaction de tous.

– C'est peut-être des images pornographiques ? suggéra une voix en bout de table.

Un premier papier tomba dans l'assiette :

– Désolé, ce n'est pas porno, mais il y a quelque chose d'écrit dessus...

– Eh bien ! dis-nous ce qu'il y a d'écrit... insista le Grand Raymond toujours aussi curieux.

Blondin déchiffra à haute voix avec son accent de Marmande dont il n'avait jamais pu se départir :

– *United States of America...* C'est de l'américain, crut-il bon de préciser avant de continuer : *Fifty dollars...*

Il n'en lut pas davantage. Les yeux exorbités, il laissa tomber le papier dans son assiette et jaillit de son banc comme mu par un ressort.

– Qu'est-ce qu'il t'arrive ? Tu as avalé une arête ? s'inquiéta Gros-Lulu.

Blondin ne répondit pas. Il avait déjà reboucle son ceinturon et remis son képi. Il avait perdu le sourire qu'il arborait tout à l'heure et son teint avait viré du rouge au vert.

– Explique-toi, tout de même ! lui demanda Jean Benoît.

Gros-Lulu lui remplit son verre :

– Bois d'abord et explique-nous.

Blondin but son verre d'un trait et très rapidement retrouva son calme et son visage reprit ses couleurs. Il finit de vider le contenu de la boîte et montra la pile de papiers que contenait son assiette :

– Vous savez ce que c'est, ça ?

– Non, mais on voudrait bien que tu nous le dises.

Il regarda tous les yeux tournés vers lui. Il aurait bien aimé maintenir encore le suspens mais il devina que son auditoire ne pouvait plus attendre :

– Des dollars ! Des billets de 50 dollars !

Il y eut un court instant de silence, puis des exclamations ponctuées de quelques injures courantes et d'un seul coup, toutes les mains plongèrent dans l'assiette de Blondin. Ses deux grosses paluches ne purent rien faire pour empêcher la razzia et en un instant son assiette se retrouva vide et presque aussi propre que lorsque Gros-Lulu lui avait donnée.

Tous voulaient voir, palper, sentir et tous avaient un avis à donner et pour cela se devaient de parler plus fort que le voisin.

Le gendarme eut beaucoup de mal à récupérer les cinquante billets que contenait la boîte.

Les conversations allaient maintenant bon train. On faisait même des rapprochements entre la caisse et le

« sous-marin de Justinien ». À l'exception du père Baboche et de Justinien lui-même qui, tous deux, allègrement, attaquaient le fromage, personne ne pensait plus à manger.

Blondin était heureux de son effet de surprise et ne put réprimer à ses cent kilos un mouvement de balancier qui trahissait sa satisfaction.

Dans tout ce brouhaha, la voix de Gros-Lulu parvint jusqu'à son oreille.

– Mais il y en a sûrement encore dans les autres boîtes ? suggérait l'aubergiste qui avait le sens des affaires.

Blondin se gratta la tête sous son képi :

– Je n'y avais pas pensé, avoua-t-il.

Il réclama un peu de silence. Personne ne l'attendit et il dut faire usage de son sifflet.

Fier d'y avoir pensé le premier, Gros-Lulu força le ton pour répéter ce qu'il venait de dire et là, comme par miracle, tout le monde entendit sa petite phrase magique. Ce fut la ruée sur la caisse éventrée. Le couvercle des boîtes ne résista pas au couteau de marin et bientôt, sur un coin de table dégagé de ses couverts, il y eut deux tas : un tas, aux relents d'aromates, qui aurait eu tendance à donner la nausée aux estomacs repus, et un tas aux reflets verts, au parfum d'aventure pour tous ceux qui, soudain, avaient tant soif de fortune qu'ils ne pensaient même plus à vider leur verre.

Dans tout ce tintamarre que soulevait cette nouvelle ruée vers l'or – plus précisément sur le billet vert – on entendit à plusieurs reprises les mots « partage » et « chacun sa part » et Blondin sentit qu'il n'était plus maître de la situation. Une fois encore, il essaya d'intervenir, mais personne ne l'entendit. On était bien trop occupé à ouvrir les dernières boîtes, à compter les billets, à évaluer la fortune totale, à diviser mentalement par le nombre d'ayants droit et à commencer à faire des projets…

Le sifflet de Blondin ramena un peu de calme :

– Écoutez les gars, dit-il, calmez-vous un peu, hein ? Ce fric-là, dites-vous bien qu'il n'est pas à vous et que si vous voulez avoir des ennuis, vous n'avez qu'à essayer de le garder…

– Qui est-ce qui nous ferait des ennuis, toi ? demanda le Grand Raymond sans lâcher les billets des yeux.

Le ton plein de sous-entendus du Grand Raymond ne plut pas du tout à Blondin. Il retroussa ses manches, posa ses deux mains velues bien à plat sur la table et regarda droit en direction de son interlocuteur :

– Oui ! moi, pour commencer…

– Mais… insinua le Grand Raymond, tu étais bien à casser la croûte avec nous quand tu as trouvé les dollars, et pourtant tu étais de service…

– J'en ai rien à foutre ! fit Blondin rouge de colère et prêt à exploser. Et si il y a quelqu'un ici qui oublie que je suis un représentant de la loi, je pourrai lui rappeler que je suis aussi un homme en lui mettant mon poing sur son nez !

Le Grand Raymond n'insista pas et jugea plus prudent de protéger le sien dans le fond de son verre.

Cette intervention soudaine du gendarme eut le don de mettre un bémol à cette virile chorale.

– Il a raison, dit à contrecœur Jean Benoît qui tenait à sa réputation d'honnête homme et plus encore à ses hautes fonctions de conseiller municipal.

Il entreprit donc d'aider Blondin à empiler les billets afin de les compter. Ce ne fut pas chose facile. Ils en comptèrent 10 199.

– Tiens ! le compte n'est pas juste, ça m'étonne… On a dû se tromper. Il faut recompter, dit Blondin qui à nouveau dirigeait les opérations.

– Peut-être qu'ils se sont trompés à l'emballage… suggéra timidement le Grand Raymond.

Personne ne prit garde à cette réflexion.

Pendant ce temps, la petite bonne aux cheveux filasse avait desservi la table, ne laissant que les bouteilles et les verres.

Les billets de 50 dollars s'alignèrent donc une fois de plus par petits paquets de cinquante. Seul le dernier paquet s'obstinait à ne vouloir contenir que quarante-neuf billets.

– Ils ont dû se tromper à l'expédition, insista d'une voix à peine audible le Grand Raymond.

Debout derrière le père Baboche, Blondin, mains sur le ceinturon, sourcils froncés et képi en bataille, le regarda avec insistance. Mal à l'aise, le Grand Raymond joua un moment avec son verre vide avant d'être pris d'un grand besoin de se moucher. Il fouilla longuement dans sa poche à la recherche de son mouchoir à carreaux et se moucha longtemps, très fort, le nez poliment penché vers le sol, carrément sous la table, dans un soudain excès d'éducation :

– Tiens ! dit-il en réapparaissant au niveau des verres et des billets de banque avec un sourire absent de conviction, je l'ai trouvé, le billet qui manquait. Il était tombé sous mes pieds.

Blondin le regarda un moment en silence :

– Je m'en doutais qu'il n'était pas loin, se contenta-t-il de dire sans plus de commentaires.

Pendant ce temps, les conversations avaient repris de plus belle et Blondin fit à nouveau entendre quelques trilles sur son sifflet afin de pouvoir rétablir un semblant de silence :

– Vous restez tous là, dit-il, car je vais avoir besoin de vos déclarations. Attendez-moi, je reviens tout de suite.

Personne n'osa broncher et personne n'osa bouger, à l'exception des deux petits vieux invités par le père Baboche qui en profitèrent pour aller ensemble soulager leur vessie, contre la digue, face à la mer. Blondin sentit qu'il avait repris la situation lorsqu'il claqua la porte derrière lui.

Dans le fourgon de la gendarmerie, la radio grésilla un long moment. Quand il en sortit, il avait une grande serviette en cuir sous le bras et le regard haut et fier d'un simple gendarme qui aurait bien mérité, à ce moment-là, d'être chef.

Il jeta le porte-documents sur la table et commença à y engouffrer les billets en prenant bien soin – méfiance oblige – de bien les recompter une fois encore, mais Gros-Lulu dut lui apporter un carton pour finir de les ranger tous.

Autour de lui, l'ambiance s'était considérablement modifiée. On ne criait plus, on ne parlait plus, on chuchotait. On se serait crû à l'enterrement. L'enterrement de mille rêves fous, offerts généreusement par une mer nourricière mais, hélas ! aussitôt repris. Seul, à l'autre bout de la table, le père Baboche continuait de rêver, car il ne pouvait pas résister à une petite sieste après un bon repas.

Lorsque tout l'argent fut rangé dans sa serviette et dans le carton, Blondin sortit un carnet de sa poche. Il avait l'air satisfait de celui qui est conscient d'avoir fait du bon travail :

– Bien ! En attendant mes chefs, je vais commencer à prendre vos dépositions. Par qui est-ce que je commence ?

– Et si on commençait par prendre un pastis ? proposa Gros-Lulu.

Du doigt, il montra la pendule :

– Ma foi… c'est l'heure ! reconnut Blondin.

Le père Baboche ouvrit un œil :

– C'est une très bonne idée, car des émotions comme celles-là, ça vous secoue un bonhomme.

– Alors, venez ! insista Gros-Lulu. C'est ma tournée…

– Ah ! non, c'est la mienne ! insista à son tour le père Baboche qui avait maintenant les yeux ouverts.

– Ne vous battez pas… Chacun son tour… proposa Blondin, conciliant.

En face de lui, derrière le comptoir, le baromètre était au beau fixe et, dans la glace, un court instant, il crut voir briller un galon tout neuf à son képi.

III

Exceptionnellement, Julo la Biette fut le dernier averti de ce que maintenant, dans tout le village, on appelait « la pêche miraculeuse » de la même façon que l'on avait parlé du « sous-marin de Justinien ».

Il faut dire que ce jour-là, Julot la Biette était enseveli au plus profond de son lit de plume, claquant des dents avec quarante degrés de fièvre. Il avait attrapé une grosse grippe, en pénétrant, la veille, dans l'eau jusqu'au ventre avec ses vieilles bottes percées. Ce n'est que le soir, à la nuit tombante, quand sa femme se sentit obligée de lui apporter un bol de vin chaud pour le faire transpirer et baisser la température, qu'elle lui apprit ce que tout le village savait déjà.

À l'annonce de cette nouvelle, le sang de Julo la Biette ne fit qu'un tour tant il était sûr qu'à l'heure présente, avec les vents d'ouest, la laisse de mer était envahie de boîtes de conserve pleines de dollars.

En chemise de nuit, il sauta de son lit, prêt à plonger les deux pieds dans ses bottes. Mais hélas ! il avait présumé de ses forces. Ses jambes flageolantes le portèrent à peine jusqu'à la grande armoire et il eut mille difficultés à rejoindre sa couche où toute la nuit il délira et étouffa sous le poids de milliers de boîtes de maquereaux. Dans son cauchemar, elles s'accumulaient lourdement, les unes après les autres, sur sa maigre poitrine.

Le lendemain matin, tandis que Julo la Biette, enfoui sous ses couvertures, tantôt claquait des dents bruyamment, tantôt transpirait à grosses gouttes, Amédée appréciait en connaisseur le pâle rayon d'un soleil d'automne qui, rien que pour lui, s'était frayé un passage entre les feuilles roussies du marronnier de la cour de l'école, avait traversé la fenêtre sans la casser, pour venir faire une belle tache de lumière sur la plage toute blanche de son cahier d'écolier.

Amédée leva son nez mince et pointu et, derrière sa mèche de cheveux raides qui tombait jusque dans sa bouche, fit un clin d'œil complice en direction du rayon de soleil. C'est ce moment-là que choisit une mouche pour s'immobiliser dans le faisceau de lumière.

– Chouette ! se dit Amédée, une mouche !

La matinée allait paraître moins longue.

Particulièrement intéressé par cette nouvelle venue, il ne la lâcha plus des yeux.

Après bien des hésitations, la mouche eut la bonne idée de venir se poser juste en face de lui, sur le col de chemise de Pierrot plus communément appelé « Bouffi », laborieusement penché sur son cahier.

Les petits yeux ronds d'Amédée brillèrent d'excitation. Il ne pouvait plus lâcher la mouche du regard. Sa langue pointue chatouilla l'extrémité de son nez jusqu'à ce qu'il trouve, dans le profond de sa poche, l'élastique qu'il cherchait.

La mouche était toujours là, confortablement installée sur le col de Bouffi, très occupée à faire sa toilette.

Amédée s'aplatit sur son bureau – comme Tartarin de Tarascon chassant le lion, dessin de la page 32 de son livre de lecture – sans se soucier des pages du cahier qu'il froissait, l'œil gauche fermé, le droit rivé sur la mouche. Le pouce et l'index de sa main droite blanchirent sur l'élastique qu'il serrait fortement. Sa main gauche qui tenait l'autre extrémité était presque cachée derrière son dos tant le caoutchouc était tendu.

À cet instant, Amédée figea sa langue au bout de son nez et desserra les doigts de la main gauche. L'élastique partit et aussitôt Bouffi se frotta fortement son oreille :

– T'es pas loufdingue ! cria-t-il tout bas sans cesser de se masser l'oreille soudain rouge écarlate.

Amédée prit un petit air ingénu et regarda la jeune maîtresse. Plongée dans des corrections, elle n'avait rien vu. Derrière elle, elle avait écrit en belles lettres blanches sur le tableau noir : *Composition de Calcul.*

Bouffi, faisant fi de la douleur, s'était repenché sur son problème sans perdre une minute. L'heure était bien trop grave pour lui : il jouait sa première place.

Un moment d'inquiétude traversa l'esprit d'Amédée et creusa une ride profonde sur son front et le fit ressembler davantage à son père. « Où peut bien être passée la mouche ? » se demanda-t-il, un court instant anxieux.

En vérité, il adorait les compositions. Elles étaient des heures d'une relative liberté dont il jouissait. Des heures volées sur le temps de classe. C'était l'assurance d'un moment de tranquillité qu'il savait apprécier. Il aimait regarder ses petits copains, Popol, Bouffi, La Sauterelle, Bébert et les autres se débattant pour savoir à quelle heure le train de passagers croiserait le train de marchandises, et quelle était la longueur du tunnel ? Le tunnel, pour lui, c'était un grand trou, noir et mystérieux, aussi noir et mystérieux que les mathématiques ou les conjugaisons elles-mêmes. Il préférait de loin les grands ciels bleus, les odeurs fortes qui montaient de la mer et assaillaient ses narines quand il arrachait les mauvaises herbes dans la vigne de son père, sur le haut de la falaise. L'été dernier, il y avait même trouvé, dans un pied de tamarin, au bout de la vigne, un nid de chardonnerets...

– Est-ce que ça mange des mouches, les chardonnerets ? demanda-t-il à son voisin.

Ce dernier, surpris, le regarda comme s'il était un train de marchandises avant de se replonger courageusement dans l'obscurité du tunnel.

Amédée allait fouiller dans son sac à la recherche de ses billes quand il aperçut la mouche qui continuait sa toilette sur le bord de l'abat-jour, juste au-dessus de sa tête.

– Elle ne va sûrement pas tarder à décoller, pensa-t-il en se remémorant le dessin de la page 27 : *La traversée de l'Atlantique par Lindbergh.*

– Elle a décollé, faillit-il crier quand la mouche abandonna l'abat-jour. Mais pour Amédée, elle était devenue le *Spirit of Saint-Louis* s'apprêtant à traverser l'Atlantique et Amédée Marcelet était aux commandes.

Très rapidement, il monta droit dans le ciel, perdant de vue toutes ces têtes qui, en bas, étaient venues pour l'acclamer. Mais la météo était mauvaise et le plafond bas, et, dans une vrille audacieuse, il perdit vite de la hauteur. Pris en pleine tourmente, il vint frôler la tignasse frisée de Bébert et faillit disparaître corps et biens sous le geste agacé d'une main distraite. Si le vaillant Amédée n'avait pas été aux commandes, il est certain que son épopée se serait arrêtée là. Il augmenta les gaz et remonta en flèche dans le ciel de la classe après un rase-mottes très risqué sur le cahier de Bouffi, heureusement perdu dans son tunnel à la recherche de son train de passagers. Le moteur vrombissant, l'avion-mouche, oubliant l'Atlantique, partit à tire d'ailes vers le bleu du Pacifique où le soleil maintenant écrasait sa lumière, avant de se poser sans encombre sur le « A » majuscule de la *Carte Physique de l'Amérique du Sud*, à un mètre cinquante de l'épaule gauche d'Amédée.

Le pilote Marcelet pouvait être, à juste titre, fier de ses prouesses, et, quand la mouche s'aventura sur l'immensité bleue de la carte, Amédée abandonna le *Spirit de Saint Louis* et coiffa, sans complexe, la casquette de commandant de superpétrolier.

– En avant toute ! hurla-t-il bien fort dans sa tête.

Mais le superpétrolier semblait en panne de machine et s'obstinait à nettoyer ses ailes avec ses pattes postérieures. Il risquait d'aller s'échouer sur les côtes hostiles de Patagonie ou de sombrer dans les tempêtes du cap Horn. Il fallait absolument prendre une décision aussi rapide qu'énergique. Le commandant Amédée Marcelet en prit une sans attendre. D'un geste vif et précis, le pétrolier se retrouva dans le creux de sa main close et, pendant un court instant, disparut de la carte murale, coulé par le « sous-marin de Justinien ».

L'espace d'une minute, le commandant Marcelet troqua son grand uniforme d'officier contre la blouse de chirurgien. Juste le temps de faire l'ablation d'une aile et le supertanker reprit sa route à toute allure, en direction de l'Amérique du Sud. À la vue du gros « H » noir de Chili, il changea de cap et prit une nouvelle route, fonçant délibérément sur la cordillère des Andes.

Sans perdre un instant, une fois encore le commandant changea de tenue. Il chaussa ses bottes et ses éperons de gaucho, jeta à la mer sa casquette de commandant pour coiffer son grand chapeau de cow-boy et, au grand galop, partit à travers les plaines arides sans se soucier des indiens. Faisant fi des neiges éternelles, il escalada les montagnes, sauta les rivières sans même prendre le temps de s'y arrêter pour se désaltérer. Des dollars, il en avait plein ses fontes en cuir et, du haut de son fier étalon, il les distribuait généreusement aux pauvres péons des misérables villages de la pampa…

– Psitt ! Amédée ?

Viva Amédéo ! criait la foule en liesse.

– Psitt ! Amédée ?

Alors qu'il chevauchait tout en haut du sommet de l'Aconcagua, le cheval d'Amédée fit un brusque écart et tomba... derrière le poêle. Le valeureux gaucho eut juste le temps de faire un double saut périlleux pour se retrouver indemne sur son banc d'école, devant la page toujours blanche, mais froissée, de sa composition de mathématiques.

– Psitt ! Amédée ?

Légèrement commotionné par toutes ses aventures, il fallut quelques instants à ce vaillant héros pour réaliser que La Sauterelle l'appelait :

– Qu'est-ce qu'il y a ? demanda-t-il à mi-voix.

– T'as vu ?

– Qu'est-ce que c'est ?

– Un éperon.

Camouflé derrière une pile de livres et de cahiers, une main devant sa bouche pour en atténuer le son, Amédée jeta un bref regard à la carte murale à côté de lui. D'accord, il était au Chili il y a juste un instant, d'accord il avait chaussé des éperons, mais qu'un éperon soit déjà là, dans le creux de la main de La Sauterelle ?

– T'es loufdingue ! se contenta-t-il de dire.

De plus, loufdingue était actuellement le mot en vogue dans la classe.

– Non, je ne suis pas loufdingue. C'est mon oncle, celui qui est cuisinier sur les pétroliers qui me l'a rapporté.

Le fils de Julo la Biette n'en croyait ni ses yeux ni ses oreilles : un éperon du Chili ici, dans le fond de la classe de l'école communale Sainte-Rhéa. Il regarda à nouveau la grande carte accrochée au mur, théâtre de ses exploits imaginaires, et fut soudain prit d'un doute :

– C'est un vrai ?

La Sauterelle eut une moue hautaine :

– Évidemment ! Enfin, presque… c'est un porte-clés.

– Fais voir ?

– À la récré…

Et l'éperon chilien disparut dans la poche de La Sauterelle.

Toujours assise à son bureau, l'institutrice posa son stylo et regarda sa montre :

– Dans cinq minutes, je ramasse les cahiers, annonça-t-elle.

Il y eut un bruit confus de protestations dans la classe qui ramena Amédée à la réalité. Par esprit de cohésion avec ses petits camarades et histoire de faire un peu de bruit lui aussi, il émit aussi quelques protestations et jeta un cou d'œil autour de lui.

Bouffi, écarlate, semblait courir depuis une heure après son train de passagers. Bébert, pâle, les yeux dilatés, cherchait en vain, dans les ténèbres de ses pensées, la sortie du tunnel. La Sauterelle, le visage tourné vers la fenêtre, le sourire béat, fantasmait, allongé voluptueusement sur les couchettes de l'Orient-Express, la madone des Sleeping allongée dans ses bras...

Amédée regarda la page de son cahier, froissée mais toujours blanche, aride comme le désert du Nevada. Là encore, il sentit qu'il fallait faire quelque chose.

Il enfonça profondément son doigt dans son nez et trouva la solution : il prit son porte-plume, le tourna longuement dans l'encrier et, avec application, fit trois grosses taches sur sa page blanche : « Trois oasis dans le désert », pensa-t-il, satisfait. Du bout de l'index, il élargit légèrement les taches avant d'essuyer discrètement son doigt sur le pull-over de Bouffi.

Ce n'est pas cette fois encore qu'on lui prendrait sa place dans le fond de la classe, à un mètre cinquante seulement de l'océan Pacifique et de la cordillère des Andes...

Bien à l'abri dans les waters sentant fortement le désinfectant et l'urine, Amédée tournait et retournait dans sa main le porte-clés encore tout imprégné de la chaleur de la poche de La Sauterelle. Mais pour lui, il n'en doutait pas, ce ne pouvait être que la chaleur du soleil du Chili.

– Tu me le donnes ? s'aventura-t-il à demander.

– T'es loufdingue !

– Tu me le vends alors ?

– Combien ?

Le front d'Amédée se creusa de la ride profonde qui le faisait tant ressembler à son père. La Sauterelle avait toujours des choses extraordinaires. Une fois, il était même arrivé à l'école avec un véritable pistolet de cow-boy qui tirait des jets d'eau à plus de cinq mètres ! Hélas ! le beau pistolet avait été rapidement confisqué par la maîtresse.

Le petit Amédée Maigrelet – au lieu de Marcelet – comme l'appelaient souvent ses copains quand ils ne l'appelaient Amédée la Biette, avec ses vêtements usés et démodés venant de son père et ses allures de petit vieux, eut envie de faire un coup d'éclat. Il regarda l'éperon tandis que l'eau des urinoirs gazouillait comme une source fraîche descendant des sommets enneigés de la cordillère :

– 50 dollars !

La Sauterelle écarquilla les yeux :

– T'es loufdingue ?

La cloche qui sonnait la fin de la récréation vint abréger leurs transactions.

– Je te les apporte cet après-midi.

Ils sortirent des waters en faisant semblant de boutonner leur braguette, histoire de faire plus sérieux.

À la sortie de l'école, Amédée ne s'attarda pas avec ses copains. Ils étaient d'ailleurs trop occupés à comparer la longueur de leur tunnel et la vitesse de leurs trains. Lui, il s'en fichait bien.

Il passa devant le monument aux morts sans même penser à tirer la langue au soldat de pierre qui lui rendait les honneurs chaque fois qu'il sortait de classe. Il marchait à grands pas, les poings enfoncés dans les poches de son pantalon rapiécé, une chaussette tombant sur son mollet écorché par les ronces, tête basse, perdu dans ses pensées.

Il était presque essoufflé lorsqu'il arriva chez lui.

– Chouette ! mon père n'est pas levé, murmura-t-il entre ses dents.

Il aimait bien quand son père était malade, cela lui donnait beaucoup plus de liberté et il aurait bien aimé que cela lui arrivât un peu plus souvent.

– Tu es là, m'man ? demanda-t-il tout haut.

Comme il l'espérait, sa mère n'était pas à la maison et ses petits yeux ronds en brillèrent de satisfaction.

Il n'entra même pas dans la cuisine pour se prendre un morceau de pain. Il rasa l'angle de la buanderie où s'entassait du linge sale, pour arriver au vieux portail en bois sur lequel séchait une peau de lapin. Le portail gémit au premier coup de pied d'Amédée. Au deuxième, le portail cessa de se plaindre et s'ouvrit car on ne résiste pas à Amédée. Surpris, un chat détala. Le maître des lieux – en l'absence de son père – saisit vivement une pomme de terre qui germait dans un cageot et la lança en direction de l'animal, déjà dissimulé derrière un monticule de sarments de vigne.

Le chai sombre, à la forte odeur d'humidité, métamorphosa l'ancien héros du Pacifique en petit garçon qui a peur dans le noir. Prudent, il laissa ses yeux s'habituer à la pénombre. On ne sait jamais qui peut être caché derrière les grosses barriques couvertes de toiles d'araignées… Quand la chèvre l'invita à rentrer de sa voix chevrotante, il n'hésita plus, et bravement, en sifflant bien fort, il entra.

Sans perdre davantage de temps, sans même prendre le temps de donner une poignée de luzerne à la chèvre qui, souvent, était sa confidente quand son père le battait trop fort, il escalada les cageots de pommes de terre et sauta sur les barriques. Il avait beau ne pas être grand, sa tête touchait presque les poutres basses du chai où étaient accrochés des aveneaux, des baquets à vendange, des bouquets d'ail et d'oignons, des cercles de barriques, une paire de vieux sabots de bois...

D'un geste, il balaya une toile d'araignée qui lui caressait le visage et, sur la pointe des pieds, un bâton au bout de son bras tendu, l'extrémité de sa langue pointue chatouillant le bout de son nez, avec mille précautions, il décrocha l'un des sabots et doucement le ramena jusqu'à lui. Quand il put le saisir dans sa main, il poussa un soupir de soulagement et sa langue lâcha le bout de son nez pour reprendre la place qui était la sienne.

Toujours perché sur la barrique, il plongea la main dans le sabot de bois et en sortit un pot de confiture vide qu'il ouvrit sans attendre :

– Un, deux, trois… quarante… cinquante… Cinquante billets ! Si j'en prends un sur la quantité, ça ne se verra pas !

C'est ainsi qu'un billet de 50 dollars passa de la cachette de Julo la Biette dans la poche d'Amédée – la poche droite, celle qui n'était pas percée.

Précipitamment, le cœur haletant, il remit le sabot à son clou, sauta de la barrique et referma le portail.

Sur la pointe des pieds, pour ne pas être entendu de son père, il passa dans la cuisine, se prit un gros morceau de pain, une pomme dans laquelle il mordit tout de suite à pleines dents et partit en sautillant en direction des dunes.

Pour une fois, il n'arriva pas trop en retard à l'école. Ses camarades étaient déjà en rang sous le préau. Discrètement, il se mit derrière tout le monde. Un peu plus loin, devant lui, la tête ébouriffée de La Sauterelle dépassait les autres têtes de plus de trente centimètres.

La Sauterelle se retourna, aperçut Amédée et eut un geste interrogateur du menton. Amédée lui répondit d'un clin d'œil affirmatif.

Lorsqu'ils pénétrèrent dans la classe, Amédée exploita le court moment de désordre pendant lequel chaque élève s'assoit, ouvre son cartable, sort ses livres et ses cahiers et termine sa conversation avec le voisin, pour se précipiter à la table de La Sauterelle :

– À la récré ?

– À la récré !

Comme convenu, la transaction se fit donc à la récréation, le plus discrètement du monde, dans les waters, comme il se doit.

– Tu me le jures de n'en parler à personne ? demanda Amédée qu'une certaine inquiétude envahissait.

– Parole d'honneur ! répliqua La Sauterelle. Sourcils froncés et, bras droit levé, il cracha par terre.

Ils étaient encore tout imprégnés de ce moment solennel quand ils sortirent des urinoirs, mais quand la cloche tinta la fin de la récréation, Amédée avait tout le Chili dans le fond de sa poche droite.

Le lendemain, un peu déçu et pas mal effrayé, il constata que la discrétion de La Sauterelle n'était pas des plus étanches et il dut répondre à un feu roulant de questions de ses petits camarades.

Il lui fallut d'abord convaincre ses petits copains que ce billet de 50 dollars n'avait rien à voir avec ceux trouvés il y avait quelques jours par les pêcheurs. Pour cela, il inventa une histoire, avec tant de détails et de précisions, qu'à la fin tout le monde finit par le croire ; Amédée le premier !

– Oui, continua-t-il avec une grande modestie qui le faisait regarder par terre, des dollars, j'en ai beaucoup. C'est mon oncle d'Amérique qui me les envoie.

– Et tu ne nous l'avais jamais dit ?

– Je ne le disais à personne parce que je les mets de côté pour aller le retrouver. Oui, oui, il est très riche. Il a plus de mille chevaux dans son ranch.

– Et tu nous en avais jamais parlé ? insista Bébert.

– Oh ! tu sais... Il n'y a vraiment pas de quoi se vanter d'avoir un oncle milliardaire.

– Et quand iras-tu le voir ?

– Oh ! dans deux ans, quand je sortirai de l'école. Il viendra me chercher avec son avion pour que je travaille avec lui, dans son ranch.

– Tu n'auras pas peur des Indiens ? demanda une fille qui s'était approchée du groupe des garçons.

Amédée se contenta de lui répondre par un haussement d'épaules.

Après de telles révélations, Amédée Marcelet ne pouvait plus être – du moins pour un certain temps – Amédée Maigrelet ou Amédée la Biette, il devint sur l'instant même, Amédée le cow-boy.

IV

TOUTE LA SEMAINE, on vit beaucoup Blondin à Sainte-Rhéa, et plus précisément au *Café-Hôtel-Restaurant du Port* de Gros-Lulu.

– Alors ? Où en est cette histoire ? ne manquait-on jamais de lui demander.

Blondin restait évasif, l'air de celui qui ne peut rien dire sans risquer de dévoiler des secrets d'État. En vérité, il ne disait rien parce qu'il ne savait rien.

Enfin, le samedi, sous la pression de la foule des curieux autour de lui, il se hasarda à faire quelques confidences :

– Il semblerait, dit-il, selon les échanges épistolaires et téléphoniques que nous avons eus avec les différents services concernés, que l'affaire du sous-marin et celle des boîtes de conserve, jusqu'à preuve du contraire, ne fasse qu'une seule et unique affaire.

Ce n'était pas extraordinaire comme révélation, mais elle eut le don de satisfaire la clientèle de Gros-Lulu.

– On s'en doutait ! dirent aussi bien ceux qui étaient accoudés au comptoir que ceux qui tapaient la belote, assis au fond de la salle.

– Je m'en doutais aussi, dit Gros-Lulu.

Il ajouta à l'adresse de Blondin :

– Crois-tu que l'on me remboursera la chambre que la soi-disant Mme de Villarunda ne m'a toujours pas payée ?

Blondin répondit par un mouvement de sourcils qui ne suffit pas à rassurer le patron de café avant d'ajouter :

– Excusez-moi les gars, mais le service avant tout.

Il vida son verre et sortit conscient, à juste titre, de l'importance de sa fonction.

Julo la Biette était immobile dans son lit. Il avait toujours mal à la tête mais n'avait plus de température. Le soleil filtrait à travers les volets disjoints et lui donna à penser qu'il ne devait pas être très tôt, quand on frappa à sa porte.

On n'avait pas l'habitude de venir chez les Marcelet. Surpris et méfiant, Julo ne répondit pas. On frappa à nouveau plus énergiquement.

– Qu'est-ce que c'est ? demanda-t-il à contrecœur.

– Gendarmerie nationale.

Julo, qui s'était assis, se laissa retomber sur sa couche crasseuse :

– Merde ! voilà la fièvre qui me reprend, dit-il tout haut.

On frappa un peu plus fort une fois encore. Julo ne savait plus bien si c'était à la porte ou dans sa tête.

– Oh ! Julo, tu ouvres ?

Cette fois, il comprit. Il venait de reconnaître l'accent de Blondin.

« Non ! je n'ouvrirai pas... » maugréa-t-il, et, tout haut :

– Voila, j'arrive !

Tout en engouffrant sa grande chemise dans son pantalon, il chercha ses sabots disparus sous le lit et, enfin, se dirigea vers la porte.

– Alors, Julo ? On faisait la grasse matinée ?

Julo la Biette jeta un regard terrible à Blondin :

– J'suis malade.

Il détestait Blondin dont le ceinturon arrivait à peu près au niveau de ses yeux. Ce dernier afficha un air navré :

– J'espère que ce n'est pas grave, au moins...

– Qu'est-ce que tu veux ?

Blondin ne répondit pas à la question. Des yeux, il cherchait une chaise pour s'y asseoir. Il en trouva une sur laquelle dormait un chat :

– Je peux m'asseoir ? fit-il en poussant le chat.

– Qu'est-ce que tu veux ? se contenta de répondre Julo.

Blondin fouilla longuement dans sa poche, en sortit quelques papiers chiffonnés, un paquet de cigarettes, trois caramels, une épingle de nourrice et... le billet de 50 dollars qu'Amédée avait donné à La Sauterelle.

Il lui mit sous le nez :

– Tu connais ça ?

Julo la Biette pâlit. Mais comme la pièce était sombre, le gendarme ne le remarqua pas.

– Qu'est-ce que c'est ?

– C'est un billet de 50 dollars.

– Et alors ? Pourquoi tu viens me le mettre sous le nez ?

– Parce que tu as les mêmes chez toi et que tu dois me les remettre si tu ne veux pas avoir d'ennuis.

Julo la Biette s'appuya sur le buffet car ses jambes étaient redevenues toutes flageolantes et il sentit un filet de sueur froide couler le long de sa colonne vertébrale.

– Non mais dis donc ! ça ne va pas ? dit-il.

Blondin illumina sa grosse face écarlate d'un grand sourire bon enfant :

– Moi, ça va... Toi, par contre, tu ne me sembles pas très bien.

Julo fit un effort pour parvenir à dire d'une voix blanche :

– Qu'est-ce qui t'a raconté des conneries de la sorte ? Moi, je n'ai jamais eu de dollars chez moi.

Blondin à son tour fit un effort pour conserver son sourire bon enfant :

– Écoute, Julo, je sais que tu as des dollars chez toi... Alors, crois-moi... presse-toi de me les remettre avant que ce ne soit trop tard !

Le petit œil rond de Julo la Biette se fit plus rond et plus sombre, semblable à l'orifice d'un pistolet. D'un pas décidé, malgré ses jambes qui avaient des difficultés à supporter son faible poids, il se dirigea vers la cheminée.

Optimiste de naissance, Blondin pensa qu'il allait chercher les dollars.

Les mâchoires serrées pour ne pas entendre ses dents claquer, Julo leva la main vers le manteau de la cheminée où était accroché, tout chargé, son fusil de chasse. Mais il était trop haut. Il lui aurait fallu une chaise pour l'atteindre. Il se contenta de prendre la bouteille d'eau-de-vie qui était davantage à la portée de sa main.

Il disposa deux verres crasseux sur la table.

Blondin regarda un instant son verre et, résolument, en avala le contenu cul sec : « L'alcool tue les microbes », pensa-t-il pendant qu'une traînée de feu descendait jusqu'au plus profond de son estomac.

La brûlure du tord-boyaux fut un moment bénéfique à Julo et c'est d'une voix plus forte qu'il affirma :

– Je n'ai pas de dollars ! C'est faux !

Blondin souffla bien fort pour essayer d'éteindre l'incendie qui se consumait encore en lui :

– Ce n'est pas bien de mentir, mon petit Julo.

Le ton paternel de Blondin ne plut pas du tout à Julo. Il explosa brutalement :

– C'est la Grosse qui te l'a dit ! hurla-t-il, mais c'est faux ! Elle a sûrement fait encore une lettre anonyme, comme d'habitude… Elle ferait mieux de repriser mes chaussettes ! Tu n'as pas compris qu'elle fait ça pour se débarrasser de moi ? Mais elle me le paiera !

– Calme-toi, Julo... calme-toi.

Trop tard ! Maintenant la tempête faisait rage dans la petite tête de Julo. Il leva un poing menaçant mais le baissa bien vite pour s'accrocher au buffet, car la tête lui tournait et il lui semblait entendre un volet mal fermé cogner à l'intérieur. Pour se redonner des forces, il se servit un autre verre qu'il but d'un trait sans même faire la moindre grimace.

– D'abord, Julo, poursuivit Blondin, tu te trompes. Je n'ai pas eu besoin de ta femme pour savoir que tu possédais des dollars. Ensuite, si tu ne me les donnes pas maintenant, ce sont ses messieurs du parquet qui viendront les chercher et eux, s'il le faut, ils chavireront ta baraque, mais ils les trouveront, les dollars. Enfin, recel de dollars et, de plus, de faux dollars, ça peut coûter très cher !

– Ce n'est pas vrai ! Ils ne sont pas faux ! ne put s'empêcher de vociférer Julo.

– Tiens ! tiens ! comment le sais-tu qu'ils ne sont pas faux ?

Julo eut l'impression soudaine de revenir quarante ans en arrière, lorsque tout gamin, chez ses parents, il était tombé dans le trou qui servait de latrines. Il eut un regard pathétique vers la bouteille d'eau-de-vie. Il fit un geste de la main dans sa direction mais ne le termina pas. Puis, sans dire un mot, tête basse, la démarche légèrement titubante, il sortit. Blondin le suivit.

Il se dirigea vers le chai.

Lorsqu'il en ouvrit la porte, la chèvre les accueillit de sa voix tremblante mais les deux hommes n'y prirent pas garde. Julo monta sur les cageots de pommes de terre, puis sur les barriques poussiéreuses. Sans le savoir, il répétait les gestes qu'Amédée avait faits quelques jours plus tôt. À l'aide d'un bâton, il attrapa l'un des vieux sabots de bois accrochés à la poutre et le fit passer à Blondin.

Le gendarme attrapa le sabot, en sortit le pot de confiture qu'il contenait mais qu'Amédée, dans sa précipitation, avait oublié de refermer.

Il arbora le sourire des grands jours, celui qui lui coupait le visage d'une oreille à l'autre :

– On peut dire qu'elles ont fait un repas qui coûte cher, les souris ! dit-il. Et il enfonça ses gros doigts dans le pot de verre pour en sortir du papier aux reflets verts haché menu-menu et qu'il laissa tomber en pluie fine, sur la poussière grise du chai :

– Tu devrais mettre du grain empoisonné, conclut-il, laconique.

Julo la Biette sentit ses jambes l'abandonner. Il se laissa tomber à califourchon sur la barrique. Le volet s'était remis à cogner dans sa petite tête et, à nouveau, un filet de sueur froide coulait le long de sa colonne vertébrale saillante.

La lumière du soleil d'automne obligea Blondin à fermer les yeux lorsqu'il sortit de la pénombre du chai.

Il souffla très fort pour chasser les odeurs désagréables de la pièce obscure et hocha la tête : « Pauvre type ! » se dit-il, plein d'indulgence pour Julo.

De son pas lourd, il se dirigea vers le véhicule de la gendarmerie stationné près du tas de fumier, au beau milieu de la cour des Marcelet. Avant de s'installer dans la voiture, il regarda le ciel. Il était bleu. Blondin aimait bien les ciels bleus. Ils lui réchauffaient le cœur qu'il avait large et généreux et il y puisait, en même temps, sa réserve d'optimisme qui était grande. Il avait toutes les raisons d'être satisfait de la façon dont, à son niveau, il avait mené l'enquête.

Il enleva son képi, le frotta du revers de la manche pour en enlever les toiles d'araignées décrochées dans le chai de Julo et, était-ce l'effet tardif du petit verre de gnôle, était-ce le soleil, ou bien la satisfaction toute normale du devoir accompli ? Pendant un court instant, Blondin vit briller un galon tout neuf sur son couvre-chef.

– C'est sûrement le décapant de Julo qui me joue un tour, pensa-t-il. Je n'aurais pas dû boire le ventre vide.

Il voulut regarder l'heure à son bracelet-montre mais ne la vit pas. Une fois encore, un galon tout neuf l'éblouit. Fraîchement cousu sur la manche de son uniforme, il rutilait de mille éclats or et argent.

Mais Blondin était bien loin d'être une espèce d'illuminé.

– Sûr que c'est sa gnôle, se dit-il, pragmatique.

Sans plus chercher à comprendre, il s'installa au volant du véhicule. Avant de mettre le contact, il se frotta les yeux de ses deux gros poings et à nouveau regarda sa montre :

– Midi ! l'heure du pastis !

Mission accomplie, le fourgon bleu prit, tout naturellement, la direction de chez Gros-Lulu.

LA GRANDE FÊTE

I

La vieille bonne ronflait doucement, la bouche ouverte. Au bout de son nez mince, strillé de petites veinules bleues, une éternelle petite goutte brillait comme un diamant. Le chat, après avoir joué avec la pelote de laine et fait tombé le tricot sur les charentaises de la vieille femme, s'était endormi à son tour dans le creux de ses genoux osseux.

Roger Pageaud regarda sa bonne, puis le chat, et poussa un soupir :

– 10 h 30 ! c'est l'heure d'aller se coucher.

Il allongea la jambe gauche – celle qui le faisait souffrir – et, à l'aide de ses deux bras sur les accoudoirs du fauteuil, le visage grimaçant sous l'effort, péniblement, se leva.

Il frotta longuement sa jambe douloureuse :

– Je n'aurais pas dû tant jardiner, se dit-il.

Il jeta à nouveau un regard à sa vieille bonne. Elle dormait toujours. Sans éteindre la radio, de crainte de la réveiller, il se dirigea sans bruit vers le grand buffet qui sentait bon la cire. Il y resta un moment devant, le bras levé vers la bouteille de vieux cognac :

– Non, dit-il – il avait l'habitude de se tenir conversation. Il faut savoir résister à la tentation.

Il baissa lentement le bras et posa sa main potelée sur son estomac rebondi :

– Je n'aurais pas dû prendre deux fois du perdreau, pensa-t-il, plein de remords et la digestion pénible.

Il regarda son visage dans la glace. Malgré sa mine un peu déconfite, il admit, sans trop de complaisance, qu'il ne portait pas mal ses cinquante-huit ans. Un peu alourdi, bien sûr, par une nette tendance à l'embonpoint, l'œil un peu trop globuleux, mais un teint rose et quelques mèches blondes lui donnaient une apparente juvénilité qui pouvait faire croire que les années l'avaient épargné.

Marche après marche, il monta l'escalier qui menait à sa chambre tout en soliloquant :

– Il me fait rire, le médecin ! Faire du jardinage pour maigrir ! On voit bien qu'il n'a pas un éclat de grenade dans la cuisse, lui...

Arrivé dans sa chambre, il enleva sa soutane qu'il accrocha soigneusement derrière la porte et s'allongea lourdement sur son lit. Il poussa un profond soupir de soulagement. Dans cette position, il ne sentait plus la douleur qui lui tiraillait la jambe.

Il prit le journal qu'il avait laissé à la sieste sur la table de nuit, le parcourut rapidement et le reposa presque aussitôt. Il avait les idées ailleurs :

– Il faudra que j'en parle au maire... plus précisément au premier adjoint, car le maire n'est jamais dans sa commune...

Par habitude, il prit son bréviaire. Il ne tarda pas à y trouver un sommeil aussi sonore que profond.

Le lendemain matin, le curé Pageaud beurrait distraitement ses tartines. Il pensait encore à l'idée qui le tourmentait depuis la veille au soir. C'est en mettant son sucre dans son bol – deux au lieu de trois, car il avait décidé de maigrir – qu'il prit une décision énergique :

– J'irai dans la matinée voir l'adjoint !

Huit coups argentins sonnèrent à la pendulette du buffet. Le curé Pageaud ne les entendit pas.

– Il est amusant, l'évêque, avec ses statistiques. C'est vrai, il faut bien l'admettre, les gens vont de moins en moins à l'église... Mais je ne peux tout de même pas aller les chercher par la main...

Perdu dans ses réflexions, il ajouta un peu de lait dans son café, le goûta et fit une légère grimace avant d'y ajouter distraitement un autre sucre.

– Autrefois, ils venaient à pied, même sous la pluie ! Maintenant, ils ont des voitures et ils ne viennent plus ! Je n'y peux rien...

Écœuré par une telle constation, le curé Pageaud se beurra une autre tartine :

– Il faut remuer, dit l'évêque. Bon ! je vais remuer. Je vais commencer par aller voir l'adjoint.

Il épousseta de sa serviette les miettes de pain parsemées sur sa soutane brillante et rebondie, et se leva de table.

Édouard Pinson était assis, le pinceau à la main, au milieu de la cour envahie de plantes vertes et de géraniums. Il avait été embauché par Mme Pinson, son épouse, à métamorphoser grâce à un heureux effet de peinture rouge un ancien seau hygiénique en un merveilleux pot de fleur. Femme de maison soigneuse et pleine de bonnes intentions, Mme Pinson avait pris soin d'affubler son époux, afin qu'il ne se tachât point, d'un vieux tablier à volants dont elle ne se servait plus que pour le jardinage.

La bouche tordue par un mégot au coin des lèvres et l'œil gauche fermé à cause de la fumée qui lui piquait les yeux, Édouard Pinson était donc occupé à étaler la peinture quand sa femme l'interpella de sa voix acide :

– Édouard ! M. le curé est là qui désirerait te voir...

Bien vite Édouard Pinson posa son pinceau et se dépêcha de dénouer son tablier. Mais, dans son empressement, il ne réussit qu'à serrer davantage le nœud que sa femme lui avait fait derrière son dos.

– Bonjour, monsieur l'adjoint ! fit le curé en dissimulant un sourire.

– Bonjour, monsieur le curé ! bredouilla Édouard Pinson, très mal à l'aise dans son petit tablier à volants peu conforme à sa dignité de premier adjoint.

Tout en parlant, il essayait de défaire nerveusement son tablier.

– Voulez-vous que je vous aide ? proposa le curé qui avait l'habitude de pratiquer la charité.

Joignant le geste à la parole, il défit facilement le nœud et redonna à Édouard Pinson la noblesse qu'il croyait avoir perdue.

– Venez donc vous asseoir au salon ? fit ce dernier, beaucoup plus à l'aise.

Ils pénétrèrent l'un derrière l'autre dans ce que chez les Pinson on appelait pompeusement le salon. C'était une petite pièce elle aussi envahie par les plantes vertes et les souvenirs d'une excursion à la frontière espagnole.

La pièce était dans l'ombre, car il ne faut pas trop de lumière pour les plantes vertes, mais en l'honneur de M. le curé, Mme Pinson se fit un devoir d'ouvrir bien grand les volets généralement mi-clos. Le curé prit place à côté d'un splendide taureau en matière plastique, face à un magnifique sous-verre exhibant une danseuse de flamenco. Derrière lui, l'extrémité d'une grande fougère semblait vouloir jouer à lui chatouiller la tonsure.

– Qu'est-ce que je vous offre, monsieur le curé ? demanda Mme Pinson en essayant de sucrer sa voix acide.

– Rien ! je vous remercie chère madame, et le curé appuya ses mots d'un geste de refus.

Elle insista. Il refusa encore. M. Pinson proposa alors :

– Un petit cigare ? Made in España ?

– Je ne dis pas non.

– Je vous laisse discuter, fit Mme Pinson qui craignait la fumée de cigare autant pour elle que pour ses plantes vertes. Discrètement, elle sortit.

Le curé Pageaud connaissait bien Mme Pinson. C'était une de ses fidèles, une bigote comme il ne les aimait pas mais qui, il devait bien le reconnaître, lui était très utile pour décorer l'église ou faire les quêtes. Elle était longue et sèche avec quelques rares cheveux roux et grisonnants, tombant raides sur un visage olivâtre et plissé.

– Dans le fond, se disait charitablement le curé tandis qu'Édouard Pinson s'était mis à la recherche de la boîte de cigares, il a des excuses, l'adjoint, d'aller voir la femme de Julo la Biette...

– Qu'est-ce qui me vaut l'honneur de votre visite, monsieur le curé ? demanda Édouard Pinson quand, le cigare allumé et les jambes croisées, confortablement installé dans son fauteuil, il eut pris une position conforme à sa fonction.

Les deux hommes n'avaient pas une très grande sympathie l'un pour l'autre, mais comme le curé, ce jour-là, venait en quémandeur, il feint un embarras profond qui combla de contentement Édouard Pinson.

Mains jointes comme pour une prière, il balbutia :

– Monsieur l'adjoint, j'ai un très grand service à vous demander.

Édouard Pinson se trémoussa d'aise dans son fauteuil. Le curé ne fut pas sans le remarquer et pensa, tout joyeux, qu'il avait pris un bon départ.

– Si je peux vous être agréable, monsieur le curé… assura le premier adjoint en se rengorgeant.

Le curé rectifia machinalement un pli de sa soutane :

– Monsieur l'adjoint… je pourrais presque dire monsieur le maire...

Édouard Pinson esquissa un geste de négation plein de fausse modestie :

– Si, si, insista le curé, car si vous n'en avez pas encore le titre vous en avez depuis longtemps les fonctions…

Il fit une pause pour rallumer son cigare :

– Je vais essayer de vous dire en bref de quoi il s'agit.

Il s'installa un peu mieux dans le fauteuil inconfortable et joignit les mains sur son abdomen dans cette position qui lui était habituelle :

– Monsieur l'adjoint, vous n'êtes pas sans savoir que notre Sainte Église est, chaque jour, de plus en plus délaissée ?

Édouard Pinson se sentit obligé de prendre un air contrit. Il leva les yeux vers l'abat-jour de perles qui tombait du plafond :

– Hélas !

– Hélas ! répéta à son tour le curé, levant les yeux vers l'abat-jour.

Il s'ensuivit un silence pendant lequel le curé Pageaud en profita pour secouer la cendre de son cigare dans le cendrier que lui tendait un matador en faux ébène. Il reprit :

– L'église est de plus en plus délaissée. Les statistiques le prouvent, précisa-t-il, répétant les paroles de l'évêque. Les obligations toujours plus prenantes de la vie quotidienne et les plaisirs, hélas ! toujours plus nombreux en sont les causes principales...

Édouard Pinson écoutait le curé, hochant la tête en silence et semblait partager totalement le point de vue de son visiteur. En vérité, il se demandait avec une certaine inquiétude où le curé voulait bien en venir. Le curé continua :

– C'est pour cela que, dans la mesure de mes modestes moyens, j'ai décidé de faire tout ce qui est en mon pouvoir pour ramener les brebis égarées à la bergerie.

– Monsieur le curé, je ne peux que vous en féliciter. Mais comment allez-vous vous y prendre, questionna Édouard Pinson en soufflant par les narines un double jet de fumée bleuâtre.

Le curé offrit son cigare au matador avant de joindre ses deux mains :

– J'y ai longuement réfléchi...

Il se tut comme s'il y réfléchissait encore, regarda la pointe de ses souliers noirs bien cirés avant de plonger son regard dans celui de son vis-à-vis :

– Chaque village aux alentours a, sur sa place, près de l'église, ou à son entrée, soit un calvaire, soit un christ, soit une vierge, soit encore la représentation en pierre ou en bois du saint qui le protège...

– C'est exact ! admit le premier adjoint.

– Mais à Sainte-Rhéa, il n'y a rien !

– C'est exact !

– Pourquoi les paroissiens de Sainte-Rhéa n'auraient-ils pas droit, eux aussi, à la statue de leur sainte patronne, si modeste soit-elle ?

– C'est vrai ! Pourquoi ?

– Alors, je me suis dis, organisons une grande fête à la gloire de sainte Rhéa.

– Très bonne idée, monsieur le curé, très bonne idée...

– Evidemment... évidemment... il faudra acheter une statue et, l'achat d'une statue, l'organisation de la fête, tout cela demande beaucoup d'argent. Alors j'ai pensé...

Édouard Pinson fronça les sourcils car il avait deviné maintenant quel était le but de la visite du curé. Ce dernier baissa légèrement la voix :

– J'ai pensé que, peut-être... si vous le vouliez bien... la municipalité dont vous êtes le chef pourrait participer aux frais...

Il ne put en dire davantage. Édouard Pinson s'était redressé dans son fauteuil :

– Impossible, monsieur le curé !

Bien qu'il attendît cette réponse, le curé Pageaud prit un air décontenancé avant de continuer d'une voix suave :

– Monsieur le premier adjoint, vous ne manquez que très rarement la grand messe du dimanche et le dévouement de Mme Pinson pour notre église est sans limite. Je sens très bien en vous cette lutte sans merci entre votre devoir social et votre foi profonde, mais croyez-en votre humble curé, faites la paix au profond de vous-même en conciliant les deux. D'ailleurs, la commune et l'église ne sont-elles pas faites pour marcher ensemble sur un même chemin de paix et d'amour ?

Édouard Pinson s'agita sur son fauteuil :

– D'accord, monsieur le curé, d'accord ! Mais jamais notre conseil municipal n'acceptera de participer à une fête catholique. Notre budget est bien trop petit et nos dettes bien trop grandes ! Nous avons avant tout un programme à respecter : le port à dévaser, le logement de l'institutrice et des kilomètres de voiries à refaire... Si nous subventionnons votre fête et que nous ne respectons pas notre programme, monsieur le curé, dans ce cas-là, vous vous en doutez bien, il n'est pas nécessaire de se présenter aux prochaines élections !

Le curé Pageaud réprima un sourire malicieux. Les élections ! C'est là qu'il attendait l'adjoint !

– Très respectueusement, monsieur le premier adjoint, je me permettrais de vous faire remarquer que vous êtes dans l'erreur. Votre participation à cette grande fête ne pourrait que vous apporter la totale majorité des voix.

Les sourcils d'Édouard Pinson exprimèrent son étonnement :

– Évidemment, continua le curé après avoir aspiré fortement sur son cigare qui venait une fois encore de s'éteindre, évidemment, pour cela, il ne faudrait pas présenter les choses n'importe comment...

– J'avoue ne pas bien voir comment on peut présenter, à un conseil municipal à forte tendance laïque, de subventionner une fête paroissiale ?...

Le curé Pageaud se racla la gorge avant de répondre :

– C'est assez simple. Les Rhéalais, reconnaissez-le, manquent de distractions. Si l'on excepte le défilé du 29 juillet, qu'y a-t-il ?

– Il y a celui du 11 Novembre.

– Qui va de la mairie aux monuments aux morts. C'est très bien d'honorer ses héros, mais les jeunes trouvent que cela manque un peu d'ambiance.

– C'est vrai, admit Édouard Pinson.

– Tandis que si, dès le début du printemps, vous annoncez dans tout le canton une grande fête organisée par la municipalité, avec défilé fanfare en tête, bal avec orchestre, banquet, pompiers, gymnastiques, fête foraine, etc. et que vous mentionnez qu'au cours de cette grande fête une messe sera célébrée en présence de Mgr l'évêque en l'honneur de sainte Rhéa, patronne de la paroisse, tous les habitants, les impies comme les croyants, ne cesseront de chanter vos louanges. Comme vous le voyez, cher monsieur Pinson, il suffit d'une bonne publicité bien dirigée et le succès de la fête, comme celui des prochaines élections, est garanti. Croyez-moi.

Édouard Pinson écoutait en se grattant délicatement l'extrémité supérieure du pavillon de son oreille droite de la pointe de son auriculaire gauche. La chose ne lui paraissait pas bête du tout. Mais il préféra se contenter de toussoter plutôt que de donner tout de suite un avis qu'il ne possédait pas encore vraiment. Il feignit de se pencher dans de profondes cogitations alors qu'il se laissait tout bonnement emporter par un rêve qui lui était cher : se trouver assis dans le fauteuil du maire, la ceinture tricolore nouée autour de la taille. Ah ! quelle volupté ! Et, sans trop savoir pourquoi et comment, l'image de la femme de Julo la Biette vint s'interposer entre lui et le curé Pageaud. Le curé dut toussoter à son tour pour lui rappeler sa présence.

Le postulant à la mairie fit un effort pour s'extraire du fauteuil du maire où il se croyait assis avec Mme Marcelet sur ses genoux pour revenir en face du curé :

– Il faut que j'y réfléchisse, finit-il par dire d'un ton faussement désabusé.

– Je vous en remercie, monsieur l'adjoint, fit humblement le curé qui, dans son for intérieur, savait qu'il avait gagné la partie.

Mme Pinson, qui, depuis le début de la conversation, écoutait derrière la porte, fit son entrée un plateau à la main :

– Un petit verre, monsieur le curé, implora-t-elle la bouche en cœur.

– Eh bien ! maintenant, je ne dis pas non. J'ai beaucoup parlé et parler donne soif.

– À la fête de la Sainte-Rhéa ! dit Édouard Pinson en levant son verre.

– À votre prochaine élection ! dit le curé Pageaud en cognant son verre contre celui de l'adjoint.

– À notre Seigneur ! dit Mme Pinson, les yeux pieusement levés vers l'abat-jour de perles.

– À notre Seigneur ! répéta précipitamment le curé qui avait complètement oublié celui-ci.

II

Assis sur le bat-flanc qui lui servait de couchette, le baron Kurt von Plünk ne cessait de triturer nerveusement son monocle. Les idées totalement ailleurs, il soufflait bruyamment un peu de buée sur le petit rond de verre, l'essuyait avec application au revers de sa manche avant de soulever le sourcil droit et de coincer contre son œil ce petit attribut qui faisait partie intégrante de son personnage. Après l'avoir gardé à peine une minute contre sa paupière, il recommençait.

De la nuit il n'avait pu fermer l'œil – pas plus l'œil avec le monocle que l'autre – se demandant comment il allait s'échapper de la prison où il stagnait depuis plus d'un mois. Il craignait fort, dans cette période où la guerre était encore bien présente dans toutes les mémoires, du manque d'indulgence du tribunal à son égard, lors de son jugement qui allait avoir lieu ce jour-même. Le souvenir d'un de ses lointains aïeux – Otto von Plünk – pourrissant dans un cul-de-basse-fosse lui revint à l'esprit. Il était prêt, comme lui, pour recouvrir la liberté, à séduire la pucelle et à estourbir le geôlier.

Un bruit de serrure dans la lourde porte en fer interrompit le fil des pensées du baron. Bien vite, il positionna son monocle en orbite et raidit sa position, telle qu'il sied à un officier prussien, même s'il est fortement soupçonné de trafic en tout genre.

Un petit homme, au visage en forme de poire cuite, parapluie sous le bras, pénétra dans la cellule. Deux mains blanches et potelées s'échappaient, semblables à des nageoires, d'une longue robe noire qui ne parvenait pas à dissimuler la proéminence d'un petit ventre tout rond. En soufflant comme un phoque dont il avait d'ailleurs l'aspect, il posa une épaisse serviette en cuir sur la petite table scellée dans le mur et se laissa choir sur l'unique chaise.

– Je suis maître Barbotard, votre avocat commis d'office, dit-il d'une voix étouffée par la graisse de ses joues pendantes et de son cou aux énormes bourrelets. Je n'ai pas encore eu le temps de prendre connaissance de votre dossier et je n'ai qu'un quart d'heure à vous consacrer, ajouta-t-il tout en fouillant dans sa serviette.

Le baron Kurt von Plünk n'avait pas bougé d'un cil derrière son monocle. Du haut de sa grande stature sèche, il dévisageait avec un profond mépris cette espèce d'olibrius empêtré dans ses dossiers.

– Bon… voyons… vous êtes bien le sieur Kurt von Plünk ?

– Baron Kurt von Plünk ! *Korvettenkapitän,* décoré de la croix de fer, rectifia l'ancien officier de la *Kriegsmarine.*

– Oui, si vous voulez, mais ça ne change rien. Il ne faut pas oublier que nous avons gagné la guerre. Baron ou non, vous êtes dans de sales draps.

La mâchoire de Kurt von Plünk se durcit et le monocle eut un instant des éclats d'iceberg reflétant la nuit polaire.

Pendant que la voix étouffée de maître Barbotard continuait ses commentaires, von Plünk revoyait son lointain aïeul et, soudain, sans qu'il eut le temps de dire « ouf ! », l'avocat se retrouva robe par-dessus tête, allongé sur la paillasse, comme la pucelle. Mais Kurt von Plünk avait une certaine morale et arrêta là toute similitude avec les actes perpétrés par son illustre ascendant envers la damoiselle. En revanche, comme lui, il fit subir au geolier, dès que ce dernier eut entrouvert la porte, une profonde cure de sommeil à l'aide d'une application savante du manche de parapluie de maître Barbotard derrière les oreilles du préposé. Le traitement eut le don immédiat de transporter le gardien sans connaissance sur le bat-flanc, près de l'avocat qui, ligoté dans les couvertures, ressemblait encore plus à un phoque hors de son élément liquide.

Sans perdre un instant, le prisonnier enfila la robe de maître Barbotard. Elle avait l'air d'une petite jupette sur la longue silhouette osseuse de l'officier prussien. Mais, sans se perdre dans des considérations esthétiques, il sortit, discrètement de sa geôle.

La prison où on l'avait enfermé n'était qu'une prison de passage constituée seulement de trois cellules, situées au-dessous du palais de justice, dans lesquelles on mettait les voleurs de poules en instance d'être jugés. Trois gardiens éclopés en assuraient la garde en attendant la retraite proche.

Sur la pointe des pieds, Kurt von Plünk avança jusqu'au bout du grand couloir et gravit silencieusement les vieilles marches de pierre. Arrivé en haut, il tendit prudemment son long cou maigre. À droite, les deux collègues de celui qui dormait dans les bras de l'avocat regardaient la pluie tomber dru et, à l'abri sous le hall de la porte donnant dans la cour intérieure du palais, parlaient des bienfaits de ce déluge sur les légumes de leur jardin. À gauche, la porte monumentale du palais de justice était grande ouverte sur la liberté. Von Plünk prit donc tout naturellement cette direction.

Dehors, le déluge avait fait se précipiter les citadins dans les boutiques et déserter les rues aux caniveaux transformés en torrents.

Profitant de la discrétion d'un vieux couloir obscur, Kurt se débarrassa de sa robe ridicule qu'il offrit à une poubelle puis, ouvrant grand le parapluie, rasant les murs, il s'éloigna à grandes enjambées. Devant une église toute proche, il aperçut le vélo du curé appuyé contre les marches du parvis. Aussitôt, la lecture des mémoires d'Otto relatant son évasion au grand galop sur le fier cheval du capitaine chargé de sa garde jaillit à son esprit. Bon sang ne pouvant mentir, deux minutes plus tard il caracolait sur les pavés glissants, chevauchant impétueusement le vélo offert par le denier du culte au vieux curé de la paroisse, le parapluie d'une main, le guidon de l'autre.

Il faisait nuit et il pleuvait toujours lorsqu'il arriva en haut de la falaise. Soufflant fort, les mollets douloureux et les fesses endolories, il mit pied à terre – il était juste descendu deux fois pour récupérer son monocle tombé dans la boue d'un chemin cahoteux. Au même moment, un morceau de lune laissa deviner son nez pointu derrière un épais nuage noir et, un court instant, éclaira à contre-jour la haute silhouette du château de Montpardy. Une lueur de satisfaction transperça le monocle boueux du baron Kurt von Plünk. Il enfonça un peu plus ses bas de pantalons dans ses chaussettes de laine de crainte qu'ils se prennent dans la chaîne du vélo :

– Je suis dans la bonne direction et plus très loin, dit-il à haute voix en vieux prussien. Sans perdre de temps, il se remit en selle et appuya un peu plus fort sur les pédales de sa vieille bécane qui couinait lugubrement dans la nuit balayée par le vent, la pluie et les embruns salés.

III

Assis à même le sol, les genoux poussiéreux et écorchés, prisonniers de ses deux bras maigres, bronzés et pas très propres, Amédée était perdu dans la contemplation du soleil jouant avec l'ombre des feuilles de la treille sur le mur décrépi de la cuisine. C'est à peine s'il entendit son père lui crier :

– Amédée ! va arracher les herbes dans la vigne, au lieu de rester là le cul par terre.

Amédée ne lui répondit pas :

– Je n'irai, dit-il entre ses dents, que si la fourmi rentre dans l'ombre.

La fourmi en question était bien au soleil. Elle semblait apprécier ce moment de pause dans sa vie de labeur et profitait de ce dimanche matin pour faire un brin de toilette.

– Tu as entendu, Amédée, ce que je t'ai dit ?

– Je n'irai que si la fourmi rentre dans l'ombre, se répéta tout bas Amédée qui, malgré tout, par précaution, avait changé de position et était prêt à déguerpir.

Excédé, son père piqua rageusement sa fourche dans le fumier et se dirigea vers son fils. C'est le moment que choisit un souffle de vent bien inspiré pour pousser l'ombre de la feuille vers la fourmi :

– J'y vais, p'pa !

Et Amédée détala, évitant de justesse la gifle que son père déjà brandissait au bout de sa main levée.

Amédée tira la vieille porte en bois, dissimulée par de grandes orties vertes. Les gonds grincèrent quand il l'ouvrit sur le petit chemin oublié de tous, excepté de lui et de quelques amoureux peut-être. Depuis longtemps, il s'en était fait en toute simplicité son chemin personnel. Les menthes bleues, les chiendents, les grands fenouils au goût d'anis et les avoines folles envahissaient les ornières abandonnées des ânes et de leur charrette aux grandes roues de bois cerclées de fer.

À peine eut-il refermé la porte derrière lui qu'il se retrouva seul, à la barre de son trois-mâts, dans la grande houle des hautes herbes. Mais il connaissait les lieux mieux que le fond de sa poche – surtout la gauche dont le fond avait cédé depuis longtemps sous le poids des billes. Il sut éviter les traîtres écueils de ronces, la vieille herse oubliée depuis peut-être deux générations sous les déferlantes de lierre, avant de faire escale dans le clos du vieux Baboche. Pas le père Baboche, le marin pêcheur, mais son père, c'est-à-dire le grand-père de l'amoureux d'Yvette.

Le vieux bonhomme était, depuis près de cinq ans, cloué dans un fauteuil, victime du poids des ans et des petits verres d'eau-de-vie. En attendant calmement de partir vers un autre monde dont on lui avait parlé, jadis, quand il allait au catéchisme, son esprit avait, depuis peu, abandonné le présent pour gentiment vagabonder dans ses lointains souvenirs de jeunesse. « Il est gaga. Il est complètement tombé en enfance », disait-on de lui dans tout le village. Et comme ses enfants et petits-enfants ne se donnaient pas la peine de venir cueillir les fruits dans ce clos à l'autre bout du village, Amédée s'en était tout naturellement octroyé le droit. Droit qu'il partageait, plus ou moins de bon cœur, selon les jours, avec tous les oiseaux des environs.

Il sauta de son trois-mâts en sifflotant *La Marseillaise* – il ne comprenait pas le sens des paroles mais il aimait bien l'air –, main droite dans la poche sur son lance-pierres, prêt à riposter à toute attaque intempestive, l'index gauche farfouillant nerveusement dans ses trous de nez.

Le chasseur de fauves Amédée Marcelet enjamba le mur de pierres sèches dont la brèche s'agrandissait chaque jour au gré du balancement d'une branche de figuier chargée de fruits. Il en palpa un en connaisseur et admit à regret qu'il fallait attendre que tout le soleil de l'été les ait réchauffés pour que ces petites figues encore vertes deviennent des délices de sucrerie.

Se chauffant au soleil sur le haut du mur, un lézard fixait l'intrus, gorge palpitante et la queue imprudemment pendante.

Amédée Marcelet, le nemrod réputé, s'immobilisa. Le bout de sa langue pointue prit la place de son doigt dans son nez. Quand un crocodile vous fixe de la sorte, il ne faut pas agir à la légère. Là encore, l'image de Tartarin de Tarascon chassant le lion lui fut d'un grand secours pour approcher le fauve sans l'inquiéter. Lorsque enfin il fut à sa portée, langue immobilisée au bout de son appendice nasal, d'un geste rapide et précis, Amédée saisit l'extrémité du petit reptile qui disparut bien vite, ne laissant que sa queue au chasseur. Ce dernier la regarda un moment s'agiter dans le creux de sa main avant de la faire disparaître dans le fond de la poche droite.

Malgré ce talisman au creux de sa poche, Amédée n'était pas très fier quand il pénétra dans ce clos. On ne sait jamais quel monstre pouvait bien venir s'y cacher à la nuit tombante, repu de sang et s'y terrer tout le jour en attendant la nuit à venir ? Il considéra donc plus prudent de siffler à nouveau *La Marseillaise.* Qu'importe de siffler faux, si on siffle fort cela fait fuir les monstres. Amédée le savait bien. Et, effectivement, ce jour-là encore, il ne vit pas de monstre dans le jardin abandonné du vieux Baboche. Il avait dû détaler sans aucun doute en l'entendant siffler. Il avança malgré tout avec précaution sur la pointe des pieds, laissant juste le sillage de ses pas dans les grandes herbes sèches.

Il restait encore quelques cerises à la pointe des branches. Ne pouvant s'en saisir, Amédée avait décidé de les offrir généreusement aux merles et aux moineaux.

Il ramassa une pierre bien ronde comme le creux de sa main et la lança de toutes ses forces dans l'arbre. Une nuée d'oiseaux s'envola en piaillant, sous le regard satisfait du tireur.

Il contourna le buisson de ronces aux mûres encore vertes pour longer le muret sur lequel s'accrochait une treille centenaire. Dans une torsade de la treille, il découvrit un escargot qu'il s'amusa à faire baver tout en marchant vers le grand pommier aux fruits à la saveur encore âpre. Il cueillit néanmoins une pomme, la frotta longuement sur la jambière crasseuse de son pantalon afin de la faire briller et y mordit une unique bouchée à pleines dents avant de la jeter bien loin par-dessus le mur.

Sous le pommier se dressaient les restes d'une minuscule cabane de jardin. Derrière sa porte qui ne tenait plus guère étaient restés accrochés le chapeau de paille du vieux Baboche et son paletot tout rapiécé et tout décoloré par le soleil. Entre les deux, une araignée avait tissé sa toile et attendait, tapie dans son trou, ne montrant que ses pattes noires et velues. Amédée la connaissait bien pour l'avoir souvent alimentée en mouches. Mais, cette fois-là, il n'y prit pas garde. Il grimpa sur la planche qui servait jadis de banc au vieux bonhomme. Il ne fit pas attention non plus aux sabots de bois rangés sous le banc et à la bouteille de vin à moitié pleine que le grand-père Baboche n'avait pas fini de boire. Le temps avait recouvert la surface du vin d'une épaisse lie rosâtre.

Levant le bras, il attrapa un grand pot de fleur sur l'étagère envahie de boîtes qui avaient dû contenir des graines et souleva la tuile qui servait de couvercle :

– Quatre-vingt-sept ! dit-il en y jetant l'escargot. Encore treize et j'irai les vendre à Gros-Lulu.

Il prit soin de bien remettre la tuile et, satisfait, referma la porte du petit local avant d'aller jeter un regard au fond du puits qui traîtreusement ouvrait sa gueule béante au ras du sol.

À quatre pattes, penché au-dessus du trou, il fit quelques grimaces à son image qui le regardait huit mètres plus bas. Avant de se relever, il laissa tomber un crachat qu'une fougère recueillit au passage, puis un caillou pour le seul plaisir d'entendre le bruit de sa chute et, brusquement, détala à toutes jambes. Il avait oublié les herbes dans la vigne de son père.

Sans s'occuper des mouettes au-dessus de sa tête, sans entendre le cri strident des martinets ou les trilles d'une alouette dans la luzerne voisine, sans même voir l'élégante sauterelle verte au revers d'une feuille, le dos courbé sur la vigne, Amédée arrachait les grands herbes à l'odeur âcre que seules aimaient les chèvres délicates.

Il fit deux rangées ainsi, sourd à la rumeur de l'océan tout proche. Il ne vit même pas le splendide yacht à moteur qui venait de sortir de derrière la pointe des Sables et fendait la mer en direction du large. Quand enfin il se redressa, la sueur coulait à grosses gouttes de son visage poussiéreux jusqu'à la pointe de son nez. Et, soudain, il entendit le bruit des vagues. Il est vrai qu'elles n'étaient pas loin. Elles venaient mourir si près de la vigne de Julo la Biette qu'Amédée se plaisait à croire parfois que les ceps puisaient leur vin directement au fond de l'océan.

D'un regard professionnel, il parcourut les deux rangées de vignes qu'il venait de désherber. Il fit une mimique pour exprimer sa satisfaction et s'autorisa une pause bien méritée. Juste en face de lui, la ligne bleue de l'horizon jouait entre ciel et mer à lui cacher l'Amérique. Il était persuadé que, lorsque la mer était calme et aussi plate que ce jour-là, il pourrait très bien s'y rendre en nageant. Il suffisait pour cela de s'entraîner un peu et de faire la planche de temps à autre pour se reposer...

Son imagination ayant d'un bond franchi l'Atlantique, Amédée, tout naturellement, essaya de la rattraper. Oubliant la vigne et ses mauvaises herbes, il descendit la dune pour se retrouver les pieds sur cette frange d'océan dont l'autre extrémité touchait le pays de ses rêves.

Mains dans les poches et pieds dans l'eau, il contempla un moment ses orteils avant de prendre un galet rond et le jeter très loin au large, afin de prévenir les Indiens de son arrivée proche. Quand soudain son pied gauche devint le sous-marin de Justinien. Il était entre deux eaux et allait faire surface lorsque, sortant des profondeurs obscures et envahies d'algues, apparut le *Nautilus*. Le vaillant commandant Amédée Nemo était à la barre.

– Amédée !

Le fils de Julo la Biette tressaillit et les deux sous-marins disparurent pour s'échouer brutalement par vingt centimètres de fond.

À quelques mètres de lui, assise sur le haut d'une dune, parmi les oyats, un gros bouquet d'œillets maritimes dans les bras, Pierrette lui souriait.

Instantanément, Amédée eut envie de faire demi-tour. Il n'avait pas envie de la voir et, s'absorbant dans la poursuite d'un crabe, il fit semblant de ne pas l'entendre.

– Amédée !

L'interpellé se pencha un peu plus à la recherche du crabe qui ne l'avait pas attendu :

– Elle m'embête ! jura-t-il entre ses dents. D'abord, je ne l'aime pas et je ne veux pas lui parler !

Il lui jeta un œil en biais.

Pierrette était toujours là, ses beaux cheveux noirs voletant légèrement au vent. Et, Amédée se souvint du jour où la maîtresse avait fait serrer les élèves dans le fond de la classe pour projeter sur le mur en face des images sur le Moyen Âge. Lui était grimpé sur une table, et Pierrette était juste au-dessous, ses longs cheveux noirs frôlant son bras. Tandis que la maîtresse commentait, il avait senti son bras s'engourdir et devenir lourd, lourd, lourd... mais Pierrette, toute consacrée aux châteaux forts, n'avait pas bougé d'un cheveu et lui, Amédée, n'avait pas osé déplacer son bras.

Mais ce n'est pas pour cela qu'il ne l'aimait pas. Il ne l'aimait pas tout simplement parce qu'elle avait l'air d'une jeune fille avec ses tabliers toujours neufs, ses socquettes blanches et ses souliers toujours bien cirés. Les autres filles, il aimait leur tirer les cheveux, leur faire des crocs-en-jambe, ou défaire le nœud de leur sarrau, mais avec elle, il n'osait rien de tout cela. Alors, il se rattrapait en jurant un peu plus fort, lorsqu'il passait près d'elle.

– Amédée !

À contrecœur, il tourna la tête vers Pierrette :

– Tiens ? Qu'est-ce que tu fais là ? demanda-t-il sur un ton bourru.

– Tu vois, je viens de cueillir des œillets. Viens les sentir ?

Amédée ne répondit pas. Il prit une pierre au fond de l'eau et la jeta au loin pour se donner une contenance.

Quand le rouge de ses joues eut disparu, il se dirigea, roulant des épaules, traînant ses pieds nus dans le sable, vers Pierrette qui lui souriait de toutes ses dents blanches et de ses jolis yeux verts.

– Ne reste pas planté devant moi. Assieds-toi. Tu me fais de l'ombre.

Amédée se laissa tomber sur le sable et s'absorba dans la contemplation silencieuse de son gros orteil tandis que Pierrette, la tête renversée, la pointe de ses cheveux caressant le sable, s'amusait à suivre le voyage d'un cumulus aux reflets roses.

– C'est vrai que tu vas partir en Amérique ?

Pour Amédée, la question, posée par la voix chantante de Pierrette, fut presque aussi brutale qu'une gifle de son père.

Il se leva brusquement, comme pour esquiver le coup, mais trop tard ! D'un geste du pied, il fit voler du sable. Ah ! pourquoi n'était-il pas resté arracher les herbes dans la vigne ?

Il ne put éviter à sa langue d'aller chatouiller le bout de son nez. Il n'allait tout de même pas mentir à Pierrette !

– Non... enfin... je ne sais pas... peut-être... ça dépendra... finit-il par dire en se balançant d'un pied sur l'autre, le regard tourné vers cette Amérique, objet soudain de ses tourments.

– C'est vrai que tu as un oncle, là-bas ?

De son pied gauche, Amédée s'appliqua à construire un petit monticule de sable avant de se décider à répondre :

– C'est-à-dire que... je crois que j'en ai un. Mon grand-père racontait qu'il avait un oncle qui, lorsqu'il était jeune, naviguait sur les morutiers et, un jour, son bateau, il a fait naufrage. Il s'est échoué, paraît-il, sur la côte, là-bas. L'oncle de mon grand-père, il n'est jamais revenu. Et comme jamais personne n'a dit qu'il était mort, c'est sûrement qu'il est resté pour faire fortune.

– Sûrement !

– Sûrement ! répéta Amédée.

– Et tu veux aller le rejoindre ?

La ligne bleue de l'horizon s'illumina à nouveau des lumières éblouissantes de l'eldorado, et Amédée dut fermer les yeux avant de répondre :

– Oui.

Pierrette plongea son regard dans celui d'Amédée et il faillit, une fois encore, fermer les yeux :

– Mais il va te falloir beaucoup de sous !

– Je sais. Mais… je vais en gagner !

– À deux, ce serait plus facile, remarqua Pierrette tout en suivant une mouette au-dessus de sa tête.

Amédée sentit ses mains devenir moites et fit une affreuse grimace pour essayer de faire disparaître le rouge qui envahissait ses joues.

– Si tu veux, insista Pierrette, on pourrait y aller ensemble.

– Tu viendrais avec moi ? fit Amédée en se laissant tomber sur le sable.

– Pourquoi pas ? Tu sais, j'ai beaucoup d'argent sur mon livret de Caisse d'épargne.

– Moi, je n'en ai pas, mais je vais en gagner. Je vais ramasser des milliers et des milliers d'escargots et je vais pêcher des centaines de kilos de palourdes. Les palourdes, ça vaut cher !

– Oui… mais il va falloir d'abord passer notre certificat d'études !

Amédée avait oublié cet obstacle mais il ne lui parut pas insurmontable :

– Eh bien ! tu vas voir à partir de demain, je vais apprendre toutes mes leçons par cœur. Il y en a plus d'un qui va être surpris !

Il suivit un silence qui les emmena tous deux sur le même rêve. Au bout d'un moment Amédée le rompit :

– Tu as de drôles de cheveux, dit-il.

Inquiète, Pierrette lui demanda :

– Qu'est-ce qu'ils ont, mes cheveux ?

– Ils sont drôles. On dirait la houle, la nuit, quand la lune brille sur l'eau.

Coquette, Pierrette insista :

– Et ça ne te plaît pas ?

– J'ai pas dit ça ! répliqua bien vite Amédée.

Il prit une poignée de sable qu'il regarda couler entre ses doigts avant d'ajouter d'une voix sourde :

– Tes yeux aussi, ils sont bizarres.

– Tu ne vas pas dire que je louche ?

– Non... Rolande, oui. Elle a un œil qui regarde le bureau de la maîtresse et l'autre le poêle dans le fond de la classe. Toi, tu n'as pas des yeux comme les autres. Les autres, à part Marie qui a les yeux noirs comme le tableau quand tu viens de passer l'éponge, les autres ont tous les yeux couleur de l'armoire de la bibliothèque...

– Et moi ?

– Toi ? Ils sont couleur de la mer... Mais pas quand les vents sont nord-ouest et qu'ils brassent la vase... Non ! ils sont transparents comme le creux des vaguelettes, quand les vents soufflent du sud, le matin au soleil levant...

Amédée eut l'impression qu'il en avait trop dit et se leva pour faire un ricochet qui glissa longuement sur la mer sans ride. Dommage, car Pierrette aurait bien aimé l'écouter encore.

– Il faut que je m'en aille... dit-elle à regret.

Elle lui tendit la main et ajouta :

– N'oublie pas d'apprendre tes leçons ?

– Promis ! mais il ne faut pas répéter ce que l'on s'est dit ?

– Promis !

Il ne savait pas pourquoi, mais elle avait beau n'être qu'une fille, Amédée avait plus confiance en la parole de Pierrette qu'en celle de La Sauterelle.

Arrivée à l'entrée du petit chemin, elle se détourna pour lui faire un signe de la main. Celui-ci enleva son béret pour lui répondre.

– Tu sais, lui cria-t-elle, tu es beaucoup mieux nu-tête. Toi aussi tu as de beaux cheveux.

Et elle disparut derrière un buisson de tamaris, son bouquet d'œillets dans les bras.

Amédée s'en retourna vers la vigne, marchant lentement sur le sable humide de la marée descendante. Ses pieds de chercheur d'or s'enfonçaient dans le désert au bout duquel attendaient des richesses fabuleuses. Justement, le soleil couchant faisait fondre son or qui coulait jusqu'à lui. Une envie irrésistible de crier sa joie l'étreignit. En poussant un « ouah ! » qui fit s'envoler une bande de gravelots[1], il prit son béret et le jeta vers le large. Il dessina une courte trajectoire dans le ciel incandescent, avant de tomber dans la mer où il sculpta des cercles avant de disparaître.

– Peut-être que je le retrouverai sur une plage d'Amérique ? se dit Amédée.

Le lendemain, lorsqu'il rentra dans la cour de l'école, La Sauterelle lui demanda :

– Dis donc, Amédée ? Tu as perdu ton galurin ?

Amédée leva le nez et les yeux pour regarder La Sauterelle droit dans les siens :

1. *Gravelots : petits échassiers à bec court.*

– Pourquoi, ça te dérange ?

La Sauterelle lui tourna le dos sans se donner la peine de répondre. Pierrette, qui avait tout entendu, se contenta de dissimuler son joli sourire derrière une mèche de ses longs cheveux noirs.

IV

– SAINT-MARTIN-DES-REMPARTS ! annonça le chef de gare. Saint-Martin-des-Remparts ! Terminus ! Tout le monde descend !

Six passagers plus ou moins chargés se retrouvèrent sur le quai : les cinq passagers des deux wagons de deuxième classe et le passager du wagon de première.

Bagages à la main, tous se dirigèrent vers les géraniums en fleur indiquant la sortie où déjà le chef de gare les attendait. Il y avait un marin en uniforme, le sac sur l'épaule, une mère de famille avec ses deux enfants et un paysan tenant sous son bras un grand carton dans lequel caquetaient des poules.

Ils tendirent distraitement leur billet au chef de gare. Celui-ci les prit sans même les contrôler car il ne voulait surtout pas faire attendre le sixième passager, le passager de première classe qui prenait tout son temps et venait dans sa direction en marchant d'un pas de sénateur.

– Mes respects, monsieur le député, bégaya le chef de gare au dernier passager.

Le député lui tendit la main en guise de billet :

– Bonjour mon ami ! répondit-il, très paternel.

Confus, le chef de gare fit passer dans sa main gauche la casquette qu'il tenait dans la main droite et prit avec empressement la main qu'on lui tendait. Il voulut bredouiller quelque chose mais M. le député avait déjà franchi le seuil de la petite gare fleurie de Saint-Martin-des-Remparts.

Sur le trottoir, il s'arrêta, posa sa sacoche entre ses jambes et sortit de sa poche un grand mouchoir à carreaux, identique à ceux des marins de Sainte-Rhéa, et souleva son chapeau de feutre avant de s'éponger le front :

– Sacré Édouard ! Toujours en retard ! se dit-il en secouant la tête.

Ferdinand Lecomte, député-maire de Sainte-Rhéa, avait horreur d'attendre ; ce n'était pas compatible avec ses fonctions. Pour tenter de calmer son impatience, il fit quelques pas de sa démarche de paysan dont il n'avait jamais cherché à se défaire. Une démarche alourdie par une sciatique qui ne le lâchait pas non plus. La cravate de travers semblant l'étrangler, la veste ouverte libérant un ventre mal soutenu par un pantalon qui avait tendance à glisser sur les chevilles, il avait plutôt l'air d'un bon marchand de bestiaux.

Il fourra son mouchoir dans sa poche et reprit sa serviette, une grosse serviette en cuir noir avec une belle fermeture en cuivre qui brillait au soleil : une serviette de député ! Et, quand on a une serviette de député qui pend au bout de son bras, on peut – on doit même, si on veut plaire à ses électeurs – marcher tout naturellement comme un paysan, la cravate de travers et le pantalon en accordéon sur les godasses. C'est du moins ce que pensait Ferdinand Lecomte.

Il y avait déjà bien cinq minutes qu'il attendait devant la gare ensoleillée et les cinq autres passagers avaient disparu : la femme et ses deux enfants dans une vieille Juva venue les chercher, le paysan dans une carriole conduite par son fils et le marin dans le bistrot en face de la gare.

En attendant Édouard Pinson qui devait l'emmener, il se remémora rapidement sa jeunesse passée.

Il était né il y a soixante ans à Sainte-Rhéa, d'une famille de paysans par sa mère, et de pêcheurs par son père. Fils unique, il héritait de son grand-père maternel la moitié des vignes du village. Du côté de son père, il y avait suffisamment d'argent pour lui faire construire, sans difficulté, une belle pinasse de dix mètres. Aussi, quand il eut quatorze ans et qu'il eut passé, avec succès, son certificat d'études, son père lui demanda :

– Mon petit Ferdinand, que préfères-tu ? Veux-tu faire la pêche ? Je t'apprendrai le métier et t'offrirai le plus beau bateau de toute la flottille de Sainte-Rhéa, ou bien préfères-tu cultiver les vignes de ton grand-père ?

À cette époque, les vignes étaient basses. Elles ne couraient pas, comme maintenant, sur des fils de fer, mais rampaient au ras du sol. Le petit Ferdinand, sentant sans doute venir sa sciatique, refusa les vignes de son grand-père. Il lui restait donc la pêche. Mais, malheureusement pour lui, le moindre petit vent qui soufflait de l'est faisant friser l'eau et dodeliner la barque de son père lui donnait de profondes nausées. On se trouva donc fort ennuyé, dans la famille Lecomte, devant les hésitations du rejeton. Et pendant trois ans le petit Ferdinand hésita.

La solution vint brusquement – et heureusement – avec le suicide de Mathieu Verdu.

Mathieu Verdu était chef de gare-manutentionnaire-garde-barrière à la gare de Sainte-Rhéa.

C'était une gare dont l'unique voie, un peu rouillée, aboutissait à la conserverie de sardines où, tous les jours à 11 h 22 – sauf retard ou déraillement –, la locomotive, devenue asthmatique à force de fumer, venait chercher son wagon de sardines en boîte après avoir laissé son wagon de passagers. À 17 h 36, la locomotive et ses deux wagons repartaient en direction de Saint-Martin-des-Remparts. Mais bien souvent, il était plus de 19 heures quand la loco crachait sa vapeur pour se mettre en route. Il est vrai que le mécanicien s'entendait très bien avec Mathieu Verdu... jusqu'au jour où il partit avec sa femme.

Ce fut, évidemment, un choc terrible pour ce pauvre Mathieu et, à plusieurs reprises, désespéré, il se coucha sur le rail afin de se faire broyer par le train du malheur. À chaque fois, cependant, le beau mécanicien généreux parvint à freiner à temps sa machine lancée à plus de trente à l'heure.

Enfin, quand Mathieu Verdu eut réussi son suicide, sa place devint vacante. En haut-lieu on lui chercha en vain un remplaçant car personne ne voulut venir de la ville se perdre à Sainte-Rhéa et sur la place même, les quelques postulants n'avaient pas le bagage nécessaire. À l'exception de Ferdinand Lecomte. Il avait passé son certificat d'études et avait même obtenu le deuxième prix cantonal. Il était donc tout naturel que cette place lui échût. Tout de suite il s'y défendit très bien et comme son nouvel emploi lui laissait pas mal de temps de libre, il prit soin de ne jamais manquer les réunions syndicales qui avaient lieu dans la salle d'attente de la gare du chef-lieu.

Un jour, hélas ! la conserverie de sardines dut fermer ses portes, victime de ce que l'on appela, à l'époque, l'invasion arabe, c'est-à-dire la venue sur le marché français de la sardine marocaine. Comme à Sainte-Rhéa on n'avait pas sous la main un Charles Martel pour arrêter cette attaque soudaine, le petit train n'eut plus de raison de siffler entre Sainte-Rhéa et l'usine de conserverie. Il cessa donc de venir. Ferdinand Lecomte mit son petit pavillon rouge à un clou, son sifflet dans le fond de sa poche, sous son mouchoir à carreaux, et ferma les portes de la gare. Comme aujourd'hui, devant la gare de Saint-Martin-des-Remparts, il se retrouva seul, devant la gare de Sainte-Rhéa.

Il n'y resta pas longtemps. Grâce aux nombreuses connaissances qu'il avait pu faire lors des nombreuses réunions auxquelles il avait assisté, il obtint sans difficulté sa mutation pour Paris. Plus exactement, dans une toute petite gare de la lointaine banlieue, mais pour tout le monde à Sainte-Rhéa, Ferdinand était monté à Paris.

C'est dans cette petite gare qu'il fit carrière, et au bout de vingt-sept années de bons et loyaux services, il terminait sous-chef de gare et chef de la section syndicale des sous-chefs de gare des gares de grandes banlieues.

Lors du repas en l'honneur de son départ en retraite, son ami Pierre Bretonnet, l'entrepreneur de travaux publics, qu'il connaissait depuis qu'ils avaient trouvé ensemble un terrain d'arrangement pour la construction d'un hangar à marchandises, par la suite jamais utilisé, ne manqua pas de lui reprocher la couleur un peu trop rouge de ses opinions politiques. Le rouge devenait démodé. Il est vrai que l'entrepreneur avait, lui, le flair pour pressentir la mode et une très grande facilité à retourner sa veste aussi souvent de fois que les opportunités commerciales le lui imposaient. Cette fois-là, il avait dû savoir être persuasif car, lorsque Ferdinand Lecomte revint au pays, il ne tarda pas, pour meubler sa retraite, à se faire élire maire, puis député confortablement installé à droite. Dans le même temps, il se sépara totalement de sa femme avec laquelle il ne s'était jamais bien entendu, rompit avec ses vieilles maîtresses et prit une jeune secrétaire.

Le Klaxon de la traction d'Édouard Pinson tira Ferdinand Lecomte de ses rêveries.

Édouard Pinson pencha la tête par la portière ouverte de sa voiture :

– Je m'excuse, Ferdinand. Mais cette sacrée bagnole ne voulait pas partir. C'est sûrement le Delco...

Ferdinand Lecomte se laissa tomber sur le siège qui exhibait ses ressorts. La voiture hennit avant de démarrer et laissa derrière elle un petit nuage gris, mélange de poussière blanche du chemin et de fumée noire du moteur.

– Alors, Ferdinand ? Bon voyage ?

– Bon voyage ! répondit laconiquement le député-maire tandis que ses gros doigts velus aux ongles carrés tapotaient distraitement sa serviette de cuir posée sur ses genoux. Il s'était bien promis de ne rien dévoiler de son contenu avant la prochaine réunion du conseil municipal, mais ils n'étaient pas sortis de Saint-Martin-des-Remparts qu'il demanda à son adjoint :

– Tu sais ce que j'ai là ?

De son index, il montra la précieuse serviette de cuir noir à la fermeture de cuivre.

– Non !

– Tu ne devines pas ?

– Non !

Il est vrai qu'Édouard Pinson n'avait jamais été doué pour les devinettes.

Ferdinand Lecomte essaya de rester modeste, mais la peau molle de son manteau, par-dessus son nœud de cravate, fit quelques plis qui trahirent une légitime fierté. Il fixa dans le rétroviseur le regard du conducteur :

– J'ai obtenu la subvention pour l'escalier de la jetée.

– Non !

– Si !

– Ah ! bravo ! Ferdinand ! Bravo !

Édouard Pinson donna un brusque coup de volant pour éviter un chien :

– Combien ?

– Trente-cinq millions.

– Non ?

– Si !

Abasourdi par une telle révélation, Édouard Pinson fonça droit sur une vieille femme dont le long jupon dépoussiéra au passage l'aile droite de sa voiture.

Perdus dans leurs pensées qui tourbillonnaient dans leur tête, ils continuèrent en silence jusqu'à Sainte-Rhéa. Il n'y avait pas à dire, les prochaines élections s'annonçaient bien.

Édouard Pinson arrêta son véhicule devant la maison du maire :

– Au fait ! je ne te l'ai pas encore relaté, mais le curé est venu me voir. Il veut organiser une grande fête pour la Sainte-Rhéa...

– Ce n'est peut-être pas une mauvaise idée. Si tu veux on en parlera ce soir.

Ferdinand Lecomte claqua la portière et s'éloigna, la cravate de travers, le pantalon un peu plus en accordéon, mais la serviette de cuir noir avec sa boucle en cuivre bien coincée sous son bras.

M. le maire de Sainte-Rhéa arriva le dernier à la salle d'honneur de la mairie où le conseil municipal allait siéger.

Une épaisse fumée de tabac et de forts échos de voix s'échappaient des fenêtres ouvertes sur la nuit calme et étoilée. On aurait presque pu se croire chez Gros-Lulu tant le vacarme était grand. Il ne se fit pas moindre lorsque Ferdinand Lecomte pénétra, serrant des mains sur son passage :

– Bonjour Jean… Bonjour Vincent…

– Bonjour Ferdinand, comment vas-tu ?

Les conseillers ne pouvaient s'empêcher de sentir une certaine fierté en tutoyant leur ancien camarade d'école devenu député.

– Bonjour Édouard !

– Bonjour Ferdinand ! répondit le premier adjoint tout essoufflé après s'être attardé un peu trop avec la femme de Julo la Biette alors que celui-ci était à la pêche aux crevettes.

Ferdinand Lecomte posa sa grosse serviette de cuir sous le regard blasé de la Marianne de faux marbre et toussa à deux reprises pour marquer le début de la séance. Pendant cinq bonnes minutes, il y eut encore quelques interpellations, des bruits de sabots de bois et de briquets que l'on frotte et, enfin, le député-maire put prendre la parole.

Il passa très vite sur les dossiers que lui avait remis son adjoint dans le courant de l'après-midi : les gouttières dans le logement de l'institutrice, les chemins à rempierrer, un banc à changer sur la place de l'église, le cimetière trop petit, le cantonnier qui réclamait une augmentation et une brouette neuve…

Tout cela on allait en parler en commissions, donc, ce n'était pas la peine de s'y attarder maintenant. Sans plus attendre, il annonça :

– Mes amis, j'ai une bonne surprise pour vous !

Les neuf paires d'yeux des neuf membres présents convergèrent vers l'orateur.

Le maire, à son tour, parcourut la salle du regard. Heureux de son effet, avec une lenteur savamment calculée, il sortit une chemise cartonnée rouge de sa serviette. En face de lui, chez les cinq pêcheurs et les quatre cultivateurs présents, les pipes menacèrent de s'éteindre et les cigarettes de brûler le bout des doigts.

Il agita la chemise rouge au bout de son bras levé comme jadis le petit pavillon qui donnait le signal de départ à la locomotive transportant les sardines :

– Il y a là trente-cinq millions ! dit-il.

Des « oh ! » de surprise et des jurons de stupéfaction jaillirent dans la salle.

– Trente-cinq millions que j'ai réussi à décrocher non sans peine, vous vous en doutez, au ministère des Travaux publics pour la construction de l'escalier de la jetée…

Une main se leva au-dessus des têtes des représentants du monde paysan. Ferdinand Lecomte, en qualité d'ancien habitué des réunions syndicales, pressentit de la revendication dans ce poing levé :

– Ce n'est pas tout, ajouta-t-il pour parer cet uppercut menaçant, grâce à mes relations étroites au ministère de l'Agriculture, j'ai pu obtenir que l'on étudie, sans attendre, le dossier concernant notre projet de construction d'un hangar pour notre future coopérative agricole. Ce n'est plus qu'une question de temps !

Il eut la sage précaution de ne pas préciser de combien de temps il s'agissait, mais le poing revendicatif disparut d'au-dessus les têtes, apparemment satisfait.

Les neufs conseillers municipaux avaient maintenant un peu oublié leur chef et discutaient fortement entre eux des détails techniques du futur escalier. D'ores et déjà les désaccords étaient nombreux concernant son emplacement, la largeur de ses marches, leur hauteur, la nécessité ou non d'une main courante, etc. Comme toujours, tous parlaient en même temps, ne s'arrêtant que le temps de rallumer une pipe ou de cracher poliment entre leurs sabots.

– Mes enfants ! mes amis ! cria le maire paternel. Une minute encore, je vous prie.

Le silence se rétablit tant bien que mal et le maire continua :

– Après avoir trouvé les fonds, je me devais de trouver une entreprise sérieuse capable de mener à bien ces travaux. J'ai cherché et j'en ai trouvé une qui va nous faire ce chantier en moins de quinze jours. Elle attaque dès jeudi prochain.

– Eh bien ! on peut dire que tu ne perds pas de temps

quand tu montes à Paris, reconnut Jean Benoît, admiratif.

Modeste, le maire dut admettre :

– Que veux-tu ? Je suis comme cela.

Il enchaîna aussitôt en levant la voix pour se faire entendre :

– Ainsi on pourra inaugurer officiellement l'escalier de la jetée pour la Sainte-Rhéa. Et, pour donner plus d'éclat à cette fête, je me suis autorisé à inviter amicalement le ministre de l'Agriculture en personne. Ce dernier, après avoir consulté son calendrier, m'a donné son accord.

Un ministre à Sainte-Rhéa ! Cette révélation fit l'effet d'une bombe dans la salle. Jamais, depuis que la commune était commune, une réunion de conseil municipal n'avait été aussi riche en surprises : trente-cinq millions qui tombent du ciel, un escalier qui sort de la mer et un ministre dans Sainte-Rhéa !

Les commentaires reprirent de plus belle. On se tapait sur les cuisses, entre les omoplates et dans le creux de l'estomac :

– Nom d'un chien ! Quand je vais apprendre ça à Augustine...

– Ce sera un grand jour dans l'histoire de notre commune, claironna Édouard Pinson qui prévoyait déjà l'occasion de faire un discours.

Ferdinand Lecomte laissa les conseillers à leurs commentaires et, feignant de se plonger dans l'étude d'un dossier, il se laissa gentiment emporter sur les ailes de la rêverie.

« Comme le hasard fait bien les choses... si je n'avais pas dîné, il y a trois jours, avec Pierre Bretonnet... »

Effectivement, trois jours plus tôt, il dînait avec son ami Pierre Bretonnet, pour l'heure officiellement entrepreneur de travaux publics ayant des chantiers un peu partout dans les pays du tiers-monde, mais également à la tête de différentes sociétés d'import-export en Moyen-Orient et en Amérique du Sud. C'était donc un dîner très sérieux, un dîner d'hommes d'affaires. Ils avaient pris soin, afin de ne pas être dérangés, de réserver un salon particulier dans un restaurant renommé de la capitale et chacun d'eux s'était fait accompagner de sa secrétaire.

Le caviar était bon et le champagne de la meilleure année. La lumière des bougies ajoutait des éclats dans les cheveux cendrés de Gladys, la secrétaire de Pierre Bretonnet, des étincelles dans les yeux de Gislaine, la secrétaire de Ferdinand Lecomte et des lueurs écarlates sur le visage de ce dernier tandis qu'elle augmentait curieusement les ombres du visage osseux de l'entrepreneur.

– Je sors cinq minutes me refaire une beauté, dit Gislaine qui avait, en réalité, une forte envie de faire pipi.

Elle se pencha en direction de son patron. Le décolleté au niveau des yeux de ce dernier, elle lui posa ses lèvres sur son crâne luisant :

– Je reviens tout de suite, ajouta-t-elle.

Quand un bon quart d'heure plus tard, elle poussa la porte du petit salon, elle était accompagnée d'une grande fille rousse, genre mannequin.

– Regardez qui je viens de rencontrer… fit Gislaine.

À la vue de la nouvelle venue, Gladys s'arracha des bras de l'entrepreneur entreprenant pour s'exclamer :

– Huguette !

– Gladys !

Et ce fut de longues embrassades, des compliments sur la beauté réciproque de chacune et enfin les présentations.

– Et que deviens-tu ? questionna Gladys.

– Moi ? Je suis la secrétaire d'Auguste Verjon... Le pauvre ! je l'ai laissé tout seul dans le salon à côté.

En entendant prononcé le nom d'Auguste Verjon, Ferdinand Lecomte faillit avaler de travers son cognac et Pierre Bretonnet suffoqua à demi étouffé par la fumée de son havane :

– Auguste Verjon ? Le ministre de l'Agriculture ? demandèrent-ils ensemble lorsqu'ils eurent repris leur respiration.

– Évidemment ! daigna répondre Huguette très occupée à parler maquillage avec ses deux amies.

Un quart d'heure plus tard, Auguste, Huguette, Pierre, Gladys, Ferdinand et Gislaine trinquaient joyeusement devant une nouvelle bouteille de champagne.

– À notre prochaine élection ! fit Auguste Verjon en levant sa coupe.

– À nos affaires ! dit Pierre Bretonnet.

– À notre prochaine élection... et à Sainte-Rhéa ! ajouta Ferdinand Lecomte qui avait toujours le mal du pays quand il avait un peu trop bu.

– Sainte-Rhéa... Sainte-Rhéa... Tu ne cesses d'en parler, mais jamais tu ne nous y as emmenés ! lui reprocha Gislaine.

– C'est vrai ! souligna le P.D.G. de multiples entreprises en tout genre et en tout lieu. J'ai pourtant une résidence secondaire à quelques milles marins seulement de ton petit bled, avec ma plage privée, mon port et mon yacht, mais jamais je n'ai jeté l'ancre dans la baie de Sainte-Rhéa !

Gladys reposa sa coupe teintée de l'empreinte rouge de ses lèvres :

– Et pourquoi n'irions-nous pas tous ensemble ? Ce serait drôlement chouette ! dit-elle.

– Sur ton yacht !

Pierre Bretonnet se frotta un moment la mâchoire, avant de répondre :

– Ah ! non. Je regrette, mais ce n'est pas possible. À l'heure qu'il est, il doit promener actuellement en Méditerranée un de mes gros clients du Moyen-Orient.

– Oh ! que c'est dommage...

Et c'est ainsi qu'à la dernière bouteille de champagne et à l'unanimité, ils décidaient de s'accorder un petit séjour à Sainte-Rhéa. En guise de cadeau de bienvenue, Ferdinand Lecomte insista pour offrir à son ami Pierre Bretonnet le chantier dont ses finances avaient fort besoin après quelques gros déboires. De son côté, pour ne pas être en reste, le ministre ne voulut pas quitter ses nouveaux amis sans avoir octroyé généreusement une subvention de trente-cinq millions pour les futurs travaux. Et l'honneur de sa venue par-dessus le marché !

La tête toujours penchée sur son dossier et les pensées dans le décolleté de sa secrétaire, Ferdinand Lecomte dut revenir brutalement à la réalité quand son adjoint lui demanda :

– Dis donc ! Ferdinand ? Comme le faisait justement remarquer Jean Benoît, où est-ce que nous allons le loger, le ministre ?

– Mon cher Édouard, il va falloir que nous nous réunissions dès demain pour en parler ou, plus exactement, que vous vous réunissiez car moi, dès demain, je dois être à nouveau à Paris.

Et en disant cela, il croyait déjà respirer le parfum grisant de sa jeune et élégante secrétaire.

V

ALORS QUE LE CONSEIL MUNICIPAL de Sainte-Rhéa tout entier se délectait encore des propos de leur maire, Blondin, lui, les deux coudes bien appuyés sur la toile cirée de la table de la cuisine, se délectait bruyamment du petit verre de gros rouge qui suivait immanquablement sa dernière bouchée de fromage... Sa femme avait déjà couché les deux petits et il pouvait les entendre, à travers les minces cloisons du logement de fonction, qui chahutaient encore dans la chambre voisine. L'aîné, après avoir repoussé son couvert à l'autre bout de la table, essayait de terminer ses devoirs avant que le sommeil ne le gagne.

– Tu peux venir m'aider, p'pa ? demanda le gosse.

La question faillit interrompre la digestion de Blondin. Il eut un hoquet avant de répondre :

– Tu sais bien que je m'en vais. Tu ferais mieux de demander à ta mère.

Néanmoins – à contrecœur, car il se méfiait maintenant des problèmes de son fils depuis que ce dernier était entré dans la classe du certificat d'études – il se pencha sur le cahier du gosse et lut :

Un automobiliste part de chez lui à 10 heures 12 minutes et 23 secondes pour aller chercher un ami habitant à 17 kilomètres 12 hectomètres 15 mètres trois quarts de la porte de son garage. Sachant qu'il va s'arrêter 3 minutes et 20 secondes pour faire le plein d'essence et attendre une fois et demie plus de temps afin que le pompiste lui rende sa monnaie et les trois quarts du temps total passé chez le pompiste pour attendre son ami, on demande à quelle vitesse il devra rouler s'il veut être de retour à 10 heures 59 minutes chez lui.

La grosse main de Blondin fit un aller-retour nerveux sur ses moustaches avant d'effectuer le même mouvement sur son front soudainement tout plissé :

– C'est ton instituteur qui a inventé ce problème ?

– Oui... je crois.

– Eh bien ! tu lui diras qu'il est impossible, ce problème, parce que moi, si je le trouve ton automobiliste, je l'arrête et lui flanque une contredanse pour excès de vitesse.

Le gamin regarda son père se demandant ce qu'il devait penser. D'accord, son père représentait la loi, mais le jour du certificat il ne serait pas là avec son sifflet et son petit carnet...

Blondin devina les pensées de son rejeton :

– Bon, écoute ! Moi, je suis pressé, demande à ta mère.

Il se leva, mit son couteau dans sa poche, embrassa sa femme, ébouriffa gentiment la tête de son garçon, fit semblant de gronder les petits qui ne dormaient toujours pas et, le teint écarlate mais le sourire aux lèvres, sortit sur la pointe des pieds pour ne pas déranger les collègues qui logeaient sur le même palier. « Gendarme, c'est un beau métier, mais être de repos demain, ce n'est pas mal non plus », se disait-il en rejoignant sa 2 C.V. qui l'attendait sur le parking. Il ne put s'empêcher de siffloter car il était heureux comme un gosse quand il allait à la pêche. Depuis toujours Blondin était un fana de ce qu'il appelait son sport favori. Pas la pêche en mer qui vous donne la nausée, pas non plus la pêche à pied d'où vous revenez exténué, meurtri, mais la pêche assise, avec un bouchon qui dodeline tranquillement devant soi au bout de la gaule et un autre bouchon, celui de la bouteille de vin qui, sous le coude, émerge du panier à victuailles.

Il avait effectué tous ses préparatifs avant le dîner. Il vérifia, malgré tout, sur la galerie, le bon arrimage de son matériel et sur le siège arrière celui de son casse-croûte et, sans perdre un instant, s'installa dans son véhicule. L'engin sembla vouloir se coucher sur le bitume sous le poids de son conducteur, puis toussa – car la voiture de Blondin était sensible aux fraîcheurs de la nuit –, enfin hennit à plusieurs reprises et partit au petit trot. « Ce n'est sûrement pas une 2 C.V. qu'il a, le mec du problème du fiston pour faire un aller-retour aussi rapidement », se dit-il, tandis qu'il faisait craquer la seconde.

Dès qu'il fut sortit de Saint-Martin-des-Remparts, il respira avec délices par la vitre ouverte de sa deudeuche le petit vent venant du large. Il était chargé de sel et d'iode. « C'est un temps à faire la pêche du siècle », se dit-il, ne pouvant s'empêcher d'être optimiste. En effet, lorsqu'il arrêta sa voiture, sur le bord de la falaise, à l'extrémité de la propriété du comte de Montpardy, le bruit des vagues se brisant sur les hauts-fonds de la balise du Caillou Gris sembla vouloir lui confirmer ses prédictions.

Sans perdre de temps, son matériel de pêche sur l'épaule, son panier sous le bras, il descendit l'escalier de pierre que les Allemands avaient construit pour atteindre le minuscule port qui abritait, pendant la guerre, les deux ou trois vedettes de l'état-major logeant au château.

Il connaissait bien les lieux, car c'était son endroit de prédilection pour taquiner le bar, l'anguille, la dorade ou le tacot et, malgré la lune qui jouait à cache-cache avec de gros nuages noirs, il enjamba sans encombre les fissures que le temps avait faites dans le petit quai en béton. À l'extrémité du quai, sur lequel venait se briser la houle, il installa ses deux lignes et s'assit confortablement sur la grosse bitte d'amarrage qui semblait ne plus être là que pour lui. Il n'y avait pas cinq minutes qu'il avait mis ses lignes à l'eau qu'il remontait un tacot :

– J'aurais préféré un bar, dit-il à haute voix. Mais ce n'est pas une raison pour ne pas arroser ce maigre début.

Joignant le geste à la parole, il sortit une bouteille de Sidi Brahim de son panier et en but une bonne lampée. À chaque fois qu'il venait pêcher seul, la nuit, il emmenait toujours avec lui, pour accompagner son casse-croûte, une bouteille de ce vin d'Algérie. Elle lui rappelait toutes les bonnes parties de pêche qu'il avait pu faire quand il était là-bas, en poste à Mostaganem.

Il en était à sa troisième pièce sortie de l'eau et à sa quatrième dégustation de Sidi Brahim quand il entendit ses oreilles bourdonner étrangement. Il avait déjà eu des problèmes de tension et, inquiet, il se palpa à l'instant le pouls. Il lui parut normal. Pourtant, le bourdonnement ne cessait pas et semblait même s'amplifier. Il secoua la tête et leva les yeux. D'un seul coup, il se sentit devenir pâle et la sueur, malgré la fraîcheur de la nuit, inonda son visage et son dos.

– Ma parole ! voilà que j'ai des hallucinations.

Il se ressaisit et dit bien fort, pour se rassurer au son de sa voix :

– Je ne vais tout de même pas tomber dans les pommes !

Et pour en être certain, il termina sans respirer sa bouteille de vin, sans avoir même encore touché à la salade de museau dont il se léchait pourtant les babines rien qu'à en sentir les petites échalotes qu'il avait lui-même finement coupées.

– Mais bon sang de bon sang ! je ne rêve pas, dit-il lorsque la lune se glissant entre deux nuages laissa apparaître, à une encablure à peine, un gros yacht à moteur qui avançait au ralenti, dans l'obscurité la plus complète.

Blondin était loin d'être un poltron mais, déformation professionnelle oblige, il pressentit qu'il fallait se planquer. Sans perdre un instant, il se laissa glisser sur les enrochements qui servait de support à la petite plateforme, et là, en équilibre instable, il attendit.

Le navire vint doucement approcher l'autre côté du quai à quelques mètres de lui. Il devina dans la nuit l'homme aux commandes dans la passerelle. Il le vit sortir prestement pour mettre les défenses et passer une amarre autour de la bitte où quelques minutes plus tôt, il était assis. Blondin en conclut que l'homme devait être seul.

Curieux de nature, il eut envie d'aller lui demander ce qu'il venait faire là, à une heure aussi tardive, mais gendarme avant tout, il se retint, car cette venue tous feux éteints ne lui disait rien qui vaille. C'est à ce moment qu'il réalisa qu'il avait laissé tout son matériel, panier compris sur le haut du quai. C'était vraiment une chance que l'homme n'ait rien vu.

Effectivement, l'homme semblait pressé. Rapidement, il disparut dans le navire, et Blondin allait refaire surface quand l'homme émergea avant lui avec dans les bras un gros carton qu'il déposa à cinquante centimètres du gros nez de Blondin. Bien que cela lui fût très difficile, le gendarme essaya de se faire tout petit petit.

De sa cachette où il commençait fort à s'ankyloser, Blondin compta huit tours que l'homme fit les bras chargés. Il ne put compter le neuvième, car soudain la nuit de Blondin fut, un court instant, constellée de milliers d'étoiles avant qu'elle ne devienne d'un noir absolu.

Il était 7 h 30 quand sonna le réveil de Mme Blondin. Son étonnement fut grand lorsqu'elle s'aperçut que son mari n'était pas dans le lit à côté d'elle. « Il doit être déjà parti raconter sa pêche à ses collègues », se dit-elle en enfilant sa robe de chambre. Mais, en même temps, se mettant un index dans chaque oreille, elle tint ce raisonnement digne d'une vraie femme de gendarme : « Pour une fois, je n'ai pas mis mes boules Quies, constata-t-elle étonnée. Cela veut donc dire que les ronflements de papa – c'est comme cela qu'elle appelait son mari – ne m'ont pas gênée, et s'ils ne m'ont pas gênée, il n'y a pas de doute, c'est parce qu'il a découché. Oh ! »

Elle le pensait fidèle mais, malgré dix-huit années de mariage, elle lui trouvait une telle prestance dans son uniforme qu'elle ne pouvait s'empêcher d'être souvent inquiète.

C'est seulement quand elle eut ingurgité un café sans même s'en rendre compte et réveillé l'aîné afin qu'il aille à l'école qu'elle pensa à la possibilité d'un accident. Affolée, elle descendit l'escalier quatre à quatre afin de trouver Gauthier. Ce dernier s'apprêtait à prendre son service.

Gauthier n'eut pas de peine à retrouver la voiture. Elle était là où Blondin l'avait laissée la veille. Quand, accompagné des gendarmes Berthon et Rageau, il arriva sur la jetée, où Blondin avait dit à sa femme qu'il allait pêcher, les vagues de la pleine mer, poussées par le vent du large, balayaient le béton fissuré, apportant avec elles des algues que les vagues suivantes remportaient aussitôt.

Sans conviction, ils firent à pied deux kilomètres dans un sens, le long du rivage. Ils en avaient fait presque autant dans l'autre sens quand Berthon déclara sur un ton monocorde ce que les deux autres hommes pensaient plus ou moins :

– De toute façon, avec des vagues comme cela, s'il a glissé à la mer, ce n'est pas avant huit jours que l'on retrouvera son corps...

– Si jamais on le retrouve, ajouta Rageau qui, depuis un bon moment, en avait assez de marcher dans le sable mou.

Ils firent donc demi-tour illico.

Gauthier ne dit rien. Immobile, les yeux rivés vers le large, il essayait de retenir ses larmes. Il venait de s'apercevoir qu'il l'aimait drôlement bien, cette espèce de gros nounours toujours assoiffé.

Il laissa ses collègues partir devant lui pour laisser exploser deux gros sanglots qui gonflaient sa poitrine :

– Oui, je t'aimais bien, dit-il à haute voix en guise d'oraison funèbre sans cesser de regarder la mer.

D'un revers de manche, il essuya le coin de ses paupières et s'empressa de rejoindre Berthon et Rageau. Il ne devait pas oublier qu'il était de service.

Les deux mains sur le volant, la tête ailleurs, Gauthier roulait sur les petits chemins serpentant entre les dunes. Il revoyait Blondin accoudé au zinc de Gros-Lulu, assis sur le siège de ce véhicule presque à le toucher, son énorme stature allant et venant dans les locaux de la brigade sans cesser de sortir une blague aussi grosse que lui. Il lui semblait même l'entendre avec sa forte voix et son accent roulant de Marmande. Ses copains à côté de lui ne disaient rien. Et c'était mieux. Gauthier se mit à penser au moment où, rentrant à la gendarmerie, il allait annoncer à Mme Blondin : « Rien ! on n'a rien trouvé. Juste une 2 C.V. vide. » Et, sans s'en rendre compte, il levait le pied de l'accélérateur pour retarder ce moment où la veuve, mère de trois jeunes enfants, allait s'effondrer en larme.

Le fourgon bleu de la gendarmerie arrivait à la pointe des Sables et s'apprêtait à faire demi-tour quand Gauthier écrasa le frein avec une telle brusquerie que les deux autres gendarmes en perdirent leur képi dans le fond du véhicule :

– Mais bon Dieu ! qu'est-ce que c'est que ce travesti ? s'exclama Gauthier.

– Ma parole ! c'est un dingue !

– À moins que ce soit un vacancier… Vous savez, il y a de drôles d'artistes qui viennent en vacances dans la région, maintenant.

Aussitôt Gauthier accéléra et tous trois ajustèrent leur képi avant que le véhicule ne s'immobilise à cinquante mètres d'une espèce d'énergumène qui dansait sur le haut d'une dune.

– Mais il est à moitié à poil ! remarqua l'un des gendarmes.

Effectivement, l'homme était simplement vêtu d'un caleçon à fleurs et de chaussettes noires, le torse nu. Il avait posé son pantalon en équilibre sur sa tête et dansait sur la pointe des pieds d'une façon grotesque. À tue-tête, il chantait : « On m'appelle l'hirondelle du faubourg, j'suis une vraie petite gosse d'amour. »

Gauthier regarda ses deux collègues et, montrant l'inconnu, se tapota la tempe du bout de l'index avant de leur faire comprendre d'un geste qu'ils allaient lui sauter dessus. Aussitôt, les trois hommes entreprirent un mouvement d'encerclement.

Gauthier n'était plus qu'à une dizaine de mètres devant cet original à moitié nu quand il se figea, n'osant plus faire un pas, n'en croyant pas ses yeux :

– Merde ! pas possible ! mais c'est Blondin ! s'exclama Gauthier qui, pas un instant, ne voulut croire à une résurrection miraculeuse.

– Non ! Eh bien ! quelle cuite il tient, le Blondin ! admirent en chœur Berthon et Rageau.

Quand il monta dans le fourgon, Blondin chantait toujours *J'suis une vraie petite gosse d'amour* et serrait tendrement Gauthier et Rageau par le cou. Mais, ils n'étaient pas arrivés à Sainte-Rhéa qu'il ronflait comme un volcan en éruption dans le fond du véhicule.

– Quelle cuite ! ne cessaient de répéter, admiratifs, les deux gendarmes.

Gauthier, lui, ne disait rien. Il ne partageait pas leur point de vue, mais n'en fit rien savoir. Il connaissait bien Blondin. Il le savait capable d'absorber une barrique entière sans être le moins du monde dérangé. En revanche, cette trace de piqûre minuscule dans le creux du bras gauche de Blondin, juste sur la veine, l'intriguait fortement. Il n'arrivait pas à croire que son collègue se droguait. Mais s'il ne se droguait pas, qui, comment et pourquoi l'aurait-on drogué ? Blondin n'était pas du genre à se laisser faire. Pourtant, même s'il n'en disait rien, Gauthier en était certain : Blondin était sous l'emprise de la drogue.

Blondin ne se réveilla pas lorsque les trois gendarmes l'allongèrent sur son lit, devant son épouse qui, convulsivement, riait et sanglotait tout à la fois.

D'un commun accord, toute la gendarmerie décida aussitôt, pour ne pas nuire aux quelques petites années de carrière qui restaient à effectuer à Blondin et pour l'honneur de la brigade, de ne faire aucun rapport sur cet étrange accident et d'étouffer complètement l'affaire.

Le lendemain matin, à 8 heures exactement, Blondin reprenait son service de permanence au bureau. Gauthier y était déjà. Blondin lui tendit sa grosse paluche :

– Comment vas-tu, l'ami ? dit-il sur le ton qui lui était familier.

Gauthier à son tour lui tendit la main en le scrutant du regard :

– Bien ! Et toi ?

– Impeccable ! J'ai juste un peu mal au crâne. Je crois que cela provient de mon oreiller. Il est trop mou. Mais ma femme, elle, elle le trouve bien, alors...

Gauthier le fixa du regard avec des yeux de plus en plus ronds. Il pensait : « Il se fout de ma gueule, ou quoi ? » Sur un petit ton anodin, il questionna :

– Et hier ? Comment ça s'est passé ?

Ce fut autour des yeux de Blondin de prendre une forme circulaire :

– Pourquoi me demandes-tu ça, puisqu'on était de service ensemble et que l'on ne s'est pas quittés d'une semelle ?...

Tout en disant cela, il avait posé son képi et ses cigarettes sur son bureau, enlevé sa veste, retroussé ses manches avant de s'installer confortablement à sa place habituelle devant sa vieille machine à écrire. Il ajouta en plaisantant :

– Dis donc l'ami, à ton âge il ne faut pas attendre pour te faire soigner car je crois bien que tu deviens amnésique.

Gauthier fit un effort pour avaler sa salive. Cette fois, c'est à haute voix qu'il lui dit :

– Tu te fous de ma gueule, ou quoi ?

Blondin aimait bien Gauthier. Il le regarda comme un bon gros chien qui ne comprend pas pourquoi on le menace du bâton.

– Non, pourquoi ?

Gauthier, qui savait montrer un calme imperturbable lors d'une enquête, faillit là sortir de ses gonds. Il se contenta de sortir de son fauteuil comme un pantin à ressort jaillit d'une boîte. Il saisit le bras gauche de Blondin :

– Et ça ? Qu'est-ce que c'est ?

Toujours sans comprendre où son collègue voulait bien en venir, Blondin loucha sur le petit point rouge au beau milieu de la veine bleue qui ressortait au creux de son coude :

– Ça ? Un moustique sans doute ?

– Tu te fous de ma gueule ? répéta une fois encore Gauthier.

Il n'était pas loin de midi quand, ensemble, ils durent admettre que Blondin avait été victime d'une bien étrange histoire.

Malgré de terribles efforts de mémoire auxquels il n'était pas habitué, Blondin ne pouvait que répéter :

– Je me souviens du tacot que j'ai pêché, mais après, rien, plus rien ! Le noir absolu !

VI

La demie de 2 heures venait de sonner au clocher de l'église. La chaleur était accablante et pas le moindre souffle de vent n'agitait les tilleuls de la place.

Dans la fraîcheur de la pièce, derrière les stores baissés, le curé Pageaud avait dégrafé le col de sa soutane. Après avoir copieusement déjeuné, les mains pieusement jointes sur son estomac rebondi, il fixait, la paupière lourde, le petit verre de cognac que venait de lui servir sa vieille bonne. Normalement, à cette heure, il aurait dû être allongé sur son lit à reposer sa jambe douloureuse ; mais aujourd'hui, il n'avait pas envie de monter faire sa petite sieste habituelle. Il avait trop de soucis pour se laisser aller à un somme réparateur. La fête de la Sainte-Rhéa avançait à grands pas, tout le monde dans le village en parlait, et lui, le curé, il n'avait toujours pas trouvé une statue digne de la sainte patronne de la paroisse !

On sonna à la vieille grille du jardin. Perdu dans ses réflexions, le curé ne broncha pas.

La vieille bonne posa son balai contre la huche à pain, essuya la goutte qui pendait continuellement à son nez et, coquette, enleva rapidement son tablier noir à fleurs blanches :

– C'est sûrement Célestine et son tricot, dit-elle autant pour elle que pour le curé.

Trois minutes plus tard, elle revint le mouchoir au bout du nez qu'elle avait rouge à force de l'essuyer :

– C'est un monsieur qui veut parler à M. le curé.

Et, au ton de sa voix, on devinait bien qu'à son grand regret elle n'en savait pas davantage.

Le curé souleva péniblement la paupière droite et fit trembler son double menton en signe d'accord. En même temps, un grand jeune homme, à l'allure athlétique, soulevait le rideau de perles derrière lequel bourdonnaient les mouches et s'arrêtait le soleil :

– Jean-Pierre Ledhu ! se présenta-t-il. Petit-fils de la maison Ledhu père et fils, au service de l'église et de ses fidèles depuis 1912...

Le curé Pageaud réussit à soulever la paupière gauche.

– Nous fournissons tout, depuis la médaille de baptême en métal argenté jusqu'aux cierges des morts, en passant par les crucifix en bronze laqué or de trois mètres de large sur huit mètres de hauteur, socle non compris, précisa-t-il.

À ces mots, le curé ouvrit grands les deux yeux et sauta de son fauteuil, oubliant sa vieille blessure. Il rafla au passage son verre de cognac qu'il but d'un trait :

– C'est le Ciel qui vous envoie, mon enfant, dit-il au représentant de la maison Ledhu père et fils.

– Je sais, fit le jeune homme imperturbable. Et, sans attendre, il sortit un énorme catalogue de sa serviette.

– Je vous en prie, asseyez-vous... proposa le curé en lui tendant une chaise au fond de paille canné agrémenté d'un petit coussin tricoté à la main par la vieille bonne... Voyez-vous, ce que je voudrais...

Mais Jean-Pierre Ledhu avait beaucoup d'articles à proposer et ne laissa pas au curé le temps d'exprimer ses désirs. Il ouvrit un énorme catalogue aux splendides photos en couleur :

– Voyez ! fit-il. Juste pour vous donner un petit aperçu de nos produits… Je passerai rapidement sur notre rayon alimentation : dragées de baptême, gâteaux de communion, plats surgelés propres à chaque festivité religieuse… bien que je me doive d'attirer votre attention sur notre petit vin de messe…

Le curé dressa l'oreille.

– C'est une cuvée spéciale. Un petit beaujolais si léger qu'on le croirait vraiment fabriqué par les anges. Il a ce grand avantage qu'on peut le boire très facilement, quelle que soit l'heure à laquelle on officie. Il est livré franco par commande de cent bouteilles.

Le curé hésita car il aimait bien le beaujolais... et le bourgogne et le bordeaux également et aussi le petit vin de son voisin, de l'autre côté de la place, juste en face de l'église...

– Voyez-vous, ce que je voudrais en vérité...

Le petit-fils de la maison Ledhu père et fils ne lui donna pas le temps d'exprimer ce qu'il souhaitait :

– Toujours dans le rayon alimentation, nous faisons les hosties briochées, très agréables au goût, emballage plastique, garanties longue conservation. Je ne dois pas oublier de vous citer également les farces pieuses très appréciées en fin de repas : le sucre qui fond et laisse flotter miraculeusement un petit jésus dans votre tasse, par exemple...

Il tourna rapidement quelques pages de son catalogue :

– Rayon vêtements, nous sommes très bien fournis : soutanes, chasubles, sous-vêtements assortis hommes ou femmes. Toute une gamme, de la plus grande sobriété à... – il baissa la voix – à la plus grande fantaisie... C'est la maison Ledhu père et fils qui habille entièrement le couvent de l'ordre de Sainte-Thérèse, précisa le jeune homme en guise de référence.

Le curé Pageaud acquiesça du chef et tenta de prendre la parole à son tour, mais le jeune représentant n'avait pas terminé :

– En ce qui concerne les communiants, nous sommes les tout premiers. Et si vos charmantes petites ouailles groupent leurs commandes, pour vingt robes ou costumes avec brassards, nous nous ferons un plaisir de vous offrir, à vous personnellement, une soutane Nylon très légère à porter et très facilement lavable, garantie grand teint.

– Vous êtes très gentil et je vous en remercie, mais voyez-vous ce que je voudrais...

– Je passerai très vite sur les images pieuses, médailles, etc. bien que nous ayons beaucoup de nouveautés dans ce genre d'articles grâce à de nouveaux matériaux tels que les plastiques fluorescents... Ce que je veux vous montrer ce sont nos églises et nos chapelles préfabriquées, facilement montables et démontables. Depuis deux ans, nous avons un très gros marché pour ce produit, surtout dans les pays à la politique instable, où la guérilla sévit, où l'on bombarde, où l'on incendie...

– Je vous remercie, mais je n'ai qu'un tout petit budget et si, à Sainte-Rhéa, on se dispute souvent, on n'en est pas tout de même à se faire la guerre et, de plus, notre vieille église, depuis le XIIe siècle que nous l'avons, on y est bien habitué…

– Nous pouvons vous offrir de très grandes facilités de paiement, ajouta Jean-Pierre Ledhu qui ne désarmait pas facilement.

– Non, voyez-vous, ce que je voudrais, dit très rapidement le curé, profitant que son interlocuteur avalait sa salive, c'est une statue de sainte Rhéa.

Le jeune homme le regarda droit dans les yeux :

– Monsieur le curé, vous ne pouviez pas mieux faire que de vous adresser à moi. La statue sainte, c'est la spécialité première de la maison Ledhu père et fils.

Il se tut un instant pour fouiller dans les dernières pages de son catalogue à la lettre « S » :

– Voyons, voyons… statues ? Voila ! saint Abel… saint Agnès… saint Amand… saint Baptiste… saint Bertrand…

Il arriva à sainte Zoé.

– Tiens ? dit-il, surpris, et il recommença : Saint Abel… saint Agnès… saint Baptiste…

Et il arriva à nouveau à sainte Zoé.

– Curieux, curieux ! avoua-t-il, surpris, mais non décontenancé.

Le curé Pageaud ne le lâchait pas des yeux, retenant son souffle tant le moment était grave.

Jean-Pierre Ledhu plongea résolument dans sa serviette et en remonta avec le catalogue de l'année précédente. Il feuilleta longuement, dans tous les sens, l'épaisse brochure :

– Eh bien ! non, dut-il admettre après un quart d'heure de vaines recherches, nous ne disposons pas de sainte Rhéa. Il faut avouer que c'est la première fois qu'on me la demande. Mais si vous le voulez bien, monsieur le curé, nos dessinateurs peuvent vous étudier un projet et vous le soumettre ?

Le curé dont la mine avait pâli au fur et à mesure des recherches retrouva pendant quelques instants les couleurs de l'espoir :

– Ah ! oui. C'est une très bonne idée. Et combien de temps vous faudra-t-il pour étudier ce projet ?

– Actuellement, il faut compter trois mois minimum.

Le curé Pageaud laissa tomber ses bras de chaque côté de son fauteuil. Il eut l'impression que le ciel l'abandonnait. Il chercha du regard quelque chose pour accrocher ce qui lui restait d'espérance. Il ne trouva que son petit verre à digestif, et il était vide !

– Et l'évêque qui va venir bénir la statue de sainte Rhéa, murmura-t-il en se passant la main sur son front moite.

– Nous ne pouvons vraiment pas faire mieux, s'excusa le représentant. Tous nos services sont actuellement surpassés de travail avec le nouveau marché que nous venons de passer avec les pays du Nord : nous fournissons maintenant toutes les églises réformées ainsi que toutes les nouvelles sectes qui naissent chaque jour. Et je ne vous parle pas de l'Amérique du Sud : nous avons une très grosse demande de vierges dans toute cette région…

Jean-Pierre Ledhu se tapa brusquement le front du plat de la main :

– Une vierge ! voila ce qu'il vous faut : une vierge !

Le curé exprima une certaine hésitation.

– Ou bien un christ ?

– Après tout, pourquoi pas ? À défaut de sainte Rhéa…

– Bien que… j'opterais plutôt pour une vierge. Un christ, ça fait triste. Il est trop maigre, se permit d'insister Jean-Pierre Ledhu qui avait tout un stock de vierges ancien modèle à liquider.

Le curé admit qu'il n'avait jamais regardé le Christ de cette façon-là.

Le jeune homme continua :

– Nous avons toujours une importante clientèle pour la vierge traditionnelle en plâtre, en pierre, en bronze doré ou polychrome, mais de plus en plus la demande est grande pour la vierge en matière plastique que nous vendons en kit. Les quatre pièces : la tête, les deux bras et le corps entièrement remontables avec un simple tournevis. Trois options possibles : rameau d'olivier, croix ou Enfant Jésus.

– J'avoue ne pas bien vous suivre, reconnut le curé Pageaud.

– C'est très simple. Au moment de remonter votre vierge, à l'aide des vis inox fournies gratuitement, il suffit de bien orienter les bras afin d'y déposer une des trois options choisies.

– C'est très bien, c'est très bien, mais moi, la matière plastique, je n'y tiens pas tellement.

– Garantie contre le gel et les intempéries, certifia le vendeur. De plus, nous pouvons, moyennant un léger supplément, vous fournir un éclairage néon. Introduit dans le corps de la vierge, il a, la nuit, nos sondages l'ont prouvé, un très gros impact sur la psychologie des fervents.

Quand le soleil commença à perdre de son ardeur, le curé Pageaud prétexta l'heure de l'angélus pour se libérer du représentant de la maison Ledhu père et fils. Un moment, ce dernier crut avoir réussi à vendre une petite vierge en imitation pierre. Espoir vain ! car, lorsqu'il se leva, le curé n'avait pas acheté la moindre petite médaille.

Il se retrouva seul avec une douzaine de prospectus tous plus alléchants les uns que les autres, mais aucun ne solutionnait son problème.

Le lendemain, au lieu de rester tranquillement digérer la matelote d'anguilles et le lapereau aux petites échalotes mijotés par sa bonne, il se leva énergiquement de table et traversa la place sans se soucier du soleil écrasant.

Il monta les quatre marches disjointes de la vieille église, entre lesquelles poussait une petite mousse marron à fleurettes jaunes. Alors que grinçait la lourde porte, ses yeux s'attardèrent un instant sur les initiales gravées au couteau dans la pierre tendre du porche. Elles racontaient, à qui savaient les lire, les amours souvent aussi enfantines que fugaces de nombreuses générations de Rhéalais. Les blanches, toutes récentes, et les grises, à peine lisibles, presque effacées par le temps, mais que l'on pouvait retrouver parfois sur les pierres du cimetière.

Le curé Pageaud poussa un gros soupir et pénétra dans l'église.

Est-ce la sainteté des lieux ou tout simplement la fraîcheur qui y régnait, mais il s'y sentait toujours bien dès qu'il y entrait.

Il s'assit comme il le put sur un banc adossé au petit escalier tortueux qui montait à la chaire. Un rayon de soleil filtrait à travers la lumière rouge d'un vitrail et peignait en rose la voile blanche d'un thonier exécuté et donné à l'époque, par l'arrière-grand-père de Jean Benoît. Il flottait calmement dans le ciel serein de l'église maintenu par un fil de fer et une toile d'araignée.

Tout à ses pensées, le curé regardait le bateau sans trop le voir, quand la maquette de bois se mit à danser sous ses yeux, comme prise dans une tempête. Il essaya de faire un effort pour tenter de comprendre cet étrange phénomène, quand le thonier disparut, enveloppé dans un épais brouillard. Au même instant, le curé Pageaud sombrait corps et bien dans un profond sommeil, sans avoir le temps de faire une dernière prière.

Une demi-heure passa, peut-être même une heure, le curé dormait toujours dans l'église déserte. Était-ce la position inconfortable, était-ce ses vieilles douleurs ou bien un mauvais rêve ? Il commença à s'agiter et soudain cria :

– Antonio Garcia !

Il se réveilla et regarda autour de lui, surpris un court instant de se trouver là.

– Antonio Garcia ! Antonio Garcia ! murmura-t-il comme s'il continuait son rêve.

Il bâilla, ajusta son chapeau et, sans plus attendre, se dégagea tant bien que mal d'entre les deux bancs où il était coincé.

– Antonio Garcia ! Antonio Garcia !...

Au moment où il mettait la main sur la grosse poignée de la porte, il se ravisa :

– Il ne faut tout de même pas que j'oublie de faire une prière pour remercier Notre Seigneur.

Il fit demi-tour et se dirigea vers l'autel où vacillait la flamme d'un cierge.

VII

Le verre de vin à la main, dans le chai de Paul Vinard, son voisin, le curé Pageaud écoutait d'une oreille distraite ce dernier lui faire part de son inquiétude concernant la future maternité de sa vache. Tout en faisant semblant de prendre beaucoup d'intérêt à la conversation du paysan, il cherchait dans le fond de son verre ce qu'il n'avait pas réussi à trouver par les prières : on était à deux jours de la fête et Sainte-Rhéa n'avait toujours pas de patronne ! Le pauvre curé n'en dormait plus. Tout semblait vouloir s'effondrer autour de lui. L'aide que devait lui apporter la commune avait été réduite de deux tiers ; le montant de cette somme ayant été reporté sur le vin d'honneur et le banquet offerts au ministre. L'évêque n'avait pas promis d'être présent le jour de la fête mais il avait, en revanche, promis de prier pour que ce jour soit un grand jour pour l'Église. Il lui avait promis aussi de lui envoyer un chèque, mais le curé ne l'avait toujours pas reçu. Avec le peu d'argent qu'il possédait, il aurait pu, à la rigueur, acheter une vierge en matière plastique, mais le curé Pageaud était trop traditionnaliste pour agir de la sorte. Il lui fallait une sainte extraite d'un matériau noble, sortie des entrailles de la terre, façonnée par la main d'un pieux artisan, pour s'élever haut dans le ciel de Sainte-Rhéa, et non pas un de ces produits synthétiques tirés à milliers d'exemplaires par une machine sans âme.

Parfois, on lui demandait :

– Alors, monsieur le curé ? Quand est-ce qu'elle arrive, cette statue ?

– Cela ne devrait pas tarder, répondait-il, et il plongeait bien vite le nez dans son bréviaire qu'il tenait toujours à la main près à éluder les questions insidieuses.

Pourtant, jamais il n'avait tant prié ! Mais que pouvait-il faire d'autre ? Prier… et rendre visite à Paul Vinard dans son chai. Il aimait bien son chai. Il avait la fraîcheur de son église et lorsqu'ils trinquaient ensemble, buvant le même vin que celui qu'il buvait lorsqu'il servait la messe, il lui arrivait parfois ne plus bien savoir s'il était dans son église ou dans le chai de son voisin.

Il en était là, plongé dans ses tourments, tout en faisant semblant d'écouter les lamentations du riche paysan, lorsque sa bonne pointa son nez humide par l'entrebâillement du portail :

– Ah ! vous êtes là ! Il y a un moment que je vous cherche, je vous croyais à l'église…

Le curé était trop habitué depuis longtemps au caractère acariâtre de sa bonne pour en prendre ombrage :

– Vous auriez du commencer par me chercher là, dit-il sur un ton amusé.

La vieille fille haussa les épaules et essuya son nez avant de continuer :

– Il y a une espèce de gitan qui est devant le presbytère avec une vieille camionnette. Il vient vous livrer les oranges que vous lui avez commandées pour la fête.

Le curé leva les yeux au ciel :

– Mais doux Seigneur ! je n'ai jamais commandé d'oranges...

– Lui, il dit que si. Il a même commencé à décharger les caisses.

Soucieux, le curé s'apprêta à sortir aussitôt quand Paul Vinard l'interpella :

– Monsieur le curé ? Un dernier petit verre ?

Ne se préoccupant pas de sa réponse, il fit grincer le robinet de la barrique poussiéreuse et remplit le verre que le curé vida d'un trait avant de s'en aller aussi rapidement que le lui permettait sa jambe invalide.

Devant la grille stationnait une camionnette grise de boue séchée et de poussière. À l'arrière, un petit homme tout sec, le teint olivâtre, à l'épaisse chevelure noire à peine grisonnante, déchargeait les caisses dont avait parlé la bonne. Lorsqu'il aperçut le curé Pageaud, il s'immobilisa, une caisse au bout de ses bras appuyée sur son ventre :

– Padré Pageaud !

Et il laissa tomber la caisse pour lever les bras au ciel :

– Padré Pageaud ! répéta-t-il.

– Antonio Garcia ! s'exclama le curé qui, d'un seul coup, se remit à croire aux miracles.

Il s'ensuivit de longues embrassades, de fortes tapes dans le dos et de chaleureuses poignées de mains sous l'œil réprobateur de la bonne.

Oubliant les cageots d'oranges, le curé le fit entrer chez lui et deux heures plus tard, ils étaient toujours assis devant la table. La vieille bonne n'en finissait pas de remplir les verres et, comme elle ne voulait rien perdre de la conversation des deux hommes, ne cessait de lever les yeux au ciel pour demander pardon de ce qu'elle entendait.

Il est vrai que trois ans de vie commune dans le maquis, cela ne manque pas de créer de nombreux souvenirs et une profonde amitié.

Le soleil commençait à disparaître et les bouteilles vides à s'accumuler quand le curé se hasarda à demander à son vieux copain retrouvé :

– Mais les oranges ? Pourquoi m'as-tu apporté des caisses et des caisses d'oranges ?

– Madré des Dios ! porque chez moi, j'ai quinze hectares d'orangeraie !

– C'est très gentil de ta part, mais ma lettre, tu l'as bien reçue ?

– Oui, mais tu écris de plus en plus mal. C'est à peine si j'ai pu la traduire. C'est bien des oranges que tu me demandais ?

Le curé Pageaud n'eut même pas la force de lui répondre et ne vit pas la lueur malicieuse qui, un court instant, éclaira le regard noir de son vieux compagnon. Il s'enfonça simplement un peu plus dans son fauteuil. Lui qui avait cru au miracle… Lui qui avait cru à un signe du ciel quand, l'autre jour, dans l'église, une voix lui avait crié le nom d'Antonio Garcia… Sainte-Rhéa n'aurait donc jamais de sainte patronne, et pour la fête, l'évêque – si jamais il venait – n'aurait qu'un socle à bénir, un socle sans statue.

– Allons finir de vider la camionnette… dit-il d'un ton las.

Ils se levèrent péniblement et, la démarche légèrement titubante, bras dessus bras dessous, ils traversèrent le jardin.

La vieille bonne qui les regardait s'éloigner ferma bien vite la fenêtre quand elle les entendit chanter de leur belle voix de basse *Le Chant des Partisans*.

– Fais attention, padré, le dernier carton, c'est une surprise pour toi, dit Antonio Garcia lorsqu'il ne resta plus que quelques cageots dans le véhicule.

Intrigué, le curé se mit à sortir du carton des ripes et des vieux journaux et soudain, tomba à genoux, mains jointes, sur un cageot qu'il écrasa de son poids :

– Mon Dieu ! Seigneur ! sainte Rhéa ! balbutia-t-il avec ferveur en apercevant une petite tête en bois sculpté, toute fendillée par le temps.

En vérité, la sculpture que les années et les intempéries n'avaient pas ménagée ressemblait plus à une espèce de Quasimodo grimaçant qu'à une petite sainte au sourire angélique, mais pour le curé Pageaud, elle ne pouvait être que la représentation de sainte Rhéa, la tant attendue :

Antonio Garcia le regardait sans rien dire. Il cacha sa propre émotion derrière la fumée d'un petit cigare noir et malodorant :

– Je pense qu'elle a besoin d'une sérieuse cure de rajeunissement, se contenta-t-il de dire, les dents serrées sur son cigarillo.

Le curé Pageaud ne prêta pas attention à la remarque. Il contemplait d'un regard celle qu'il avait tout de suite baptisée sainte Rhéa.

Lentement, il revint sur terre et demanda :

– Mais je croyais que tu n'avais pas pu traduire ma lettre ? questionna le curé en serrant la petite statue dans ses bras.

Antonio Garcia eut un sourire évasif :

– Tu te souviens du jour où tu m'as caché dans la sacristie et que les S.S. sont repartis sans m'avoir trouvé. Je t'ai dit : « Padré, demande-moi ce que tu voudras, tu l'auras. » Tu ne m'avais encore rien demandé.

Ils se turent un moment et les souvenirs défilèrent en silence.

– Mais où l'as-tu dénichée ? finit par demander le curé en regardant amoureusement la statuette de bois qu'il tenait toujours dans ses bras.

– La statue ? Elle se mourrait d'ennui pas très loin de chez moi…

– Tu as dû la payer très cher ?

Antonio Garcia envoya très loin la fumée de son cigare avant de répondre :

– Tu oublies que j'étais un spécialiste des opérations de nuit. Mais cette fois, au lieu de prendre des grenades, j'ai pris une clé à griffe pour la déboulonner de son socle. C'est pour cela que j'ai dû cacher cette pauvre vieille derrière un chargement d'oranges, parce qu'à la frontière...

– Mon Dieu ! une sainte Rhéa de contrebande ! murmura le curé en joignant instinctivement les mains.

Enfin qu'importent les moyens ! Les habitants de la paroisse de Sainte-Rhéa pourraient enfin dormir tranquilles : ils allaient être désormais sous la protection de leur sainte patronne.

VIII

– ALORS ? TOUT EST PRÊT ?

Édouard Pinson, les deux mains sur le volant de sa traction, quitta un instant la route des yeux pour se tourner vers son passager.

– Tout est prêt, Ferdinand, dit-il fièrement au maire de Sainte-Rhéa. Il ne manque plus que trois pavillons pour finir de décorer la mairie et huit chaises... Mais ce soir, tous ces détails seront réglés.

– Et la chambre du ministre ?

– Là, on peut dire que Gros-Lulu s'est surpassé. Il est vrai que j'y ai veillé personnellement et Théo le peintre a fait du bon travail. Jusqu'à la cage d'escalier, qu'il a retapissée ! Tu veux que nous nous y arrêtions voir, en passant ?

C'était l'heure creuse au café du port quand les deux hommes y parvinrent. Seuls quelques vieux marins, le regard obscurci par les souvenirs et les vapeurs d'alcool, étaient là, immobiles et silencieux devant leur verre de vin, semblables à de vieux navires au mouillage. Ils ne réagirent même pas quand entrèrent les deux hommes.

Gros-Lulu essuya rapidement ses mains humides à son tablier.

– Bonjour monsieur le maire ! Bonjour monsieur l'adjoint ! fit-il cérémonieusement.

– Bonjour Léon !

– Bonjour mon ami !

Les nombreuses activités de Ferdinand Lecomte ne lui donnaient pas souvent l'occasion de venir au café du port, si ce n'était en période électorale, où les tournées généreusement offertes avaient un effet plus bénéfique sur la population que les longs discours fastidieux.

– On peut voir les chambres ? demanda-t-il après qu'ils eurent échangé quelques banalités.

Gros-Lulu n'attendait que ce moment.

– Avec plaisir ! avec plaisir ! Mais je vous demanderai de bien vouloir laisser vos chaussures au bas de l'escalier : je crains que la cire ne soit pas encore sèche...

Montrant l'exemple, Gros-Lulu abandonna ses savates graisseuses et les deux hommes délacèrent leurs souliers. En chaussettes, tous trois s'élancèrent à l'assaut de l'escalier embaumant l'encaustique.

Sur le palier attendaient trois paires de patins, fabriqués maison, sur lesquels glissèrent sans bruit, précédés de leur guide, M. le député-maire et M. le premier le premier adjoint.

Gros-Lulu, fier de montrer son établissement rénové, virevoltait sur ses patins, de droite à gauche, de gauche à droite, se retournant pour faire contempler, en vue plongeante, la tapisserie de la cage d'escalier, faisant trois petits pas en marche arrière pour répondre à une question, deux sur le côté pour montrer le sous-verre exhibant le « porte-avions *Béarn* faisant son entrée dans le port de Toulon »...

D'un mouvement chassé du pied gauche, il glissa jusqu'à la porte d'une chambre qu'il ouvrit brusquement en s'effaçant rapidement, pour laisser passer le soleil qui fit pâlir la faible lumière du petit abat-jour au plafond.

– La chambre de M. le ministre ! claironna-t-il fièrement.

Ferdinand Lecomte et son adjoint glissèrent à leur tour. Sous la fenêtre, la mer étincelait sous le chaud soleil d'été.

– Entièrement refaite à neuf ! La tapisserie, le matelas, tout ! On peut même éteindre la lumière de son lit sans avoir à se lever jusqu'à la porte !

Gros-Lulu s'arrêta un instant pour essayer de lire l'émerveillement sur le visage des deux hommes avant de continuer :

– Si vous voulez bien me suivre, messieurs, je vais vous montrer les chambres de M. Pierre Bretonnet et des deux secrétaires...

– Et la salle de bain ? questionna à brûle-pourpoint Ferdinand Lecomte.

Gros-Lulu s'arrêta brusquement de glisser, figé, pétrifié, au beau milieu du palier. Son cou épais s'enfonça entre ses deux épaules tombantes et son dos se voûta. Les yeux rivés sur le porte-avions *Béarn*, il eut la curieuse impression que lui, Gros-Lulu, était en train de sombrer.

– Quelle salle de bain ? parvint-il à demander d'une voix à peine audible, lorsqu'il refit surface.

– Tu sais bien que le ministre veut une salle de bain !

– Je... je ne savais pas. Personne ne m'en avait jamais parlé.

– Ah ! je ne savais pas moi non plus, avoua Édouard Pinson.

– Mais si ! voyons ! Dans la voiture, l'autre jour, je te l'ai dit, mentit le maire.

Édouard Pinson fit un terrible effort de mémoire :

– Oui, tu vois, il me semble m'en souvenir maintenant... Mais il faut tellement avoir de choses en tête, actuellement... ajouta-t-il, faisant allusion à la préparation de la fête.

La vérité était toute autre.

La veille, Ferdinand Lecomte avait rendez-vous chez le ministre où Pierre Bretonnet, en honnête homme, devait remettre à chacun de ses deux amis un chèque, montant de leur commission sur le chantier du port de Sainte-Rhéa. L'affaire réglée, ils en étaient au whisky quand le ministre annonça :

– Vous savez, mon cher Ferdinand, j'insiste : en toute simplicité, pas de cérémonie, pas de préfet, pas de motards ! Juste une bonne petite fête de campagne comme je les aime ! Vous êtes bien d'accord ?

Le maire de Sainte-Rhéa allait répondre quand le ministre continua :

– Tout ce que je demande, c'est une bonne chambre, avec un bon lit et une salle de bain. C'est peut-être une manie, mais je ne peux pas me passer de mon bain avant de me coucher, sinon, le lendemain, je ne suis pas en forme. On n'est loin de s'en douter, mais le sort de l'agriculture française se joue dans ma baignoire.

– Qu'est-ce qu'on peut faire ? questionna Gros-Lulu, le ton désespéré.

– C'est très important car le sort de l'agriculture française en dépend, répondit distraitement Ferdinand Lecomte.

Gros-Lulu sentit tout le monde agricole peser sur son dos et son corps s'affaissa encore plus sous un poids bien trop excessif pour ses épaules tombantes. Cramponné à la rambarde de l'escalier, il descendit l'escalier lourdement, marche après marche, chaussa ses savates crasseuses avant d'atteindre péniblement le comptoir où il se servit un cognac qu'il but d'un trait.

– Qu'est-ce qu'on va faire ?

Il avait dans la voix les intonations d'un naufragé qui crie au secours.

– Qu'est-ce que l'on va faire ? répéta Édouard Pinson.

– Eh bien ! je me le demande, avoua Ferdinand Lecomte.

Changeant soudain d'expression, le cognac aidant, Gros-Lulu tapa du poing sur la table :

– Tout ça, c'est la faute de ma femme ! Si je ne l'avais pas écoutée, il y a longtemps que je l'aurais, cette salle de bain ! Oui, mais voilà...

Profitant de l'absence de sa conjointe, il se lança dans les détails de sa vie conjugale dans laquelle son épouse n'avait pas le meilleur rôle.

Ferdinand Lecomte et Édouard Pinson ne se donnèrent pas la peine de l'écouter.

– Et si on faisait coucher le ministre à Saint-Martin-des-Remparts ? Je crois que l'*Hôtel de la Poste* a une salle de bain sur le palier, hasarda Édouard Pinson.

– Jamais de la vie ! riposta catégoriquement Ferdinand Lecomte.

Il n'avait pas du tout envie de donner son ministre à une commune dont le maire l'avait mis plus bas que terre lors des dernières élections.

– Jamais de la vie ! enchérit Gros-Lulu qui lui non plus ne voulait pas donner son ministre à un collègue.

– Alors ?

– Alors ? il faut trouver une salle de bain, ou tout au moins, une baignoire…

Les trois hommes se creusèrent la tête à la recherche d'une solution. Gros-Lulu suggéra même d'installer dans sa cour, derrière le rideau de cupressus, l'abreuvoir en pierre de Paul Vinard.

– Il faudrait évidemment, avant, lui donner un bon coup de brosse, précisa-t-il, car les vaches, ça boit salement.

Mais cette proposition n'obtint pas les faveurs des deux élus de la commune. Ils étaient dans l'expectative la plus complète, quand Édouard Pinson hasarda du bout des lèvres :

– J'ai bien une vieille baignoire galvanisée dans la buanderie, chez moi… mais on ne va tout de même pas la démonter pour la mettre ici ! Je ne sais même pas si elle pourrait supporter le voyage !

– On ne la démontera pas, parce que l'on installera le ministre chez toi, dit le maire de Sainte-Rhéa sur un ton sans réplique, aussi heureux que surpris d'avoir trouvé si rapidement une solution.

– C'est une bonne idée, reconnut mollement Gros-Lulu. Mais il préférait de beaucoup voir le ministre prendre son bain dans la baignoire galvanisée de l'adjoint de Sainte-Rhéa plutôt que dans celle d'un collègue. Fût-il à Saint-Martin-des-Remparts.

Édouard Pinson essaya d'objecter. Il ne manquait pas d'arguments pour cela : la baignoire ne servait plus depuis plusieurs années, sinon pour mettre les plantes vertes de Mme Pinson, elle était rouillée et avait peut-être des fuites, l'évacuation était bouchée, elle n'avait qu'un robinet d'eau froide et pas d'eau chaude, la pièce dans laquelle elle se trouvait n'avait pas d'électricité et n'avait jamais été repeinte, la cheminée qui servait à faire chauffer l'eau fumait dès qu'il y avait un peu de vent, etc.

Ferdinand Lecomte fit fi de toutes ces objections. Il prit son second par la manche.

– Allons chez toi, tu me montreras.

Gros-Lulu se retrouva seul devant la glace. Elle lui renvoya l'image d'une espèce de clown triste aux paupières tombantes et aux joues molles :

– Quand je pense à tous ces frais et qu'il ne dormira même pas chez moi !

Le clown lui répondit pour essayer de le consoler :

– Tu auras les deux secrétaires et l'entrepreneur. C'est mieux que rien !

La porte était close lorsque le maire et Édouard Pinson arrivèrent chez ce dernier.

– Ma femme est sûrement partie décorer l'église. Cela ne fait rien, passons par derrière.

Ils firent le tour du pâté de maisons avant de s'engager dans une petite ruelle envahie de roses trémières et de belles-de-nuit. Ferdinand n'y était pas venu depuis le temps où il s'initiait à la tombée du jour aux jeux de l'amour avec les adolescentes de son âge. Mais l'heure n'était pas au pèlerinage et M. le maire était un pragmatique, et non pas un sentimental.

Édouard Pinson ouvrit le portail peint en vert dont la grosse clé était cachée sous une pierre. Il donnait sur le jardin conduisant à sa maison. Ils passèrent entre une double rangée de poireaux figés au garde-à-vous impeccable et une demi-douzaine de vieux pots de chambre dans lesquels le propriétaire des lieux faisait pousser ses semis.

– C'est là ! fit ce dernier en ouvrant la porte d'une buanderie au crépi lézardé.

Ferdinand Lecomte allongea le cou pour voir à l'intérieur de la pièce. Il n'aperçut d'abord qu'une grande quantité de plantes vertes protégées du soleil par un rideau à franges, jauni par les ans. Puis, lorsque ses yeux se furent habitués à la pénombre, il devina la baignoire sous les lierres qui grimpaient, s'agrippaient et retombaient, leurs racines se prélassant là où M. le ministre déciderait dans quelques jours du sort de l'agriculture française.

Devant la mine déconfite de son supérieur mais néanmoins ami, Édouard Pinson sentit qu'il devait donner quelques explications :

– Je l'avais achetée à une vente aux enchères. Une bonne occasion, précisa-t-il. Il n'y a pas l'eau courante, mais la pompe qui puise l'eau dans la citerne est juste derrière la porte. En mettant l'eau à chauffer au début de l'après-midi, elle devrait être chaude le soir.

Ferdinand Lecomte se tourna vers la cheminée et suivit du regard la trace noire qui sortait de sa gueule et envahissait le plafond.

– Oui, elle fume un peu. Surtout quand les vents sont nord-ouest.

– Et la chambre ?

– Tu connais déjà, mais viens je vais te montrer.

Ils sortirent de la future salle de bain ministérielle, traversèrent la cour et s'engagèrent dans un couloir étroit envahi, lui aussi, de fougères, d'asparagus et de cactus aux piquants menaçants.

– Là, la cuisine et la salle à manger. Ici, à droite, le salon. Là, ma chambre et, en face, la chambre d'ami : celle de M. le ministre, dit-il en ouvrant tout grand la porte.

Le goût du maire n'était pas des meilleurs.

– Très bien ! dit-il très sincèrement.

Le visage d'Édouard Pinson ne dissimula pas sa satisfaction.

– Malgré tout, il y a quelque chose qui me chagrine, remarqua-t-il en se grattant le nez. Vois-tu, les murs ne sont pas épais et je ne voudrais par déranger le ministre : j'ai la fâcheuse habitude de ronfler très fort.

– Mais… mais mon pauvre Édouard, je crains que tu ne m'aies pas compris ?

Édouard Pinson leva un sourcil interrogateur.

– Il n'est pas du tout question que tu couches chez toi quand le ministre y sera. De plus, il faudra que tu donnes ta chambre à sa secrétaire...

Le maire sembla lire plein de sous-entendus égrillards dans le regard de son adjoint et se sentit obligé de préciser :

– Oui, parce qu'un ministre, ça travaille très tard et ça a toujours besoin d'avoir sa secrétaire près de lui. Et non seulement un ministre travaille tard, mais il travaille dans le calme et dans le secret. Le secret d'État.

– Mais où je vais coucher alors ?

Ferdinand Lecomte se contenta de hausser les épaules. Ce n'était pas son problème.

– Pourquoi pas chez Gros-Lulu ?

Mais cela avait vraiment une importance secondaire. La satisfaction de pouvoir dire, en toute simplicité évidemment : « Auguste Verjon a couché chez moi. » valait la peine de parcourir le canton pour le faire savoir.

Dès le début de l'après-midi, Édouard Pinson transmettait au cantonnier les ordres de Mme Pinson, et ce fut un va-et-vient fébrile de grandes plantes vertes, de lierres et de cactus, car il y avait fort à faire dans la salle de bain de M. le ministre.

Mme Pinson était fière, elle aussi, de donner sa maison à un ministre, bien qu'elle eût tant préféré que ce fût à l'évêque !

IX

L'APRÈS-MIDI, L'ÉPICERIE DE ROSETTE était généralement peu fréquentée. Elle profitait de ce moment de tranquillité pour tricoter, ranger ses étagères, changer les papiers collants sur lesquels s'agglutinaient les mouches, donner un coup de plumeau, un coup de balai... Là, elle s'appliquait à changer les étiquettes sur un stock de charentaises, quand les grelots de la porte tintèrent. C'était Irma, une forte paysanne, à la voix puissante et au chignon maigre. Les grelots n'avaient pas fini de tinter qu'ils tremblèrent à nouveau, secoués par la venue de la proche voisine de Rosette. Toujours à l'affût derrière ses rideaux, elle avait l'habitude de se précipiter aux renseignements dès qu'entrait une cliente dans l'épicerie.

– Encore elle ! ne put s'empêcher de murmurer Rosette.

Germaine, la voisine de Rosette, essaya de redresser sa colonne vertébrale pliée en deux par les ans et les travaux des champs et regarda Irma qui la dominait de sa haute stature :

– Alors, quoi de neuf ?

– Ah ! si vous saviez la dernière ?

Germaine se trémoussa de curiosité :

– Dis voir ?

– Eh bien ! le ministre ne couchera pas chez Gros-Lulu !

– Non !

– Si ! C'est tel que je vous le dis !

Surprise, Rosette arrêta un instant de coller ses étiquettes et reprit calmement son travail en attendant que ces dames aient fini de papoter.

– Mais alors, où va-t-il coucher ?

– Je vous le donne en mille !

– À la mairie ?

– Non !

– À l'église ?

– Pourquoi voulez-vous qu'un ministre couche à l'église ?

– Je ne sais pas... Parce que je pense qu'un ministre, ça ne couche pas n'importe où.

– Là, vous êtes dans le vrai, il ne couchera pas n'importe où. Vous ne voyez pas ?

– Non, mais ne me faites pas languir davantage.

Irma pensa que le suspense avait assez duré et annonça de sa voix de stentor :

– Chez Édouard Pinson !

– Non !

La surprise était telle que la vieille femme s'en laissa tomber sur un sac de haricots secs, juste derrière elle.

– Je m'assoie, parce qu'une nouvelle comme celle-ci, à mon âge… avec mon cœur qui n'est plus tellement solide…

Rosette, inquiète, laissa ses étiquettes pour regarder la vieille femme :

– Elle ne va tout de même pas mourir dans mon épicerie ? demanda-t-elle entre ses dents à Irma ?

Quand Germaine eut retrouvé ses couleurs et le rythme normal de son cœur, elle reprit :

– C'est que nous sommes un peu parents avec Édouard Pinson, parce que sa demi-sœur et la mère de mon défunt mari, elles étaient cousines par leur grand-mère maternelle… Alors, recevoir un ministre dans la famille, ça vous donne des émotions !

Irma allait répondre quand la boutique de Rosette fut plongée dans l'ombre. La femme de Julo la Biette, précédée d'une odeur qui se confondait avec les fromages transpirant dans la partie crèmerie de l'épicerie, obturait la porte.

Alors qu'elle posait son vélo contre le mur, elle avait tout entendu de la conversation. Aussi un sentiment d'orgueil la gonfla encore davantage lorsqu'elle poussa le rideau d'entrée, car n'est pas qui veut la maîtresse d'un homme qui reçoit un ministre chez lui !

Irma fit semblant de ne pas voir la Grosse car elle ne pouvait la sentir – au sens propre comme au figuré.

– Je voudrais des boutons, dit-elle précipitamment à Rosette.

Rosette grimpa sur la petite échelle de bois cirée et lustrée pour accéder aux casiers perchés sous le plafond.

– Pendant que vous êtes là-haut, descendez-moi donc un mètre de dentelle ? demanda la femme de Julo.

Puis, s'adressant à Irma qui persistait à ne pas la regarder :

– C'est pour mettre à ma robe bleue à fleurs rouges.

– Pourquoi pas ? Ce n'est pas interdit d'essayer de se rajeunir quand on ne l'est plus, fit laconiquement Irma.

La Grosse eut un sourire méprisant qui fit tomber le coin de ses lèvres sur son menton gélatineux.

La conversation fut interrompue par les grelots de la porte poussée par la femme de Jean Benoît, suivie de près par la vieille Germaine qui s'était échappée juste le temps d'aller chercher son tricot. Sans attendre, elle reprit sa place aux premières loges, confortablement assise sur le sac de haricots secs.

Du haut de sa petite échelle, encombrée de ses cartons de boutons et de dentelles, Rosette avait une vue plongeante sur son magasin. Elle n'en revenait pas ! Quatre personnes en même temps ! Elle aurait pu afficher « complet » et son tiroir-caisse aussi. Il est vrai qu'elle n'était pas très vaste, l'épicerie de Rosette, mais elle avait l'avantage d'offrir tout à la portée de la main, de la miche de cinq livres au coton à repriser, du saucisson sec à la graine de carottes, de la morue salée au tablier de cuisine, du balai en paille de riz aux dessous féminins, des grosses chaussettes de laine aux pierres à briquet, sans parler de mille autres choses qu'il suffisait de demander – et de payer – pour les emporter aussitôt sous le bras, bien enveloppées dans du papier journal.

Irma fouilla longuement dans le carton à dentelles avant de se décider à faire un choix. Pendant ce temps, la Grosse hésitait entre les rubans et les dentelles.

À peine étaient-elles sorties qu'entra une petite jeune fille, les joues roses sous sa peau dorée :

– J'aurais voulu du rouge à lèvres, avoua-t-elle tout bas, et ses joues roses devinrent rouges.

Rosette regarda ces lèvres qui n'avaient besoin d'aucun maquillage et, plongeant sous sa caisse, ressortit avec le carton parfumerie.

– Elle est bien comme sa mère, elle a le feu aux fesses, cette gamine, pérora Germaine dès que l'adolescente fut sortie.

Ainsi, jusqu'à la dernière minute, la gent féminine n'en finissait pas de courir chez Rosette après ce petit superflu indispensable sans lequel la fête ne pourrait être vraiment la fête. Et Rosette souriait à ses clientes en pensant : « Vive monsieur le ministre ! » Les grelots de sa porte, eux-mêmes semblaient chanter sur un petit ton guilleret : « Vive monsieur le ministre ! »

Elle n'était pas la seule à applaudir dans son cœur le représentant, au plus haut niveau, du monde agricole. Gros-Lulu, malgré une certaine nostalgie bien compréhensible, pensait aussi « Vive monsieur le ministre ! » en remplissant les verres de la commission spéciale du comité des fêtes qui n'arrêtait pas de siéger. « Vive monsieur le ministre ! » pensait-il encore en calculant les bénéfices que ne manquerait pas de lui laisser le banquet. « Vive monsieur le ministre !… et remets-nous une tournée », clamaient les pêcheurs lorsqu'ils revenaient de la pêche et s'accoudaient au comptoir. « Vive le ministre de la Marine ! » essayait de crier de sa voix éraillée un vieux médaillé de la Royale et qui n'avait pas encore compris quel ministre venait dimanche prochain. Et dans son chai, Paul Vinard, en trinquant avec le curé ne pouvait s'empêcher de porter un toast à « son ministre ». « À Mgr l'évêque », se croyait obligé d'ajouter à chaque fois le curé sans trop de conviction.

La grande fête

Déambulant du matin au soir de la mairie à la maison d'Édouard Pinson, du monument aux morts jusqu'à l'extrémité de la jetée, poussant sans cesse sa vieille brouette chargée tantôt de tables, tantôt de chaises, tantôt de pavillons ou de banderoles ou bien encore des plantes grasses de Mme Pinson, La Trinquette, le cantonnier, ne partageait pas du tout le point vue de la grande majorité de la population. « À bas le ministre ! » maugréait-il sans cesse, car jamais il n'avait tant travaillé en vingt-deux ans de carrière. Et si ses nombreuses allées et venues ne l'avaient pas fait passer devant chez Gros-Lulu où il ne manquait pas de s'arrêter, il y a fort à parier qu'il se serait mis en grève.

Enfin, deux jours avant le grand jour, l'escalier de la jetée était terminé et le ministre pouvait venir l'inaugurer.

X

AMÉDÉE MARCHAIT DEPUIS UN bon moment sur la plage. Plus exactement, il caracolait sur un fier mustang qu'il venait de dompter. Il était encore obligé de le calmer de la voix : « Oh ! là... Oh ! là... » et en profitait pour réajuster sous ses fesses la peau de grizzly qui lui servait de selle. Brusquement, faisant fi de tout danger, il piqua un galop ventre à terre, pour rattraper un jaguar avant de lui décrocher une flèche en plein cœur.

Essoufflé, Amédée sauta à terre – plus exactement les pieds dans l'eau – et, levant le nez, revint réellement sur terre. Surpris, il constata qu'il était arrivé au pied du château du comte de Montpardy. Il ne s'était jamais aventuré si près car une rumeur peu rassurante courait – colportée par son copain La Sauterelle – que le propriétaire renfermait les enfants dans une grande pièce noire peuplée de fantômes et que la nuit on pouvait voir parfois d'étranges lumières courir au ras du sol. Il avait entendu dire également qu'il pouvait y rester quelques mines de la dernière guerre. C'est pour cette dernière raison que les chasseurs ne se risquaient pas sur les terres du comte.

Pendant un moment, les yeux d'Amédée allèrent de la petit jetée que la pleine mer recouvrait au château en haut de la falaise et, finalement, la curiosité l'emporta : il se dirigea vers l'escalier de pierre qui grimpait à la propriété. Il n'était plus un Indien, mais d'Artagnan au service du roi.

Lorsque son nez arriva au niveau des oyats et des immortelles qui recouvraient le bord de la falaise, le fier mousquetaire hésita. À droite s'étendait une vaste pelouse au gazon ras conduisant au château ; en face de lui et à gauche, des petits buissons maigres, aux épines acérées, avaient colonisé des hectares de ce sol aride et défendaient les limites de la propriété mieux que barbelés ou grillages.

Craignant fort d'être découvert et de finir dans la chambre noire avec les fantômes, Amédée – il était redevenu lui-même – prit prudemment la direction des buissons d'épineux tout proches. Il n'avait pas fait trois pas qu'un lapin détala à droite, puis deux à gauche, et encore deux autres en face. Tous, rapides comme l'éclair, s'en allèrent chercher protection sous les buissons. « Ce doit être bourré de lapins, là-dessous », se dit Amédée. Et, excité comme un chien de chasse qui vient de lever le gibier, il prit sans même s'en apercevoir un étroit sentier, à peine de la largeur d'un homme, qui serpentait, dissimulé dans le bois d'épineux. « Encore un ! Encore ! » n'arrêtait pas de s'exclamer Amédée en voyant tous ces petits culs blancs qui fuyaient devant lui. Déjà, il se promettait de revenir poser des collets et calculait tout l'argent que Gros-Lulu allait lui donner, quand il buta presque sur une espèce de mur sombre et bas d'une longueur de dix mètres environ. Il n'eut aucune peine à reconnaître un ancien blockhaus. Ne sortant que d'un mètre à peine au-dessus du sol, il avait été construit pour abriter, en cas de bombardements, les officiers allemands logeant au château. Depuis, le vent du large avait accumulé le sable sur tout un côté, puis les arbrisseaux en avaient fait le tour complet avant de partir à l'attaque de la forteresse et de l'escalader. Ils en avaient maintenant conquis plus de la moitié.

Plutôt interloqué, la gorge un peu serrée, Amédée continua néanmoins d'avancer silencieusement. Il en avait complètement oublié les lapins. À l'extrémité opposée du bâtiment, protégée du vent, une douzaine de marches basses bâties dans le mur de béton menait à une porte blindée entrouverte. Amédée n'osa s'y aventurer et, sur la pointe des pieds, continua son exploration prudente. Il n'était plus ni Indien, ni d'Artagnan, ni un commando. Il était tout simplement le petit Amédée pas très rassuré. Il en avait presque fini le tour en prenant soin d'être silencieux, éraflant ses bras nus aux épines pointues quand, à l'une des trois petites fenêtres qui, de ce côté, ouvraient dans l'épaisseur du mur, il aperçut une lumière. Elle filtrait à travers les barreaux que le sel de mer lui aussi avait fortement attaqués. Amédée eut envie de prendre la poudre d'escampette. « Et si c'était un S.S. ? Ou encore pire son fantôme ? » Après un moment de réflexion, il se rassura en pensant que le S.S., maintenant, devait être trop vieux pour être dangereux et qu'un fantôme n'a pas besoin d'allumer l'électricité. Donc, tranquillisé par ce raisonnement logique, il s'insinua sans bruit dans l'épaisseur du mur au bout duquel filtrait la petite lumière. Il vit d'abord une ampoule qui pendait au bout d'un fil. Elle diffusait chichement le faible éclairage qui l'avait attiré. Puis des piles de caisses et de cartons. Cela n'avait rien de bien attrayant pour Amédée et il allait partir, quand une ombre se projeta sur une rangée de caisses. « Le fantôme ! » Amédée eut instinctivement un mouvement de recul, mais presque aussitôt un homme apparut. Plus exactement le corps d'un personnage car, à cause de la disposition des caisses et des cartons, il ne pouvait apercevoir ni la tête ni les jambes. Le personnage s'arrêta sous l'ampoule, juste en face de la petite fenêtre, sous le nez d'Amédée, et se baissa pour ramasser quelque chose au sol. Le fils de Julo n'eut pas le temps de voir son visage, mais quand l'homme se releva, Amédée entrevit l'espace d'un instant un drôle de bout de verre tout rond qui brillait étrangement à l'œil de l'homme. « Même qu'il jetait des éclairs », se dira quelques heures plus tard Amédée, avant de s'endormir.

Pour l'heure, il n'osait plus faire le moindre geste de crainte d'attirer l'attention de l'étrange personnage. Il vit alors l'homme – car ce devait en être un malgré ce « truc » en verre à la place de l'œil – poser deux petites valises sur une caisse. Il en ouvrit une. Elle était vide. Il ouvrit l'autre et Amédée posa sa main devant sa bouche pour retenir le « oh ! » de surprise qui s'échappait de ses lèvres. Elle était pleine. Et pleine de choses qu'il connaissait bien maintenant pour en avoir vu et touché. Elle était pleine de dollars. Après les avoir comptés et rangés soigneusement dans la valise vide, l'homme se pencha sur une caisse près de lui et mit dans la première valise des petits sachets dont Amédée ne put deviner le contenu. Aussitôt, le tronc de l'homme disparut avec ses deux valises et la lumière s'éteignit pour s'allumer presque aussitôt à l'autre petite fenêtre. Oubliant toute angoisse, Amédée alla y risquer un œil. C'était une toute petite pièce sommairement meublée d'un lit en fer et d'une armoire en bois, vestige de l'armée allemande. L'homme lui tournait le dos, occupé à se laver soigneusement les mains à un petit lavabo surmonté d'une glace. Sur la petite table, près du lit, Amédée devina un pistolet et une matraque. C'était largement suffisant pour lui. En toute honnêteté, il reconnut en lui même que le lance-pierres qu'il sentait dans sa poche n'était pas de taille à tenir en respect un ennemi dont la supériorité en armes était indéniable. Lentement, très lentement même, il ébaucha une manœuvre de repli et, quand il se sentit assez loin du danger, à toute vitesse il détala. Presque aussi vite que les lapins auxquels il ne prenait plus garde.

Il ne se sentit rassuré que lorsqu'il parvint au jardin du vieux Baboche. Là, assis dans la cabane du bonhomme, il se remit doucement de ses émotions. Mais le moindre craquement d'une branche du figuier, un léger frémissement dans l'herbe lui faisait encore battre le cœur, craignant de voir à tout moment surgir l'homme au revolver.

Il se pressa de rentrer chez lui bien avant que les ombres chargées de menaces n'envahissent la ruelle et ne ressortit qu'au moment d'aller se coucher, pour faire pipi... juste sur le seuil de la porte. Il s'agissait d'être prudent. L'homme au revolver pouvait être tapi derrière le figuier.

Pourtant, le plus dur restait à faire pour Amédée : se retrouver seul dans sa chambre où l'homme pouvait l'avoir précédé. Non, il n'était pas sous le lit. Non, il n'était pas dans la grande armoire. Rassuré, il se précipita sous les couvertures pour rechercher protection dans le sommeil.

XI

Enfin le jour « J » arriva ! Sainte-Rhéa était pomponnée de neuf et le soleil lui-même semblait avoir été astiqué. À toutes les fenêtres, des pavillons tricolores pendaient mollement en l'absence du moindre souffle de vent et un peu partout, les banderoles peintes par Théo se déployaient pour souhaiter la bienvenue au ministre.

À 8 heures passées, quelques ménagères s'attardaient encore à donner un ultime coup de balai sur le trottoir tandis que leur mari, torse nu près du puits, se savonnait vigoureusement. Des gosses inconscients du grand jour qu'ils allaient vivre, échappés à la vigilance maternelle, continuaient à jouer aux billes au beau milieu de la chaussée, jusqu'à ce qu'une bonne gifle sonore vienne mettre fin à leur partie :

– Allez vous laver les genoux, et pressez-vous d'aller prendre vos vêtements du dimanche, bande de petits vauriens !

À 9 h 30, M. le député-maire, le conseil municipal au grand complet, une haie d'honneur de pompiers aux casques étincelants sous le soleil matinal, la « Patriote » – la société philharmonique de Sainte-Rhéa –, l'instrument posé à leurs pieds, la clique tout de blanc vêtue, le clairon ou le tambour à la hanche ainsi que toute la population attendaient sur le terrain vague, la venue de l'hélicoptère de M. le ministre.

À 10 h 15, un point noir apparut dans le ciel bleu.

– C'est le ministre, déclara la grosse caisse.

– Non, c'est un corbeau, assura le trombone qui avait oublié de nettoyer ses lunettes.

Une minute plus tard, le point noir avait bien grossi et un bruit de moteur parvint aux oreilles de tous, à l'exception de celles de Baptiste Doumat, le plus vieux conseiller municipal, sourd comme un pot.

Une minute encore et l'hélicoptère vrombissait au-dessus des têtes. Tout le village leva le nez. On n'avait jamais vu de près pas plus un ministre qu'un hélicoptère : la curiosité était donc à son comble.

L'hélicoptère s'immobilisa un instant dans l'espace, assez haut encore, mais apparemment prêt à descendre.

Ferdinand Lecomte enfonça son chapeau. Le premier adjoint tenta de remettre en place la dernière mèche qui lui restait sur le crâne. Les douze musiciens ajustèrent leur casquette à galons dorés, visière dans l'axe du nez, et gonflèrent leurs joues, prêts à souffler dans leur instrument. Même la grosse caisse gonfla les joues.

Et l'hélicoptère glissa, glissa dans le ciel bleu... Il glissa en direction de la grande falaise, vers le château de Montpardy. 357 nez le suivirent et 357 paires d'yeux décontenancés le virent disparaître derrière le bois du château.

– Oh ! firent en chœur 357 bouches dépitées – pour être honnête, il faut dire qu'il y eut aussi pas mal d'injures exprimant très bien une profonde déception.

– Il n'a pas dû nous voir, dit une voix dans la foule.

– Ce n'est pas possible ! assura Maurice Mortier.

Maurice Mortier avait effectué son service comme aide de cuisine dans l'aéronavale et, s'il le disait, on pouvait le croire.

Effectivement, trois minutes plus tard l'hélicoptère jaillissait brusquement du petit bois de Montpardy derrière lequel il avait disparu l'instant précédent.

– Ah ! firent 357 bouches satisfaites.

Presque aussitôt, l'engin se posait au beau milieu du terrain vague.

Sept pompiers, au pas de course, coururent vers l'appareil avant de se figer dans un garde-à-vous impeccable. Le huitième pompier suivit en boitillant car, le pauvre, n'avait pu trouver une paire de bottes à sa taille.

M. Auguste Verjon, ministre de l'Agriculture, descendit le premier, comme il se doit, aussi rapidement que sa goute le lui permettait, précédant M. Pierre Bretonnet et les deux secrétaires dont les hauts talons s'enfoncèrent dans l'herbe tendre.

– Un ! Deux ! fit le chef de la Patriote lorsque le pied du ministre toucha l'herbe et, bras levés, il se tourna vers ses musiciens et resta comme suspendu les bras au ciel. Les douze musiciens étaient à quatre pattes à la recherche de leurs partitions que les tourbillons des pales de l'hélico avaient parsemées parmi les pâquerettes.

Pendant ce temps, la main droite tendue, accueillante, M. le député-maire de Sainte-Rhéa, suivi de son conseil municipal, fonçait en direction de M. le ministre de l'Agriculture. En face de lui, M. le ministre, la main tendue, bienveillante, fonçait en direction de M. le député-maire.

Le contact fut chaleureux. Ferdinand Lecomte avait préparé un bref discours de bienvenue dont il n'était pas mécontent du tout :

– Monsieur le ministre de l'Agriculture, commença-t-il.

– Un ! deux ! fit au même instant le chef de la Patriote et les douze musiciens attaquèrent *La Marseillaise* tandis que les enfants des écoles criaient trois fois de tout leur cœur : « Vive monsieur le ministre ! Vive monsieur le ministre ! Vive monsieur le ministre ! » « Vive Gugus Verjon ! » cria Amédée, le fils de Julo la Biette, histoire de faire rire les copains, mais sa voix se perdit parmi celles des autres.

– Monsieur le ministre de l'Agriculture, reprit plus fort Ferdinand Lecomte, mais ce fut en vain car la Patriote s'époumonait à jouer l'hymne national qu'elle répétait depuis plus de trois mois tout spécialement pour ce grand jour.

Les discours purent paraître un peu longs à certains, mais la cérémonie au monument aux morts, en revanche, fut des plus émouvantes et, quand le ministre déposa la gerbe de fleurs que venait de lui offrir une petite fille de l'école maternelle habillée de tricolore, les vingt-sept parents de Victor Martinet, le disparu en mer – au bout de la jetée – eurent beaucoup de peine à retenir leurs larmes.

La minute de silence fut particulièrement silencieuse, émaillée seulement de quelques toux et des rires étouffés des enfants des écoles. Contrairement à ce qui était prévu dans le programme, elle aurait bien duré soixante secondes, si Duduche, l'innocent du village, n'était pas soudainement intervenu. Il fendit brusquement la foule, son visage crasseux et mal rasé dissimulé sous le grand chapeau qui ne le quittait jamais. En le voyant, Pierre Bretonnet, habitué à la politique aventureuse des banlieues, pressentit tout de suite un danger et, aussi prudemment que discrètement, fit un pas en arrière afin de mettre un écran protecteur de conseillers entre lui et cet individu à la mine patibulaire.

Auguste Verjon ne l'avait pas encore vu et, seul devant le soldat de pierre, son visage revêtait la mine solennelle qu'il convient en ces circonstances. La solennité de son expression était même accentuée par la vive douleur que lui provoquait, en ce moment précis, une molaire cariée : « Merde de merde ! pensait-il, pourquoi n'ai-je pas pris deux aspirines avant de partir ? »

Il en était là dans ses réflexions quand son attention fut attirée par les gesticulations de Duduche. Le ministre eut vite fait de deviner qu'il s'agissait d'un déséquilibré. Il aurait bien aimé lui aussi disparaître dans la foule, mais elle était respectueusement maintenue à une dizaine de mètres de lui et, de plus, sous les rayures fines de son pantalon, ses petits mollets tout blancs s'étaient mis brusquement à trembler si fort qu'ils lui interdisaient le moindre pas. Le ministre de l'Agriculture resta donc immobile, seul, vivante réplique du monument des braves juste derrière lui. Duduche n'était plus qu'à trois pas. Il pouvait maintenant distinguer ses yeux qui roulaient dans tous les sens et le filet de bave qui brillait dans sa barbe vieille de huit jours. Quand il plongea d'un geste rapide sa main dans le fond de sa poche, Auguste Verjon entra brusquement son ventre proéminent pour l'éloigner de la lame de couteau qu'il sentait déjà pénétrer dans ses entrailles. « Je serai décoré à titre posthume et j'aurai des funérailles nationales », se dit-il et une grosse larme attendrie coula sur sa joue pâlotte. Et, soudain, juste avant que Gauthier et Blondin ne lui saute dessus, Duduche sortit de sa poche un bouquet de marguerites des prés qu'il mit, bras tendu, sous le nez du ministre, tandis qu'un grand sourire innocent découvrait ses quelques dents noircies par la nicotine.

– Fermez le ban ! ordonna le chef de la clique.

Un banc ! le ministre aurait tant voulu s'y asseoir !

Lentement, le cortège se mit en mouvement, le ministre en tête, les jambes encore molles, à travers le village tout pavoisé jusque sur le port où dodelinaient les embarcations toutes pavoisées elles aussi. Au passage, tous jetèrent un œil sur la grande table que Gros-Lulu avait dressée dehors pour le vin d'honneur. Mais pas un, ni les gourmands ni les affamés, ne faillit. Tous marchèrent droits et dignes jusqu'à la jetée où le ministre allait prononcer son discours, à l'exception de quelques gosses qui ne résistèrent pas à faucher au passage quelques gâteaux secs.

Tout le village se tassa tant bien que mal sur l'étroite jetée, tournant héroïquement le dos au buffet préparé par Gros-Lulu pour s'apprêter à écouter le discours du représentant du gouvernement. C'est le moment que choisit Duduche pour se faire remarquer une seconde fois en plongeant tout habillé dans la mer :

– Vive le ministre de l'Ag…

Il ne put en dire davantage car il ne savait pas nager. Trente secondes après son saut par-dessus le parapet, il n'y avait plus qu'un grand chapeau qui flottait et s'en allait doucement à la dérive.

– C'est bien la première fois que je vois Duduche prendre un bain, remarqua le père Baboche après l'avoir repêché au bout d'une gaffe.

Pendant ce temps, juché sur une estrade au bout de la jetée, le ministre avait sorti une feuille de sa poche. Il regarda la pointe de sa chaussure droite pour y trouver la concentration, puis jeta un regard circulaire sur la foule avant d'ouvrir la bouche :

« Tiens ! voilà du boudin, voilà du boudin ! » offrit la clique sans prévenir.

Le ministre de l'Agriculture referma précipitamment la bouche.

– Il ne doit pas aimé le boudin, fit remarquer Amédée à La Sauterelle.

C'est bien connu, ventre affamé n'a pas d'oreille, et c'est à peine si l'on écouta ce morceau difficile à digérer. Enfin, quand de force, tout le monde l'eut ingurgité, le ministre toussota, regarda à nouveau la pointe de sa chaussure avant de parcourir la foule des yeux. On entendit de nombreux « chut ! » et il n'y eut plus que le cri des mouettes et le doux chuintement des vaguelettes venant mourir timidement au pied de la jetée.

– Rhéalais ! Rhéalaises ! Comment vous exprimer mon émotion pour cet accueil si chaleureux, si simple que vous m'avez réservé ? À cette chaleur, à cette simplicité qui montent droit de votre noble cœur, je ne pourrai répondre que par un mot tout simple qui monte du plus profond de mon cœur : merci. Mes amis, merci ! Merci de tout mon cœur. Et je suis particulièrement fier, en qualité de ministre de l'Agriculture, d'inaugurer aujourd'hui cet escalier qui ouvre sur l'infini de cet océan, véritable symbole d'horizons nouveaux et d'avenirs encore meilleurs.

Là, le ministre fit une pause et sembla chercher la suite de son discours sur la fine couche de poussière recouvrant ses souliers vernis. Il releva la tête et fixa le ciel pour continuer :

– Certains d'entre vous vont peut-être se demander : « Pourquoi un ministre de l'Agriculture vient-il inaugurer un escalier qu'emprunteront demain nos vaillants marins pour aller affronter la furie des flots déchaînés ? » Eh bien ! je leur répondrai tout simplement en plagiant le poète : « Le marin n'était-il pas un laboureur de la mer ? » Alors, pourquoi pas un ministre de l'Agriculture[1] ?

Auguste Verjon se tut un instant pour laisser à la foule le temps de comprendre sa dernière phrase, puis il continua :

– Courageux Rhéalais, demain vous remonterez cet escalier les bras chargés des fruits cueillis au sein de la mer…

– Les seins de la mère à qui ? demanda La Sauterelle à Amédée, l'œil brillant.

– Aujourd'hui, je vous ouvre les portes du large !

---

1. *L'auteur se permet de rappeler que Sainte-Rhéa-la-Blanche est une œuvre d'imagination, et ce n'est que pure coïncidence si l'allongement du port de Rivedoux-plage a été inauguré par Edgard Pisani, alors ministre de l'Agriculture.*

Et, sous un tonnerre d'applaudissements qui firent s'envoler les mouettes, M. le ministre de l'Agriculture, ciseaux en main, coupa le ruban tricolore.

Au premier rang des écoliers, Pierrette, toute fraîche sous son petit corsage blanc et sa petite jupe plissée, fixait de ses grands yeux rêveurs l'escalier de pierre au pied duquel venait s'étirer l'océan câlin :

– C'est par là que nous partirons en Amérique ? demanda-t-elle à Amédée qui s'était approché d'elle.

Il ne répondit pas vraiment, mais à la façon dont il fronça les sourcils et hocha la tête, Pierrette ne put en douter.

L'allocution du ministre à peine terminée, il y eut un mouvement dans la foule : un simple demi-tour sur place qui la fit tourner le dos au ministre et faire face à la grande table préparée par Gros-Lulu. Gauthier et Blondin eurent beau siffler pour lui demander de laisser passer le ministre, il eut fallu pour cela que la moitié de la population massée sur la jetée fasse comme Duduche, qu'elle passe par-dessus le parapet pour frayer un passage à Auguste Verjon. Mais comme personne ne voulait se mouiller pour le ministre, tous choisirent de se ruer en direction de chez Gros-Lulu où le ministre arriva bon dernier.

Gros-Lulu avait vu grand, fidèle à sa réputation.

Après cinq minutes de libations, la table amoureusement préparée par le restaurateur ressemblait étrangement à la côte ouest de Sainte-Rhéa après la grande tempête de l'hiver dernier. Lorsque Auguste Verjon parvint à s'y approcher, il s'y accrocha comme un naufragé épuisé atteignant le rivage. Le député-maire lui tendit un verre. Il le prit et le leva :

– À Sainte-Rhéa et à ses habitants ! fit-il à la ronde.

Et il but cul sec car il mourait de soif. Il le regretta immédiatement, car la fraîcheur du vin venait de lui raviver brutalement son mal de dents avant de lui occasionner une horrible crampe d'estomac. Il dut faire appel à toute son expérience de trente ans de carrière politique pour transformer en sourire satisfait la grimace provoquée par la piquette locale.

Gros-Lulu, particulièrement soucieux de bien soigner son ministre, voyant le sourire de ce dernier, se précipita afin de lui remplir à nouveau son verre. Fort d'une première expérience, Auguste Verjon se contenta, cette fois, de faire semblant de tremper ses lèvres et garda prudemment son verre à la main.

Lorsque les estomacs furent en partie rassasiés et la grande table complètement vide, vint le temps des chansons. Les Rhéalais et les Rhéalaises réclamèrent, puis acclamèrent Jean Benoît lorsqu'il interpréta de bon cœur de sa belle voix de basse *La Chanson des blés d'or*. La femme de Jean Vinard se fit prier un peu, comme d'habitude, avant d'interpréter à son tour *Le Temps des cerises* et tout le monde prêta l'oreille, avec beaucoup d'attention, lorsque Yvette chanta *Étoile des neiges* de sa jolie petite voix douce. Mais tous eurent droit à un triple banc et, comme tous les chanteurs, les uns après les autres, avaient su satisfaire leur public, comme tous, de l'avis général, avaient bien chanté, chacun eut droit qu'on lève son verre à sa santé.

Gros-Lulu, ravi et infatigable, voletait d'un bout de table à l'autre, suivi de sa petite bonne, tous deux des bouteilles plein les bras.

On commençait à partir car il n'y avait plus de gâteaux sur la table et Gros-Lulu, soit par lassitude, soit par calcul, avait perdu de sa célérité au service, lorsque le père Baboche, tapant avec le manche de son couteau sur une bouteille vide, réclama le silence :

– Je vais vous raconter une histoire, dit-il.

Tout le monde savait que le père Baboche en avait toujours de bonnes en réserve et même s'il ne les renouvelait pas très souvent, on entendit quelques rires avant qu'il n'eût ouvert la bouche. Mais, est-ce la présence du ministre ou tout simplement les vapeurs d'alcool ? Toujours est-il qu'il ne put en terminer une, mélangeant l'histoire de Marius et Olive avec celle des deux fous, et celle du Parisien qui n'avait jamais vu un taureau avec celle de la jeune mariée qui n'avait jamais vu un homme nu. Mais il n'empêche que M. le ministre apprécia beaucoup et applaudit très fort. Tout Sainte-Rhéa ne manqua pas d'en faire autant derrière lui.

Enfin, vers 13 heures, chacun rentra chez soi à l'exception des heureux élus qui allaient avoir l'honneur de manger à la table du ministre.

Dans un bruit de chaises et d'éclats de voix, tout le monde s'installa sans trop se soucier du protocole. En l'absence de Mme Pinson – qui avait encore tellement à faire à l'église ! –, son époux s'assit à côté de la secrétaire de l'entrepreneur de travaux publics et commença à tromper la femme de Julo la Biette.

Après un court moment de flottement, on fit glisser les nœuds de cravate menaçants pour y mettre la serviette, on sortit son couteau de sa poche et on posa ses deux coudes sur la table, parés à attaquer.

Une fois encore, Gros-Lulu prouva que sa réputation n'était pas surfaite. Le plateau de fruits de mer était énorme et la matelote d'anguilles un chef-d'œuvre. Quand il vit Auguste Verjon, oubliant son régime, se servir une deuxième fois de sa matelote, Gros-Lulu dut disparaître précipitamment dans la cuisine afin de cacher son émotion. Le coq au vin, avec ses petits champignons et ses petits oignons, ne résista pas plus que les anguilles à l'appétit féroce des représentants de Sainte-Rhéa et le ministre lui-même, malgré les réprimandes de sa secrétaire, se crut obligé, en tant que membre du gouvernement, de montrer l'exemple en se resservant une fois encore.

À la fin du repas, tous les visages avaient des reflets de soleil couchant par soir de beau temps. Tous parlaient très fort, à l'exception d'Édouard Pinson qui parlait à voix basse à sa voisine, la main amicalement posée sur la cuisse de la jeune femme.

– Voyez-vous, monsieur le ministre, remarqua Paul Vinard, un morceau de fromage au bout de la pointe de son couteau levé, j'ai une vache, une belle normande, elle aurait dû faire son veau dans trois jours… Eh bien ! le veau, il n'a pas voulu attendre. Il est arrivé comme vous, ce matin. C'est normal après tout, il voulait voir son ministre !

Le ministre rit de bon cœur.

– Il y avait quand même moins de monde à son arrivée qu'à la vôtre, remarqua poliment Jean Benoît.

Auguste Verjon profita de ces conversations à bâtons rompus pour se pencher à l'oreille de Ferdinand Lecomte et lui demander :

– Dites-moi, très cher ami, le château là-bas sur la falaise ? À qui est-il ?

Le maire de Sainte-Rhéa se concentra un moment sur la boule de cristal de son verre et vit apparaître l'hélicoptère ministériel se dirigeant vers le petit bois de Montpardy.

– Il appartient au comte de Montpardy.

– Qui est ce comte ? demanda le ministre entre ses dents, tout en faisant semblant de prendre un vif intérêt à la conversation de Jean Benoît.

– Un vieux militaire… une espèce d'original. Il vit retiré, tout seul.

– N'aurait-il pas un monocle et de nombreuses décorations ?

– C'est cela même !

– Savez-vous s'il a la Légion d'honneur ?

Ferdinand Lecomte ne put dissimuler sa surprise :

– Là, mon cher ministre, je dois vous avouer que je l'ignore. Je sais qu'il a toute une panoplie de décorations qu'il sort lorsque l'occasion se présente et qu'il s'est offerte lui-même parce qu'il considère les avoir méritées, mais la Légion d'honneur ? Je ne sais pas.

– Goûtez-moi ce chèvre, vous m'en direz des nouvelles, interrompit Paul Vinard en mettant le plateau de fromages sous le nez d'Auguste Verjon.

À 15 h 30, le cortège religieux s'ébranla sous un soleil impitoyable. Il y avait un peu moins de monde que le matin pour la venue du ministre. Mais il ne faudrait pas chercher les raisons de cet absentéisme dans quelque opinion politique ou dans un manque de conviction religieuse, non. La sieste seule en était la cause. L'évêque lui-même était absent et Mme Pinson en fut fort marrie.

En tête du cortège marchait le curé Pageaud. Comme par un fait exprès, jamais sa jambe ne lui avait fait si mal !

– Quand je pense que j'ai encore près de deux kilomètres à faire ! se dit-il tout en bénissant une vieille femme à genoux sur le bord du chemin.

Derrière le curé marchaient les officiels. À défaut d'une bonne sieste, ils s'efforçaient d'apprécier les bienfaits d'une petite marche digestive.

– Qu'est-ce qu'il fait chaud ! ne cessait de répéter Ferdinand Lecomte.

En sa qualité de maire, il ne s'était pas autorisé à desserrer son nœud de cravate. Il était dangereusement écarlate et n'arrêtait pas d'éponger, avec son grand mouchoir à carreaux, son visage inondé de sueur.

À côté de lui, mains jointes au niveau de la braguette, le ministre, les yeux pieusement levés vers le ciel, contemplait le château de Montpardy se dressant juste en face lui. « Pas mal du tout, ce château ! Il me plaît même très fort ! » pensait-il. Il tourna discrètement le regard et remarqua, presque sur le même rang que lui, à l'extrême droite, un homme d'un certain âge, petit et maigre, le visage blême, le nez à l'arrête tranchante, la tête rejetée franchement en arrière. À l'œil gauche, il portait un monocle et, accrochée à la veste de son costume qui avait dû assister à tous les meetings contre le Front populaire, une véritable panoplie de décorations. « À coup sur, c'est le fameux comte », se dit Auguste Verjon. L'envie lui prit aussitôt de faire un mouvement glissant vers l'extrême droite, mais quand on est ministre, ce n'est pas facile de passer sans faire jaser du centre à l'extrême droite. À contrecœur, il s'abstint donc.

Derrière ces messieurs, au premier rang de la foule marchaient les trois jeunes secrétaires, mains jointes elles aussi, les yeux pudiquement baissés vers le sol, dans l'attitude de la prière et de la méditation.

Édouard Pinson se détournait souvent pour les regarder furtivement et, à chaque fois, des images lubriques venaient se bousculer sous sa mèche de cheveux bien collée sur son crâne lisse.

Mme Pinson, qui les surveillait elle aussi du coin de l'œil, fut agréablement surprise de voir tant de ferveur chez des jeunes femmes aussi coquettes. En effet, Gislaine, la secrétaire de Ferdinand Lecomte, venait d'ouvrir son bréviaire et ses lèvres rouges se mirent à psalmodier des prières. Du moins, c'est ce que crut Mme Pinson.

– Vous avez vu le gars derrière moi ? demandait-elle à ses voisines. Qu'est-ce qu'il est beau avec ses boucles brunes et ses grands yeux verts ! Je le sens qui me strip-tease du regard depuis que nous sommes parties. J'ai vraiment l'impression de marcher toute nue...

Elle leva un instant les yeux vers le ciel, juste le temps de tourner une page de son missel :

– Qu'est-ce qu'il attend pour venir marcher à côté de moi et que nous fassions connaissance ?

C'est à ce moment que surgit d'un petit chemin sablonneux la femme de Paul Vinard. Elle était tout essoufflée, le chignon de travers et le chapeau à la main. Elle chercha du regard, dans le cortège, une figure amie et, quand elle reconnut Irma, elle vint se placer à côté d'elle.

– Je n'ai vraiment pas pu arriver avant, dit-elle en reprenant son souffle. Mon veau, il ne voulait pas téter sa mère. Il a fallu que je le fasse boire.

Irma n'en douta pas un instant car, bien qu'elle n'eût pas les narines sensibles, elle remarqua sans peine que sa voisine sentait fortement le lait cru, et même un peu la bouse de vache.

Ainsi, au rythme de la jambe douloureuse du curé et de la digestion pénible des invités de marque, le cortège déambula lentement dans le chemin de sable conduisant au calvaire où sainte Rhéa en personne – enfin arrivée ! – attendait sur son socle et semblait en profiter pour respirer le mélange des effluves forts venus de la mer et ceux d'immortelles et d'œillets maritimes s'échappant des dunes brûlantes de soleil.

Lorsque l'on fut au bout du chemin et que l'on aperçut la statue, montèrent dans le ciel les voix pures des petites Rhéalaises, toutes de blanc vêtues et la chevelure ceinte d'une couronne de fleurs blanches.

Le curé Pageaud avait fait placer la statue sur son socle de telle façon qu'elle semblait vouloir unir – comme il l'avait fait remarquer le dimanche matin à la messe – de ses deux bras tendus l'immense océan tout proche et le petit village qui portait son nom.

Mme Pinson, de son côté, avait bien fait les choses, et le petit monument disparaissait presque sous les fleurs et les plantes vertes extraites de la baignoire de M. le ministre.

– On dirait qu'elle regarde le château, pensa ce dernier en suivant le regard vide de sainte Rhéa…

Mais de cela, il s'en fichait pas mal.

– Il est vraiment bien situé, ce château ! Juste au-dessus de la mer ! Je suis persuadé que je dois pouvoir l'acheter pour le prix d'une bouchée de pain…

Et de cela, il ne s'en fichait pas du tout.

– On dirait qu'elle regarde ma vigne de travers, bougonna entre ses dents Julo la Biette, les poings rageurs enfoncés dans les poches du costume qu'il avait étrenné le jour de son mariage.

Tout le monde était à genoux, priant avec ferveur et se reposant en même temps les jambes quand une énorme voiture noire, aux chromes étincelants, survint et s'arrêta à quelques mètres seulement de la foule agenouillée. Toutes les têtes se tournèrent dans sa direction et le curé lui-même pendant une minute en perdit son latin.

Amédée, qui s'était mis à genoux pour faire comme tout le monde, donna un coup de coude dans les côtes de La Sauterelle :

– T'as vu la bagnole ?

– Pour de la bagnole, c'est de la bagnole ! Je suis sûr qu'elle roule au moins à cent kilomètres-heure !

– Et même qu'elle a une cocarde tricolore sur son pare-brise ! Peut-être que c'est le préfet ?

Un chauffeur en uniforme gris en sortit et claqua fortement la portière.

Bien que toujours à genoux, plus personne ne pensait au curé, à sa statue et aux prières.

La casquette plate à la main et le cou tendu dans tous les sens, le nouveau venu cherchait visiblement quelqu'un. Enfin, il reconnut le maire. Enjambant la foule, qui n'avait pas bougé si ce n'était la tête pour mieux voir l'intrus, ce dernier s'efforça d'arriver jusqu'à

Ferdinand Lecomte. Bousculant un peu ici, poussant un peu là, écrasant légèrement ailleurs, il y parvint non sans peine.

Il mit respectueusement sa casquette au niveau de l'épaule gauche et se pencha vers le maire qui commençait à souffrir de crampe dans les genoux :

– Mes respects, monsieur le maire ! lui souffla-t-il dans le tuyau de l'oreille. J'ai là un pli urgent pour M. le ministre de l'Agriculture.

Auguste Verjon, à genoux juste à côté du maire, sans attendre, tendit le bras vers l'enveloppe que tenait le chauffeur et l'ouvrit :

– Je dois partir tout de suite. Il faut que je me rende à la préfecture immédiatement afin de téléphoner d'urgence à l'Élysée.

Sans attendre donc, il se leva, aidé par le larbin car il était complètement ankylosé et se dirigea comme il le put vers la voiture, précédé par l'employé de la préfecture.

– Pardon, chère madame… dit-il en piétinant les fleurs de la robe de la femme de Julo.

Il posa une main amicale sur l'épaule de Paul Vinard pour éviter d'écraser les pieds d'Irma.

– Je suis vraiment désolé…

À l'expression de son visage, Paul Vinard sentit à quel point le ministre était désolé.

– Eh oui ! les obligations de la fonction ! ajouta-t-il en serrant la main que lui tendait Jean Benoît.

Et il s'engouffra dans le véhicule. Le temps qu'il s'y installa, Huguette, sa secrétaire, le rejoignit. À peine assise à côté de lui, elle laissa éclater sa mauvaise humeur :

– Tu me le paieras ! À chaque fois tu me fais le même coup quand tu ne veux pas rester dans un bled. Tu aurais pu me demander mon avis ? Moi j'étais contente de rester avec mes copines...

– Ne te fâche pas ! essaya de temporiser Auguste Verjon. Nous reviendrons, je te le promets ! ajouta-t-il en regardant le château.

La voiture disparut tandis que le chœur des petites Rhéalaises se mit à chanter *Plus près de toi mon Dieu !* et tout le village se mit debout comme pour essayer de s'approcher du ciel.

À son tour, Édouard Pinson réussit à se glisser jusqu'au maire. Il dut pour cela piétiner, lui aussi, les fleurs de la Grosse. Elle en profita pour lui faire un clin d'œil plein de promesses.

– Où est-ce qu'il est parti, le ministre ? questionna-t-il.

– À la préfecture.

– Il revient à quelle heure ?

– Mais il ne revient pas ! De la préfecture, il part aussitôt pour Paris...

Édouard Pinson faillit en tomber à la renverse :

– Mais... mais... il ne couche plus chez moi ?

– Évidemment que non !

– Mais alors ? La salle de bain ? Et l'eau qui est toute chaude ?

Le maire eut un sourire qui dévoila deux dents en or et trois dents manquantes.

– Laisse-la refroidir et tu la videras ensuite sur les plantes vertes de ta femme. Elle t'en sera reconnaissante et les plantes également.

Édouard Pinson n'eut pas l'air d'apprécier la plaisanterie. Lui qui avait parcouru tous les villages du canton afin de faire savoir, comme ça, dans la conversation, que le ministre coucherait chez lui ! De quoi allait-il avoir l'air ?

– Dis donc ! Ferdinand ? interrompit le père Baboche, vous les choisissez bien vos secrétaires... Tu ne pourrais pas m'en trouver une semblable pour remplir ma feuille d'impôts ?

Mais ni Ferdinand Lecomte ni Édouard Pinson ne daignèrent lui répondre.

– Édouard ! viens m'aider à transporter mes plantes vertes !

« Il ne manquait plus qu'elle ! »

La voix de Mme Pinson fit l'effet d'une vrille dans les oreilles de son mari.

Il tressaillit :

– J'arrive tout de suite, finit-il par dire.

Elle l'attendait au pied de la statue, parmi ses plantes.

Épaules basses, il se dirigea vers sa femme. Après les rêves de luxure et les fantasmes délirants : le calvaire !

Tandis que la population s'en retournait tranquillement vers le village, on donnait son avis sur la fête et sur le départ précipité du ministre. Le Grand Raymond pensait que seule une chose grave pouvait l'avoir obligé à partir si rapidement et selon lui, la raison ne pouvait être qu'une menace de guerre toute proche. Le père Baboche lui voyait plutôt un bon prétexte pour aller faire la galipette avec la belle Huguette.

Le soleil déclinait et étirait les ombres. La sainte patronne de Sainte-Rhéa se retrouva seule sur son socle et Gros-Lulu retrouva la foule dans son café.

– Deux fois, il en a pris ! Deux fois il en a pris des anguilles ! disait-il à qui voulait l'entendre.

Le Klaxon du camion des pompiers fit sortir les clients de Gros-Lulu beaucoup plus rapidement qu'aurait pu le faire les sifflets de Gauthier ou Blondin.

La fête n'était pas finie !

Comme prévu, on avait entassé à la pointe de la jetée un énorme tas de sarments de vigne qu'un pompier, sautant du camion à peine arrêté, se pressa d'allumer. Déjà les flammes, dans le crépuscule naissant, se reflétaient dans la nuit claire.

Rapides et lestes – à l'exception de celui qui n'avait toujours pas trouvé de bottes à sa pointure – les pompiers déroulèrent la lance et coururent en direction du feu qui, rapidement, était devenu un énorme brasier.

– Dans cinq minutes, il n'y aura même plus une braise, cria le chef des pompiers en direction de la foule massée devant chez Gros-Lulu.

Il y eut des « oh ! » admiratifs.

– Ouvrez la vanne ! commanda le chef des pompiers.

– Vanne ouverte ! répondit presque aussitôt le préposé à l'opération.

Maintenant, les flammes montaient haut dans le ciel, éclairant les barques qui sommeillaient sur l'eau calme. Des braises incandescentes, projetées dans la nuit, dessinaient des étoiles filantes au grand émerveillement des badauds, jeunes et vieux.

Tout près du foyer, suant à grosses gouttes sous son casque aux reflets d'or et de flammes, le pompier qui tenait la lance attendait que l'eau jaillisse, prêt à passer à l'action.

– Ouvrez la vanne, bon Dieu ! hurla à nouveau le chef.

– La vanne est ouverte, répéta le préposé qui transpirait lui aussi sous son casque, mais d'énervement.

On sentit alors comme un flottement dans ce corps d'élite. Le chef des pompiers courut aussi vite qu'il le put le long du tuyau. Non, il n'y avait pas de nœud. Mais alors, qu'est-ce qu'il pouvait bien y avoir ? sembla-t-il demander, bras ballants, aux spectateurs qui suivaient tous ses mouvements. Et soudain, le doute l'envahit. Il grimpa sur le camion et jeta un œil dans la citerne : elle était vide !

Le brasier continua donc de flamber de plus belle, pétaradant joyeusement des étincelles. Pour une fête, c'était vraiment une fête ! Les feux de la Saint-Jean et les pétards du 14 Juillet en un seul jour !

Une étincelle, comme une fusée, dessina une trajectoire un peu plus belle encore et un peu plus grande que toutes les autres avant d'atterrir sur la pinasse du Grand Raymond qui avait fait le plein d'essence le matin même.

Ce fut le plus beau feu de joie que Sainte-Rhéa n'eut jamais eu.

XII

Un mois s'était à peine écoulé depuis cette grande fête, qui resterait à tout jamais gravée dans la mémoire des habitants de Sainte-Rhéa, que la voiture personnelle de M. Auguste Verjon, toujours ministre de l'Agriculture, s'arrêta devant la grille du château de Montpardy.

– Attendez-moi là, lança-t-il à son chauffeur.

Il fut tout de suite obligé de constater que le lierre, les ronces, la rouille et le temps lui interdisaient l'entrée du château avec autant de fermeté qu'un piquet de grève devant une porte d'usine. Fort d'une longue expérience politique qui lui avait appris à contourner les obstacles, il ne tarda pas à trouver une petite porte dérobée réservée jadis au jardinier et où passaient encore quelques rares livreurs. Évidemment, l'entrée n'était pas ministérielle, mais qu'importent les moyens…

Tout en marchant dans la grande allée abandonnée depuis longtemps aux mauvaises herbes, il se remémorait rapidement ce qu'il avait appris sur le commandant comte de Montpardy.

Le commandant comte Nicéphore de Montpardy appartenait à une très vieille famille de Sainte-Rhéa.

À l'origine, cette vieille famille ne s'appelait pas exactement de Montpardy mais beaucoup plus prosaïquement Pardi avec un « i » et sans particule. L'aïeul, celui que l'on retrouve dans les archives de la mairie, écrit par la plume d'oie malhabile du curé de l'époque, avait été baptisé sous le nom de Mathurin Pardi et devait s'illustrer dans toute la région, deux décennies plus tard, sous le sobriquet de Mathurin Naquinœil. Ce surnom, il l'avait gagné en perdant un œil dans un estaminet d'une petite rue tortueuse de Saint-Martin-des-Remparts, un soir de brume, à l'heure où les verres se vident, que les tabourets volent et que les coups de poings tombent. Rude marin, aussi résistant à la tâche qu'au vin rouge, cela ne l'empêcha pas de se marier avec une riche paysanne et d'acheter une yole de douze mètres. Toute sa vie, par tous les temps, à la barre de *La Belle Eulalie* – il avait baptisé sa yole du nom de sa femme –, il fit commerce avec les marchands des ports voisins, les flancs de son navire chargés de barriques de vin ou de sac de sel. La yole était solide, bien armée d'une voile en bonne toile et de deux paires d'avirons en bon bois. Aussi quand Mathurin Naquinœil mourut, il laissa à son fils aîné, non seulement *La Belle Eulalie* mais également *La Belle Euphrasie*, *La Belle Eudoxie* et *La Belle Léocadie* – trois belles yoles baptisées du nom de ses trois filles – sans oublier une importante clientèle.

Les générations qui suivirent contribuèrent à faire fructifier la petite armada.

Environ un siècle plus tard, quand Joachim Pardi, l'arrière petit-fils de feu Mathurin, après de sérieuses études au séminaire de Saint-Eustèphe, épousa la fille d'un notaire fortuné, il se trouva possesseur, en plus de la flottille, de cent hectares de terres labourables, vignes, landes, bois et friches, sans compter quelques hectares de marais salants – où d'ailleurs, il ne mit jamais les pieds tant il craignait les moustiques qui y pullulaient. En accord avec son financier de beau-père, il choisit le point le plus haut de la propriété pour y faire construire un château et se sentit obligé tout aussitôt d'acheter un titre de noblesse. C'est ainsi que naquit le comte Nicéphore de Montpardy, le descendant de Mathurin Pardi dit Mathurin Naquinœil.

Il n'était plus question, évidemment, pour ce fragile intellectuel à la poitrine étroite et au teint pâle, de souquer ferme sur les avirons comme l'avait fait ses ancêtres. Il fit gérer le patrimoine, se contentant de recevoir dans les villes d'eaux où il séjournait des enveloppes cachetées lui permettant de mener la belle vie. Assez rapidement l'affaire périclita, et quand le chemin de fer entra à toute vapeur dans Sainte-Rhéa, les yoles en bois ne mirent plus jamais le cap vers le large. Allongées dans le fond de la crique, elles pourrirent lentement avant de disparaître sous la vase molle.

À l'heure où Auguste Verjon s'apprêtait à monter le bel escalier de pierre aux marches verdies de mousses, il ne restait plus des robustes descendants de Mathurin Naquinœil, qu'un pseudo-commandant comte de Montpardy, malingre et apparemment raffiné.

– Il reste aussi le château, se dit Auguste Verjon tandis qu'il faisait résonner la main de bronze sur la grosse porte d'entrée.

Quelques minutes passèrent avant qu'une robe de chambre râpée n'entrebâillât la porte.

– Commandant comte Nicéphore de Montpardy ? demanda poliment le visiteur.

– Lui-même ! répondit une voix fêlée sortant de la pelure mitée.

– Monsieur le comte, je me suis permis de venir vous rendre visite, au nom de notre grand ami commun, l'amiral en retraite Dumond de Perrard. Mais permettez que je me présente : Auguste Verjon, ministre de l'Agriculture.

La robe de chambre s'effaça afin de laisser entrer M. le ministre.

Cinq minutes plus tard, les deux hommes étaient assis dans le grand salon où il ne restait plus qu'une table en bois blanc et deux fauteuils boiteux qui vomissaient leurs crins.

Auguste Verjon fit longuement l'éloge de son hôte, ne s'arrêtant que pour l'écouter ou l'approuver.

Le commandant comte Nicéphore de Montpardy, petit homme aux cheveux rares mais à la raie bien faite, au teint rose blafard strié de petites veinules violettes, à l'œil froid sous son monocle, à l'arête du nez tranchante, aux lèvres minces et exsangues, avait su, comme il l'expliqua à son visiteur, résister à la tentation d'aller se cacher en Angleterre, quand les forces nazies avaient pénétré dans Sainte-Rhéa. Stoïque, il avait attendu derrière les grilles de son château. Il avait même eu cette préciosité, propre à la vieille noblesse française, de savoir taire sa haine, et d'accepter chez lui l'état-major de l'ordre nouveau. Mais ceci ne diminuait en rien la grand flamme patriotique qui continuait de brûler en lui et c'est tout naturellement en grand uniforme de commandant de l'armée française qu'en 1945, il accueillit les troupes américaines entrant dans Sainte-Rhéa en liesse. Mais le peuple est ingrat, c'est bien connu, et quand il se présenta comme candidat à la mairie, il n'eut que deux voix : la sienne et celle de Duduche qui, alors, cultivait son jardin.

– Et jamais les gouvernements qui se sont succédé n'ont songé à vous décerner la Légion d'honneur ? demanda le ministre profondément scandalisé.

L'œil du dernier descendant des Montpardy se fit plus froid :

– Jamais !

– Mon cher comte, je vous donne ma parole que cette injustice sera réparée sans tarder.

La robe de chambre ne put réprimer un mouvement. Le fauteuil gémit et derrière le monocle, il y eut comme un petit éclair.

– Prendriez-vous une tasse de thé ? finit-il par articuler après avoir dégluti sa salive.

– Avec plaisir ! répondit Auguste Verjon qui avait horreur de ce qu'il appelait de la pisse d'âne.

Les deux hommes burent en silence, chacun d'eux donnant l'impression à l'autre de savourer son breuvage.

Le comte de Montpardy, le monocle penché dangereusement au-dessus de sa tasse, se pavanait déjà au soleil, dans le parc d'une riche pension de la Côte d'Azur, la Légion d'honneur bien en évidence sur sa robe de chambre.

M. le ministre se pavanait aussi dans le parc du château de Montpardy et en faisait déjà le tour du propriétaire.

Après être parvenu non sans peine à boire l'infâme liquide tiède, il regarda son hôte droit dans le monocle, avant de rompre le silence sur un petit ton anodin :

– Vous avez un château vraiment charmant…

Il fallut un moment pour que le comte revienne de la Côte d'Azur avec sa Légion d'honneur :

– Oui… mais il est bien trop grand pour moi. D'ailleurs, je cherche à le vendre...

Auguste Verjon retint sa respiration et s'attarda à contempler le fond de sa tasse.

– Vous voulez un peu plus de thé ? demanda le comte avec empressement.

– Ma foi, je veux bien ! mentit Auguste Verjon qui se demanda s'il ne préférait pas encore la piquette de chez Gros-Lulu.

Il but malgré tout avec un grand plaisir apparent.

– Savez-vous, dit-il quand il eut posé sa tasse, que je cherche à acheter un petit pied-à-terre dans la région ?

Quand la nuit fut tombée, le château de Montpardy était vendu le prix d'une bouchée de pain, plus une Légion d'honneur.

– Et une retraite de colonel ! ajouta le ministre dans un excès de générosité en serrant la main osseuse qui sortait de la robe de chambre.

– Oh ! mon cher ministre, je ne sais si je la mérite… grimaça le comte dans un sourire compromettant fortement la stabilité du monocle.

– Mais si ! j'y tiens ! Trêve d'ingratitude ! La France d'aujourd'hui ne doit pas oublier ses héros d'hier. Elle se doit d'être généreuse envers eux comme ils ont su l'être avec elle dans les moments difficiles.

Ils se serrèrent encore longuement la main sur le perron. La lune, toute ronde au-dessus d'eux, semblait rigoler. Mais elle en avait vu d'autres...

Auguste Verjon revint très souvent à Sainte-Rhéa les mois qui suivirent. On pouvait le rencontrer dans les rues du village, habillé d'une vareuse bleue et d'une casquette de pêcheur. Il avait même acheté à la coopérative maritime une douzaine de mouchoirs à carreaux et ne manquait jamais de s'en nouer un autour du cou pour se rendre chez Gros-Lulu.

Il connaissait maintenant tous les habitants, tapotait paternellement les grosses joues rondes des gosses, s'inquiétait de la santé des mères et secouait fortement la main des hommes en les appelant par leur prénom. Il avait même pris la démarche chaloupée des pêcheurs et parvenait maintenant à boire le petit vin de Gros-Lulu sans même faire la grimace. S'il ne chiquait pas encore et s'il ne savait pas encore cracher à trois mètres vent de face, on pouvait très bien penser qu'il y arriverait bientôt.

C'est chez Gros-Lulu qu'un soir, il annonça, après avoir offert quelques tournées :

– Mes amis, mes très chers amis, vous savez à quel point je porte Sainte-Rhéa dans mon cœur ? À tel point que j'ai décidé de devenir Rhéalais moi-même. Et c'est pour cette raison que j'ai fait une folie, bien au-dessus de mes moyens... Mais que voulez-vous ? Quand on aime... J'ai acheté le château de Montpardy !

Il y eut des exclamations de surprise dans la salle du café, suivies de quelques réflexions à voix basses :

– Il doit gagner pas mal, le ministre !

– C'est sûrement un bon boulot...

– Mes amis ! mes amis ! écoutez-moi. Vous vous doutez bien que je n'ai pas acheté cette propriété pour moi tout seul ? Non…

Il regarda l'assistance accoudée au zinc ou affalée sur les tables poisseuses.

– Je l'ai achetée pour vous ! enchaîna-t-il en pointant son doigt sur la poitrine de Justinien Merlo.

– Pour moi ?

Le célibataire endurci, surpris d'une telle révélation en public, s'en arrêta de rouler sa cigarette.

– Pour vous tous !

– Ah ! bon, j'aime mieux ça.

Et Justinien Merlo, rassuré, reprit la confection de sa cigarette.

– Pour vous tous, Rhéalais, mes frères. Pour vous, car j'ai des grands projets pour Sainte-Rhéa, et c'est pour cette raison que j'ai abandonné mes fonctions de ministre de l'Agriculture et accepté celle non moins astreignante de ministre du Tourisme.

– Vive le ministre du Tourisme ! s'exclama Gros-Lulu, tout fier d'avoir reçu hier le ministre de l'Agriculture et de recevoir aujourd'hui le ministre du Tourisme.

– Vive le ministre ! Vive Auguste ! cria la salle à l'unisson.

– Merci mes amis ! merci…

Puis, se tournant vers Gros-Lulu :

– Mon cher ami, vous n'auriez pas au frais quelques bouteilles de champagne ?

En descendant l'escalier tortueux de sa cave, Gros-Lulu se demandait très sérieusement s'il n'allait pas changer son hôtel de nom pour l'appeler : le *Café-Hôtel-Restaurant des Ministres* ?

Le lendemain, Édouard Pinson demanda au nouveau ministre du Tourisme :

– Dites-moi, mon cher ministre, quels sont donc tous ces projets ?

Édouard Pinson prenait bien soin, en homme raffiné qu'il aurait bien aimé être étant donné ses hautes fonctions de premier adjoint, d'appeler Auguste Verjon par son titre et non pas par son prénom, comme le faisait la plupart des simples contribuables.

– Mon cher premier adjoint, ne soyez pas trop impatient, lui répondit ce dernier, vous en serez le premier averti, comme il se doit.

Depuis déjà quelque temps, au château de Montpardy, l'entreprise de Pierre Bretonnet s'affairait à rénover les bâtiments qui en avaient fort besoin, tandis que d'énormes engins creusaient un joli petit port discret, au pied de la falaise.

Paul Vinard, malgré tout le travail qu'il avait à la ferme, se proposa d'enlever avec sa charrette la montagne de boîtes de conserve vides que le comte de Montpardy avait, pendant vingt-cinq ans, jeté par la fenêtre. Aimablement, le paysan en profita pour enlever les feuilles mortes et les branches cassées qui jonchaient le parc.

Quand les services spéciaux des musées nationaux eurent restauré la façade, quand les tapissiers eurent posé les lourdes tentures, les antiquaires meublé les chambres et les salons, que l'eau coula des fontaines et que la piscine fut prête à recevoir de belles ondines et que dans la falaise fut élargi l'escalier menant au petit port où était amarré le cruiser de Pierre Bretonnet, l'hiver était passé et le printemps revenu.

Par un de ces beaux week-ends de printemps tout neuf, le nouveau propriétaire du château discutait avec ses deux amis, assis confortablement à l'arrière du puissant yacht de l'entrepreneur. C'était un navire racé, conçu pour le confort et la vitesse. À lui seul, il occupait toute la longueur de la jetée. Allongées sur la plage avant du cruiser, long et profilé comme un bolide de course, simplement vêtues de leurs lunettes de soleil, les secrétaires de ces messieurs fignolaient savamment leur bronzage.

Dans la nuit, Pierre Bretonnet était arrivé de Gibraltar où ses affaires l'avaient conduit.

– Et l'équipage ? avait demandé Gislaine qui fantasmait à l'idée de passer une nuit dans les bras musclés et tatoués d'un beau matelot.

– Je n'ai qu'un vieux marin qui m'aide à la manœuvre et il se sauve à terre dès que nous sommes à quai, avait répondu évasivement l'armateur.

– Il faut tout de même que je vous fasse part de ce projet qui fermente dans un de mes tiroirs ! interrompit le ministre qui devinait les rêves de sa jeune secrétaire.

Ferdinand Lecomte le regarda :

– J'avoue que j'aimerais bien le connaître, car tous mes administrés me questionnent à son sujet et je suis très embarrassé pour leur répondre.

Le ministre posa son verre et d'un geste leur montra le château en haut de la falaise, juste au-dessus d'eux :

– Donnez-vous la peine de me suivre. Le temps de vous préparer un cocktail et je vous dis tout.

Aussitôt, ils se levèrent, tapotèrent au passage les fesses nues de leur secrétaire et grimpèrent l'escalier menant au château.

Lorsque chacun eut son verre à la main, le ministre regarda ses interlocuteurs et dit :

– Mon projet ? Eh bien ! le voilà !

Et il parla jusqu'à ce que ces dames en eussent assez de rester au soleil et vinssent interrompre leur conversation en déclarant qu'elles mouraient littéralement de faim.

XIII

LA FEMME DE PAUL VINARD essuya ses mains à son tablier et prit l'enveloppe blanche débordant de la boîte aux lettres. Elle fit la grimace pour tenter de deviner sans lunettes le nom de l'expéditeur :

– Je crois que ça vient de Paris, dit-elle à son mari.

Elle déchira l'enveloppe pour en extraire une petite carte blanche.

Les mains sur son manche de fourche, Paul, son mari, attendait patiemment, mégot aux lèvres, qu'elle lui en fasse la lecture.

Elle déchiffra tant bien que mal :

– M. le ministre du Tourisme prie M. et Mme Paul Vinard de bien vouloir honorer de leur présence la soirée amicale qu'il donnera au château de Montpardy, le dimanche 24 avril à 15 h 30.

– Sacré nom de Dieu ! jura Paul Vinard, je crois bien que ça veut dire que le ministre nous invite au château ! Relis pour voir !

La femme de Paul Vinard relut.

– C'est bien ça ! dut admettre le paysan en triturant sa casquette.

Sa femme se laissa tomber plus qu'elle ne s'assit sur le banc de pierre tout proche :

– Ah ! ça alors... Ah ! ça alors...

Paul Vinard abandonnant sa fourche vint s'asseoir à côté d'elle.

– Ah ! ça alors... Ah ! ça alors... ne cessait-elle de répéter les mains pendantes au niveau des trèfles.

– Tu vois, fit son mari, je te l'ai toujours dit qu'Auguste était un brave homme, pas fier du tout. C'est pour me remercier de lui avoir enlevé ses ordures qu'il nous invite. Un homme comme lui, il n'y en a plus tellement et si demain, il se présentait aux élections, c'est sans hésiter que je voterais pour lui. Ouais !

Mais sa femme ne l'avait pas écouté. Des soucis l'assaillaient. Elle en fit part à son mari :

– Qu'est-ce que je mettrai sur moi ? Ma robe est toute tachée...

À son tour Paul Vinard ne l'écoutait pas. Il avait pris la direction de son chai pour lever son verre à la santé du ministre. Il but deux verres coup sur coup et se dirigea la tête haute vers la rue. Justement, Émile arrivait sur son vieux vélo rouillé.

– Salut Émile !

– Salut Paul !

– Beau temps pour les patates !

Émile comprit que Paul Vinard avait envie de parler. Il fit traîner ses sabots de bois sur le chemin, car depuis longtemps son vélo n'avait plus de frein et, sans lever ses fesses de la selle, il entama la conversation.

– Tu vois, dit au bout d'un moment Paul Vinard, je m'étais dit, dimanche, j'irai pêcher quelques crabes, histoire de passer le temps. Eh bien ! voilà que je ne peux pas y aller !

Émile s'était mis à ausculter sa sonnette fortement enrouée à force de dormir à la belle étoile et ne l'écoutait que d'une oreille distraite.

– Non, je ne peux pas, insista Paul Vinard.

– Ah ! non ? fit Émile qui, ayant terminé sa consultation, pensait que son interlocuteur pourrait bien lui offrir un verre dans son chai.

– Non, je ne peux pas, je suis invité chez le ministre.

– Ah ! bon… toi aussi ?

– Comment toi aussi ?

– Parce que j'ai reçu une lettre du ministre qui me dit de venir chez lui dimanche prochain.

Émile ne vit pas la déception qui se peignait sur le visage de son voisin, car il avait abandonné la réparation de sa sonnette pour s'intéresser à la chaîne qui ne faisait que sauter.

« Pourquoi le ministre a-t-il invité Émile ? » se demandait Paul Vinard. La venue du facteur n'allait pas tarder à lui donner la réponse.

– Bonjour les gars ! fit joyeusement ce dernier, dont la sacoche creuse bâillait le ventre vide sur le porte-bagages de son vélo.

– Venez boire un coup ! ordonna Paul Vinard plus par habitude que par envie.

– Ce n'est pas de refus, répondit avec enthousiasme le facteur. Avec tout le travail que je viens de m'offrir ! 97 boîtes aux lettres dans lesquelles j'ai déposé 97 invitations du ministre. Depuis chez Julo la Biette jusque chez la Marie Petsec… ça donne soif !

Dans la pénombre du chai, aucun des deux hommes ne vit le visage déconfit de Paul Vinard.

On discutait fort dans la chambre du père Florent. Ils étaient au moins douze, des vieux copains avec lesquels il avait pris de sacrées cuites, des copines avec lesquelles ils avaient dansé le quadrille et jouaient, dans les bottes de foin, à des jeux interdits par le curé. Ils avaient aussi quelques parents de tout âge, quelques voisins...

Indifférent à tout ce vacarme, la tête renversée sur le marbre de la petite table de nuit encombrée des médicaments du bonhomme, le petit fils du père Florent dormait à poings fermés. Le père Florent dormait aussi, sans se préoccuper de tous ceux qui étaient venus pour le voir, un sourire malin au coin de sa bouche édentée. On allait l'enterrer demain et il avait l'air de trouver cela amusant, comme une dernière farce faite à ceux qui restaient.

Les conversations allaient tellement bon train qu'on avait complètement oublié le bonhomme.

– Moi, je lui dirai, au ministre, et s'il le pouvait, il lui dirait bien aussi, ce vieux Florent, je lui dirai que nos retraites sont insuffisantes ! claironnait le vieil Alexis.

La porte s'ouvrit et fit vaciller les flammes des cierges. Un silence s'établit un moment dans la chambre qui sentait le tabac et l'encens et les têtes se tournèrent en direction des nouveaux venus.

– Qui c'est ? demanda une vieille à l'oreille de sa voisine.

– C'est le neveu du père Florent et sa femme.

Le neveu, l'air grave comme il se doit, se rendit jusqu'au lit mortuaire, trempa un doigt dans l'eau d'une petite soucoupe avant de le secouer sur le vieux tonton qui ne se départit pas de son sourire en coin. La nièce par alliance en fit autant et crut nécessaire d'y ajouter un sanglot étouffé :

– Elle peut pleurer, fit la vieille dans l'oreille de sa voisine, elle héritera de la maison pour se consoler.

Après les oraisons rituelles, le jeune couple chercha un endroit pour s'asseoir :

– Psitt ! fit le père Baboche lassé par les récriminations du vieil Alexis.

Le neveu, oubliant sa femme et son oncle, vint prendre le siège que lui offrait le père Baboche, juste au-dessous de la photo du père Florent quand il était jeune quartier-maître de manœuvre.

– C'est bien triste, un si brave homme… dit poliment le père Baboche.

Le neveu poussa un gros soupir :

– Eh oui… c'est bien triste.

– Enfin, il faut reconnaître qu'à quatre-vingt-douze ans, on a le droit de faire le mort si on en a envie, reconnut le père Baboche sur un ton où filtrait la plaisanterie.

– C'est certain… c'est certain…

– Mais moi, à sa place, j'aurais attendu une semaine de plus, juste histoire de pouvoir dire à saint Pierre en arrivant au ciel : « Excusez-moi si je suis en retard, mais j'étais invité par le ministre… »

Content de sa plaisanterie, le vieux pêcheur chercha son tabac et ses feuilles avant de demander :

– Tu y vas, toi, chez le ministre ?

– Évidemment ! Et toi ?

– Moi aussi. Le pinard sera sûrement bon...

– Peut-être qu'il dira quels sont ses grands projets… fit la vieille qui ne voyait pas clair mais qui avait l'ouïe fine.

– Tous les mêmes ! interrompit le vieil Alexis, éternel révolté. Des promesses ! rien que des promesses ! Tiens ! je me souviens, et mon vieux copain Florent s'il n'était pas mort, il le dirait avec moi, c'était sous Clemenceau...

Mais personne ne l'écouta raconter l'« Histoire », à part le père Florent, peut-être...

– Ce qu'il faudrait qu'il fasse, suggéra une autre vieille en se grattant le chignon de la pointe de son aiguille à tricoter, c'est agrandir le cimetière sans attendre, parce que, après le pauvre Florent, je crois bien qu'il n'y a plus de place.

Le père Baboche regarda l'assistance avec un sourire goguenard :

– Vous savez, dit-il, si on affiche « complet » à la porte du cimetière, ce n'est pas grave... En ce qui me concerne, je ne suis pas presser d'y entrer...

Il se racla fortement la gorge, cracha bruyamment dans son mouchoir avant d'ajouter :

– De toute façon, j'en connais quelques-uns qui se demandent bien où on va pouvoir les enterrer...

– Ah ! bon. Pourquoi ?

– Eh bien ! depuis que l'employé communal a affiché sur le mur du cimetière : *Défense de déposer des ordures*[1]…

Ainsi, du chai de Paul Vinard jusque dans la chambre mortuaire du père Florent – sans parler du café de Gros-Lulu ou l'épicerie de Rosette –, on avait qu'un seul sujet de conversation à Sainte-Rhéa : la soirée au château de Montpardy.

---

1. Panneau que l'on pouvait effectivement voir sur le mur d'un cimetière de l'île de Ré à une époque pas très lointaine.

XIV

– Mes amis... mes amis...

Les voix baissèrent d'un ton et les têtes se tournèrent vers le nouveau ministre du Tourisme.

– Mes amis, merci ! Merci d'être venus tous !

Auguste Verjon descendit les trois marches de marbre et s'avança dans la salle, allant de l'un à l'autre, serrant une main, tapant sur une large épaule, prononçant un mot aimable à chacun de ses invités. Il avait la chance d'être aidé pour cela d'une mémoire exceptionnelle des visages et des noms :

– Mon cher Émile, vraiment heureux que vous soyez parmi nous... Oh ! madame Vinard ! Mes hommages, chère madame. Vous me faites un très grand honneur d'avoir bien voulu venir à cette petite réunion...

– Monsieur le ministre... monsieur le ministre... bredouilla la femme de Paul Vinard en tentant de dissimuler la tache de sa robe avec son sac à main.

Quelques rares fois, il arrivait tout de même à Auguste Verjon de se trouver en face d'un visage dont il ignorait le nom. Dans ce cas-là, il se tournait discrètement vers Ferdinand Lecomte qui ne le lâchait pas.

– Le petit gringalet à droite, qui est-ce ?

– C'est Julo la Biette. Euh… je veux dire, M. Marcelet.

Aussitôt Auguste Verjon se dirigea vers lui, sourire large et main tendue :

– Mon cher monsieur Marcelet, que je suis heureux que vous soyez des nôtres !

– Euh… euh… réussit à prononcer Julo la Biette, les yeux tout ronds d'étonnement et les joues gonflées de petits fours ; et il secoua la main que lui tendait le ministre.

Tout le village était donc une nouvelle fois réuni. Pour un jour, il avait déserté la grande salle du *Café-Hôtel-Restaurant du Port* pour se retrouver sous les grands lustres de la salle d'honneur du château de Montpardy. Et on glissait allègrement, sur les lambris cirés, d'une coupe de champagne à un verre de saint-émilion, d'une montagne de petits fours à des montagnes de glaces aux parfums différents, leur sommet enneigé de crème Chantilly. On s'enfonçait dans les épais tapis qui conduisaient dans de profonds canapés, sans oublier de prendre au passage un sombre havane ou une blonde américaine. Pour les aventuriers qui n'avaient pas peur de partir à la découverte, une énorme statue abstraite de deux mètres cinquante de haut, semblable à un énorme morceau de gruyère mal coupé, offrait dans ses nombreux trous des saucissons, du jambon de campagne, des fromages, des pâtés, des rillettes, du beurre salé, du gros pain, des tartes… Jamais une statue abstraite n'avait eu jusqu'à ce jour un tel public émerveillé ! Et, comble du raffinement, juste en face, deux amours de marbre – véritable petit joyau du style baroque – toutes ailes déployées et le sourire narquois au coin des lèvres montraient du doigt une futaille de chêne pleine de vin rouge du pays.

Quand vers 5 heures les estomacs furent gavés et que les gosiers eurent moins soif, sans avoir encore trop bu, le ministre pensa que le moment était venu, pour lui, de prendre la parole.

– Mes amis ! mes chers amis ! veuillez vous asseoir je vous prie et veuillez avoir l'amabilité de m'écouter un instant.

Ce ne fut pas chose facile, car beaucoup crurent bon de faire quelques provisions supplémentaires avant de prendre un siège. Enfin le silence s'établit. On entendait plus que le ronflement du père Baboche. Il se confondait heureusement avec le bruit de la mer, tandis que la balancelle, dans laquelle dormait le marin pêcheur, était agitée d'un léger mouvement, comme poussée par les vagues toutes proches.

– Mes chers amis, ma joie est très grande de vous avoir aujourd'hui, tous réunis sous mon toit, et je ne peux attendre davantage pour vous offrir en cadeau de remerciement ce projet qui me tient tant à cœur. C'est un projet que nous avons longuement étudié Ferdinand Lecomte, votre dévoué maire, Pierre Bretonnet, cet entrepreneur intègre et dynamique, et moi-même, votre modeste serviteur. Nous l'avons longuement façonné et poli avec amour, comme une œuvre d'art et maintenant, nous le jetons tout nu à vos pieds, en vous disant : « Rhéalais, mes amis, mes frères, regardez et jugez ! »

– Mais qu'est-ce que c'est ? chuchota, impatiente, la femme de Paul Vinard à l'oreille de son mari.

– Mais qu'est-ce que c'est ? demandez-vous, continua le ministre.

– Tu crois qu'il m'a entendue ? questionna, effrayée, la femme du paysan.

– Eh bien ! voilà...

Auguste Verjon se tut un instant pour reprendre sa respiration et le fil de ses idées. Il allait d'un fauteuil à un autre, posant un bras affectueux sur une épaule, enfonçant son index dans une large poitrine, plongeant son regard dans un regard plus habitué à scruter l'horizon que les pensées d'un ministre...

– Depuis votre tendre enfance, enchaîna-t-il, depuis la sortie de l'école primaire, et parfois même avant, sans trêve ni relâche, vous peinez, penchés sur une terre ingrate, ou risquant votre vie sur les océans furieux...

– C'est pourtant vrai ! approuva la voix pleurnicharde du Grand Raymond qui ne sortait pas de son lit dès que la météorologie annonçait une perturbation au nord de l'Islande.

– Travailleurs infatigables, vous peinez sans cesse, comme jadis vos parents et vos arrière-grands-parents...

– C'est pourtant vrai ! reconnut le père Baboche en ouvrant un œil du fond de sa balancelle.

– Et pourtant... ne vous arrive-t-il pas de rêver ?

– C'est vrai ! À quoi est-ce que je viens de rêver ? se demanda le père Baboche.

Ne trouvant pas la réponse, il se leva à la recherche d'un verre de vin.

– Ne vous arrive-t-il pas de rêver à des jours meilleurs ? À des repos bien mérités dans une maison confortable devant une table bien garnie ?

Le père Baboche compara son embonpoint à celui de Paul Vinard.

– De ce côté-là, il ne faut peut-être pas qu'on se plaigne, fit-il remarquer tout bas, tandis qu'il reprenait place dans la balancelle sans s'être départi de son verre de saint-émilion.

Auguste Verjon continua :

– Près d'une femme qui vous attend, souriante et libérée des durs travaux quotidiens…

Julo la Biette, resté seul près des petits fours, regarda sa femme. À l'autre bout de la salle, elle expédiait un grand sourire édenté en direction d'Édouard Pinson. Furibard, il étouffa la colère qui montait en lui en portant à sa bouche sa main calleuse, après l'avoir plongée, grande ouverte, dans le plateau de petits-fours.

Affalé dans son fauteuil, le curé Pageaud, en entendant toute cette énumération de plaisirs terrestres, leva les yeux en direction du ciel, mais son regard buta dès le plafond, dans le décolleté généreux de charmantes jeunes femmes peintes par un admirateur de Rubens. Elles lui souriaient en lui tendant leurs bras chargés de fruits. Pudiquement, il baissa bien vite les yeux vers le verre que lui remplissait la dévouée dévote femme du premier adjoint. Est-ce Dieu ou le diable qui nous envoie cet homme ? se demanda-t-il. Le léger clapotis du saint-émilion déclenché par sa langue sur ses papilles lui fit perdre le fil de ses pensées métaphysiques. Il en ferma les yeux de plaisir mais ouvrit une oreille pour continuer d'écouter la suite du discours d'Auguste Verjon :

– Eh bien ! mes amis, tout cela existe déjà ! À Paris… à Marseille… à Lille… à Saint-Martin-des-Remparts !

Alors ? pourquoi pas à Sainte-Rhéa ? Pourquoi pas ? répéta le ministre en regardant Jean Benoît sous le nez.

– Oui… pourquoi pas ? se crut obligé de répéter ce dernier.

Auguste Verjon zigzagua parmi ses invités, les yeux levés vers le lustre, à la poursuite de ses idées. Il fit un demi-tour sur un talon :

– Sainte-Rhéa que j'adore, reprit-il, est, par sa situation géographique, économiquement oubliée. Et vous, Rhéalais, mes frères, je me dois de vous le dire, vous vous laissez lentement ensevelir sous le poids de vos chères habitudes…

Auguste Verjon fit une inspection rapide des fauteuils : « Mais j'ai bien l'impression qu'ils s'endorment », constata-t-il.

Il tapa bien fort sur une table, faisant vibrer un carillon :

– Vous n'avez pas le droit ! cria-t-il.

Il y eut un redressement général parmi les fauteuils et les canapés.

– Vous n'avez pas le droit, reprit-il plus bas, de vous laisser aller, alors que toute l'Europe va de l'avant. Habitants de Sainte-Rhéa, mes frères, soyez des Français d'Europe et allez de l'avant avec elle.

Édouard Pinson, le visage tordu par la fumée de son cigare qui lui piquait les yeux, acquiesça énergiquement :

– C'est vrai !

– C'est vrai ! reconnurent unanimement tous les conseillers municipaux assis autour de leur adjoint.

Le ministre les remercia d'un sourire discret :

– Avec votre accord, nous allons faire de Sainte-Rhéa la commune fanion de l'Europe ; et pour vous, enfin, une ère nouvelle va commencer. Comment ? Je vous l'ai dit, j'ai un plan : le voici !

Il alla jusqu'à une grande carte d'état-major que Pierre Bretonnet venait d'épingler entre une peinture flamande du XVIe siècle et une lithographie du siècle dernier :

– Vous reconnaissez, bien entendu, cette zone qui s'étend de la pointe des Sables jusqu'au calvaire que nous avons inauguré il n'y a pas très longtemps…

Il y eut un murmure d'approbation dans la salle.

– Vous y avez tous des parcelles de terrains que vos arrière-grands-parents et vos parents cultivaient et que vous, vous avez dû abandonner parce que ce sol aride, brûlé l'été par le soleil, et l'hiver par les embruns, ne vous rapporte plus que des fougères, des herbes salées et quelques bouquets de pâles immortelles.

Auguste Verjon se tut un court instant, juste le temps de prendre un petit ton enjoué :

– Et malgré tout, vous continuez à payer des impôts pour une terre qui ne vous rapporte rien !

À nouveau, il y eut un murmure d'approbation parmi les fauteuils et les canapés. Seule la balancelle du père Baboche n'émit qu'un ronflement un peu plus sonore.

– Alors, pourquoi les gardez-vous, ces terres ?

– Parce qu'on ne peut pas les vendre, répondit la voix toujours triste du Grand Raymond.

– Eh bien ! aujourd'hui, je vous le dis en face, le comité de défense des intérêts de Sainte-Rhéa que nous avons créé, votre dévoué maire, M. Pierre Bretonnet et moi-même, le C.O.D.I.S.R. vous achètera vos terrains ! Nous nous y engageons solennellement !

Une telle déclaration engendra immédiatement un gros remue-ménage parmi les invités, à tel point que le père Baboche dut cacher sa tête sous un coussin pour continuer à ronfler à l'aise.

– Combien valent-ils, vos terrains ? cria le ministre afin de se faire entendre.

Le remue-ménage se fit un peu plus grand.

– Combien valent-ils ? répéta Auguste Verjon.

Le Grand Raymond profita d'une courte accalmie pour aventurer :

– Au moins 2,50 – nouveaux – francs le mètre carré, tout en pensant qu'il serait bien heureux de le vendre à 1 franc.

Le ministre fit comprendre qu'il souhaitait un peu de silence pour continuer :

– Mesdames, messieurs, je prends ici l'engagement formel, en qualité de président du C.O.D.I.S.R., cet organisme qui sera reconnu, sous peu, d'utilité publique, de vous acheter vos terrains 5 francs le mètre carré !

Ce ne fut pas un simple remue-ménage, ni un chahut dans la salle d'honneur du château, mais bel et bien une véritable explosion suivie d'une onde de choc pendant laquelle les matières grises se livrèrent à de savants calculs.

– Voyons, voyons… j'ai un terrain qui vient de l'oncle de ma femme, bien placé sur le chemin qui mène à la pointe. Il doit bien faire près de cinq ares, à 500 francs le mètre… ça doit faire… Ah ! oui, mais mon beau-frère doit en avoir droit à la moitié… ça ne fait plus que…

Et pendant un long moment, tous les Rhéalais se lancèrent dans des calculs à ne plus en finir.

Auguste Verjon en profita pour se diriger vers le buffet et se désaltérer. Au passage, il jeta un regard furtif à ses deux amis qui, d'un mouvement discret de paupières, lui firent comprendre qu'ils étaient satisfaits de l'effet escompté. Derrière eux, les trois secrétaires de ses messieurs, indifférentes à tout ce vacarme, étaient profondément absorbées dans une étude comparative de leur rouge à ongles.

Maintenant, tous les vendeurs potentiels avaient besoin de plus amples précisions et l'entretien changea d'aspect. Le monologue du ministre devint dialogue avec les principaux intéressés. Les questions fusaient toutes à la fois, mais heureusement, Ferdinand Lecomte et Pierre Bretonnet étaient là pour aider le président du C.O.D.I.S.R.

Paul Vinard, armé d'une grosse tartine de rillettes, vint se planter devant le ministre :

– Dites-moi, Auguste, mais le C.O... C.O...

– Le C.O.D.I.S.R. ?

– Oui, le C.O.D.I.S.R., qu'est-ce qu'il va faire de ces terrains ?

Auguste Verjon prit amicalement Paul Vinard par la manche de sa chemise qu'il avait remontée au-dessus des coudes pour être plus à l'aise :

– Paul, mon cher ami, ceci est la deuxième partie de mon plan et je vais l'expliquer à tous sans plus tarder si vous voulez bien avoir l'extrême amabilité de m'écouter.

On fit rapidement quelques provisions de bouche et on replongea dans son fauteuil, prêt à boire comme du petit vin les paroles du ministre.

Auguste Verjon toussota poliment dans le creux de sa main, s'essuya la commissure des lèvres délicatement avec l'extrémité de son index car il n'avait pas réussi, malgré toute sa bonne volonté, à cracher entre ses pieds, comme le faisaient les pêcheurs, chez Gros-Lulu. Il fit un grand sourire :

– Rassurez-vous, je serai bref. Oui, vos terrains ? Que valent-ils en vérité ? Eh bien ! je vais vous le dire : ils ne valent rien !

Des fauteuils et des canapés s'éleva une houle de protestations suivie d'une vague de déception et, derrière les amours de marbre, le Grand Raymond fut un bon moment à rechercher bruyamment son souffle après avoir failli s'étrangler en avalant de travers.

D'un geste de la main, le ministre se voulut rassurant :

– Vos terrains ne valent rien, mais l'air qui est dessus, chargé de sel et d'iode, purifié par un soleil généreux et le vent venu du large, lui n'a pas de prix pour le citadin qui pendant onze mois de l'année respire l'air pollué de la grande ville. C'est cet air que le C.O.D.I.S.R. va vendre en revendant vos terrains !

– Ah ! bien, merde alors ! Fallait tout de même y penser.

– Et l'année prochaine, dès le printemps, grâce au labeur acharné de notre ami Bretonnet et de toute son équipe, s'élèveront sur ces terrains de coquettes villas dans lesquelles, des enfants, avenir de notre pays, pourront – grâce à vous ! – venir faire provision de santé. Assurance d'une France pleine de promesses de jours heureux ! Je vous le répète, grâce à vous, Rhéalais, mes frères, les portes de l'avenir s'ouvrent toutes grandes sur un monde enfin meilleur. Voilà ce que je voulais vous dire. Je vous remercie d'avoir eu la patience de m'écouter.

La salle entière se leva pour applaudir à tout rompre. Même le père Baboche, qui n'avait rien entendu du discours, sauta promptement de sa balancelle pour frapper dans ses mains.

XV

À L'EXTRÊME POINTE DE sa propriété – la partie la plus proche de Sainte-Rhéa – le nouveau châtelain de Montpardy fit rapidement construire un coquet chalet de bois, de pur style savoyard. Son aspect contrastait avec les maisons du pays, blanches à volets verts, et donnait l'impression, avant même qu'on y soit entré, d'être déjà un peu parti en voyage. C'est là que le C.O.D.I.S.R. avait établi ses bureaux. À vélo, c'était à peine à dix minutes du bistrot de Gros-Lulu, mais c'était déjà un peu le pays du rêve. C'est là que Gladys, Gislaine et Huguette, chacune à leur tour, accueillaient les visiteurs, le sourire plein de promesses, le décolleté généreux et le parfum enivrant, dans un décor de plantes vertes à faire pâlir de jalousie Mme Pinson elle-même.

Dès le premier jour de l'ouverture, le bureau ne désemplit pas. Gros-Lulu aurait pu en prendre ombrage, mais heureusement pour lui, la permanence du C.O.D.I.S.R. fermant à 17 heures, la population mâle se retrouvait, comme à l'accoutumée, chez lui, le coude sur le zinc, bien avant que la nuit ne tombe.

Malgré tout le charme déployé par les hôtesses d'accueil, le Rhéalais, de vieille souche rurale, hésitait beaucoup avant de prendre une décision. Il venait et revenait plusieurs fois. Parfois même, il repartait sans rien dire à cause d'un voisin devant lequel il ne voulait pas s'exprimer ou bien, au contraire, prenait à témoin toute l'assistance présente ainsi que ses ancêtres depuis longtemps disparus.

Les charmantes hôtesses écoutaient avec beaucoup d'intérêt et une patience infinie, sans se départir un seul instant de leur sourire, et cela se terminait toujours par une signature au bas d'une promesse de vente.

Un mois après son ouverture, tout Sainte-Rhéa avait défilé dans le bureau du C.O.D.I.S.R. Tout Sainte-Rhéa, sauf Julo la Biette. Il avait pourtant un terrain à la pointe des Sables : la vigne que son fils Amédée allait désherber de temps à autre. Elle n'était pas bien grande, mais placée au beau milieu de la zone dans laquelle devait s'élever bientôt les grands projets du ministre.

Sur les conseils de Ferdinand Lecomte, Gladys alla donc voir Julo. Elle en repartit très vite. Elle n'avait jamais été violée car aucun homme n'avait eu besoin d'employer ces méthodes avec elle, mais elle crut bien l'être ce jour-là, lorsqu'elle vit les petits yeux révulsés de Julo, l'écume moussant au coin de ses lèvres et ses gros ongles noirs s'approcher de sa poitrine comme autant de griffes menaçantes. Elle se sauva aussi vite que lui permirent ses hauts talons. Ce n'était pourtant pas des idées de viol qui tourbillonnaient, à ce moment-là, dans la tête de Julo la Biette. Ce n'est pas au contenu du corsage de la belle secrétaire qu'il en voulait quand il dirigeait vers elle ses mains tremblantes, non ! Julo était bien trop aveuglé par la colère. Non, ce n'était pas Gladys qu'il menaçait, mais tout simplement ses deux ares de vignes qu'il défendait.

Lorsque pour le week-end Ferdinand Lecomte revint de Paris, Gladys lui rapporta son entrevue avec M. Jules Marcelet :

– On voit bien que tu n'es pas habituée à fréquenter ce genre d'homme, lui dit-il sur un ton paternel.

– Je l'avoue... reconnut Gladys qui pourtant avait acquis dès son jeune âge une grande expérience.

Le maire de Sainte-Rhéa regarda sa montre avant de regarder sa secrétaire. Son visage exprimait la décision énergique :

– Je vais aller le voir sans plus attendre.

Julo la Biette était dans sa vigne :

– Bonjour Julo ! Comment vas-tu ?

Ferdinand Lecomte eut droit à un grognement en guise de réponse, mais ne désarma pas pour autant :

– Quel temps, hein ? C'est bon pour la vigne, non ?

– Pourquoi pas ? bougonna Julo.

– Oui, pourquoi pas ?... approuva le maire qui ne voulait surtout pas le contrarier.

Il feignit d'observer d'un peu plus près les sarments qui couraient sur le sable chaud :

– Bien que... bien que... elle commence à ne plus être très jeune, ta vigne, et j'ai bien peur que cette année, elle ne te rapporte pas assez de vin pour en vendre...

Julo sortit la tête du cep sur lequel il était penché :

– Je ne le vends pas, mon vin, je le bois !

Le maire fut un instant décontenancé par cette réponse qu'il n'avait pas prévue. « Assez tourné la cuillère autour du pot, je n'ai vraiment pas de temps à perdre avec ce cul-terreux », se dit-il. Il prit un petit ton guilleret pour enchaîner :

– Sais-tu que tous les terrains autour de ta vigne sont vendus ?

– Ouais ! Et après ?

– Après ? après ? Dès le printemps prochain, tout autour de ta vigne s'élèveront une centaine d'habitations peuplées de joyeux vacanciers. Je crains pour toi qu'ils viennent manger tes raisins avant même que tu n'aies eu le temps de les vendanger.

Julo chercha de ses petits yeux ronds le regard que Ferdinand Lecomte cachait derrière ses épais sourcils :

– Qu'ils y viennent ! J'ai mon fusil de chasse toujours prêt !

L'édile de Sainte-Rhéa se gratta distraitement le front, se questionnant sur l'opportunité de sa stratégie, puis il cracha dans le sable afin de rappeler à Julo qu'il était bien un enfant du pays, avant de continuer sur le petit ton enjoué qu'il avait adopté depuis le début de sa venue :

– Mon cher Julo, je sais que tu plaisantes, mais pense tout de même, que si tu vendais ton terrain, ce petit bout de terrain qui ne te rapporte rien, avec l'argent que tu en tirerais, tu pourrais t'acheter du vin autrement meilleur et cela, jusqu'à la fin de tes jours !

Julo la Biette posa son outil archaïque, enjamba les rangées de ceps, et vint se placer sous le nez du maire qui recula d'un pas, soit par crainte, soit à cause de l'haleine de son interlocuteur. Julo bavait, le blanc de ses yeux était veiné de rouge et ses mains pleines de terre tremblaient. « Il ne va tout de même pas me violer », se dit Ferdinand Lecomte en se rappelant les faits relatés par sa secrétaire.

– J'veux pas le vendre, mon terrain ! Et j'le vendrai jamais ! Il est à moi, et vous ne l'aurez jamais ! Jamais ! vociféra Julo en se tapant la poitrine.

– Calme-toi, Julo ! Calme-toi !

Tout en reculant vers la traction qu'Édouard Pinson lui avait prêtée, Ferdinand Lecomte ne cessait de répéter : « Calme-toi, Julo ! Calme-toi ! » mais Julo la Biette n'entendait pas ce que lui disait son visiteur. Il n'entendait rien que le sang qui bourdonnait à ses oreilles et continuait à hurler :

– Avant, elle était à mon grand-père, cette vigne, et encore avant, elle était à mon arrière-grand-père !

Il renifla un bon coup et s'essuya le nez au revers de sa manche de chemise :

– Et maintenant, elle est à moi, cette vigne, et elle ne sera jamais à personne d'autre. Jamais vous ne l'aurez, ma vigne ! Et mon pinard non plus ! Et si quelqu'un veut y toucher, il est prévenu : mon fusil de chasse !

Ferdinand Lecomte creusa les reins. Il eut l'impression de sentir dans le bas de son dos le contact froid du canon du fusil de Julo. Heureusement ce n'était que la poignée de porte de la voiture. Il ouvrit précipitamment la portière et se laissa tomber sur le siège. Il était pâle et transpirait à grosses gouttes. Pendant que Julo la Biette reprenait son souffle, il lui dit sur un ton qui n'avait plus rien d'enjoué mais où, au contraire, sourdait un embryon de menace :

– Tu as tort, Julo, tu as tort ! Tu ferais mieux de changer d'avis.

– Mon fusil de chasse, ouais !

Pour appuyer ses dires, il pointa ses deux index en direction de Ferdinand Lecomte qui eut vraiment l'impression de voir le double canon du fusil de Julo. Prudent, le député-maire préféra ne pas insister.

– Il y a quand même moins de risques à la chambre des députés, dit-il à haute voix tandis qu'il s'éloignait.

XVI

EXCEPTIONNELLEMENT TOUS LES CONSEILLERS poussèrent la porte de la salle de réunion bien avant l'heure prévue. Même Édouard Pinson ! Pour ne pas être en retard, il n'avait pas hésité à écourter sa visite à la femme de Julo la Biette. Il est vrai que ce n'était pas tous les jours que M. Auguste Verjon, ex-ministre de l'Agriculture, présentement ministre du Tourisme et président du C.O.D.I.S.R., honorait de sa présence la réunion du conseil municipal de Sainte-Rhéa.

Tous étaient donc là, dans la grande salle, certains bien à l'aise, dans leur vareuse de pêcheurs, d'autres à moitié strangulés par une cravate homicide et discutaient fort entre les quatre murs décorés des photos des anciens maires de la commune, quand, mains dans les poches de son pantalon de toile bleue et la casquette en arrière comme un matelot en goguette, Auguste Verjon grimpa les escaliers de la mairie.

Le brouhaha fit progressivement place au silence.

– Bonjour mes amis ! claironna le ministre en appuyant ses mots d'un geste large de la main.

– Bonjour monsieur le ministre ! répondirent en chœur les conseillers, car on ne pouvait tout de même pas appeler par son prénom un ministre qui vient présider une réunion de conseil municipal ! Question d'éducation.

Il serra chaleureusement toutes les mains plutôt deux fois qu'une et, en homme d'action dont il aimait donner l'image, à brûle-pourpoint il demanda :

– Alors ? Où en est-on dans ces ventes de terrains ?

On se précipita pour lui montrer sur la carte les parcelles acquises par le C.O.D.I.S.R.

– Très bien ! Très bien ! s'extasia le ministre. Et ceux-là… entourés de rouge, qu'est-ce ?

– Ce sont ceux qui ne sont pas encore acquis, s'empressa de répondre Édouard Pinson.

– Celui-là est à Justinien Merlo, précisa Ferdinand Lecomte.

– Il ne veut pas le vendre ? s'inquiéta le ministre.

– Si ! Enfin… peut-être… Il ne sait pas encore. Il veut réfléchir davantage. Il est devenu méfiant depuis l'histoire qui lui est arrivée.

– Ah ! oui... fit évasivement le ministre qui ne se souvenait pas du tout de quelle histoire il s'agissait. Mais il suffira d'insister un peu, je présume.

– Mais nous avons déjà insisté.

– Et que répond-il ?

– Rien ! ou presque rien. Il roule sa cigarette et prétend qu'il a encore besoin de réfléchir.

– J'irai lui rendre visite et le convaincrai moi-même. Et cet autre terrain entouré de rouge ?

– Il appartient à Jules Marcelet. Il est assez réfractaire au projet et je pense que, là aussi, il vaudrait mieux que ce soit vous-même, monsieur le ministre, qui alliez le voir, suggéra le maire dont le front se perlait de sueurs froides à la seule pensée du fusil de Julo la Biette.

– Bien ! j'irai voir ce M. Marcelet dès demain.

Il s'ensuivit un court silence car personne n'osa s'aventurer à dire au ministre qui était Julo la Biette et chacun se contenta d'imaginer, à sa façon, l'entrevue des deux hommes.

– Monsieur le ministre, la parole est à vous quand vous le voudrez, proposa Ferdinand Lecomte.

Les conseillers s'installèrent un peu mieux dans leur chaise inconfortable et Auguste Verjon, comme il en avait l'habitude, commença à toussoter poliment dans le creux de sa main potelée :

– Mes amis, vous savez que j'ai décidé de faire de Sainte-Rhéa la commune fanion de l'Europe. Pour cela, grâce à vous et au C.O.D.I.S.R., dès l'été prochain, une foule d'estivants, l'appétit avivé par le bon air de votre commune, va se précipiter vous acheter le lait de vos vaches, les légumes de vos jardins, les bons fruits de vos vergers, les poissons de vos filets, les homards et les crabes de vos casiers... Mais à l'automne ? Elle repartira, cette foule ! Et alors retombera le fanion de l'Europe. Il retombera lamentablement sous un ciel à nouveau menaçant, noir et sans horizon...

Le ministre se tut un instant, parcourant lentement du regard son auditoire afin de lui donner le temps de bien assimiler les possibilités d'une telle catastrophe.

– Non ! Je dis non, il ne doit pas retomber ! Il doit continuer de flotter bien haut, ce fanion ! Très haut dans le ciel bleu de Sainte-Rhéa-la-Blanche !

Auguste Verjon souleva comme un fanion le porte-documents qu'il tenait à la main :

– Et il flottera ! Vous en avez ma parole de ministre.

Le maire applaudit bien fort et les conseillers municipaux applaudirent de même.

Le ministre enchaîna sur un ton plus confidentiel :

– Mes services ont longuement étudié une proposition qui m'a été faite. Je m'y suis moi-même penché avec beaucoup d'intérêts. Et après avoir longuement réfléchi, j'ai dit oui à ce projet fantastique. J'ai dit oui pour Sainte-Rhéa, fanion de l'Europe.

Auguste Verjon fit une nouvelle pause avant de lâcher sa bombe :

– Nous allons faire de Sainte-Rhéa, dit-il en ponctuant chaque mot d'un coup de poing sur la table, la station européenne, sinon mondiale, de la guérison de cette maladie, je devrais dire de ce fléau, qu'est la volanite.

Il se tut et dévisagea l'un après l'autre les membres de l'assistance. Apparemment, la bombe n'avait pas explosé, car personne ne broncha.

– Ah ! oui… la volanite… hasarda timidement Édouard Pinson qui avait horreur de montrer son ignorance.

Le ministre du Tourisme comprit qu'il devait donner quelques explications :

– La volanite, comme vous le savez tous, est cette maladie qui, selon les statistiques, atteint à ce jour 73,87 % des personnes qui ont l'occasion de tenir un volant dans leurs mains. Et quand je vous aurai dit que sur ces 73,87 %, 32,06 % sont atteints de volanite aiguë, vous admettrez avec moi, j'en suis sûr, qu'il y a lieu de s'inquiéter.

Effectivement, l'inquiétude se lut aussitôt sur le visage de tous les conseillers.

– Et qu'a-t-on fait ? continua le ministre. Qu'a-t-on fait, jusqu'à maintenant, pour combattre ce fléau qui endeuille tant de familles ?

Personne dans l'assistance ne put répondre à sa question. Même pas Édouard Pinson.

Auguste Verjon tapa trois fois du plat de la main sur la table :

– Rien ! Rien ! Rien !

Il se tut, regarda son auditoire, constata avec satisfaction que tous semblaient intéressés et continua donc sur un ton débonnaire :

– Je ne vous lirai pas le long rapport que j'ai là dans ma serviette. Il est bien trop long et bien trop fastidieux. Mais sachez tout de même que la volanite entraîne bien souvent la mort et encore plus souvent la diminution physique ou mentale, quand ce n'est pas les deux à la fois.

Une main se leva au-dessus des crânes de l'assistance.

– Je vous en prie, je vous écoute.

– Je vous demande pardon, monsieur le ministre, mais est-ce que la maladie atteint également les gens qui font du vélo ? demanda un conseiller inquiet.

Le ministre eut un sourire rassurant :

– En général, non ! Il ne faut pas confondre, en effet, la volanite et la vélonite. Bien que l'on trouve encore quelques cas isolés de vélonite dans les pays en voie de développement et, de-ci de-là, parmi quelques écologistes rétrogrades, la vélonite, selon les derniers rapports de l'O.M.S., serait en cours de disparition, et les quelques cas encore connus à ce jour restent très bénins.

– Ah ! bon, fit le conseiller, tranquillisé.

– Nous allons donc faire de Sainte-Rhéa, si vous êtes d'accord évidemment – mais le ministre savait qu'il obtiendrait sans peine la majorité – le centre européen de la guérison de la volanite.

Cette révélation fut aussitôt suivie dans la salle d'une rumeur qui n'avait rien d'hostile. La bombe, lancée tout à l'heure par le ministre, était en réalité une bombe à retardement, et Auguste Verjon dut lever la voix pour se faire entendre :

– J'ai déjà soumis ce projet au gouvernement, et vous ne serez pas surpris, je présume, si je vous dis que non seulement j'ai son accord, mais aussi les crédits !

La rumeur gonfla à nouveau. L'orateur la laissa enfler un moment, sourire aux lèvres, oreilles complaisantes, avant de l'apaiser d'un geste de la main :

– Est-ce que l'un d'entre vous pourrait aller me chercher la maquette qui se trouve dans le coffre de ma voiture, s'il vous plaît ?

Quatre conseillers se levèrent spontanément. « Comme à l'école primaire, ne put s'empêcher de penser Ferdinand Lecomte, lorsque le maître demandait de sortir secouer le chiffon poussiéreux de craie. Les bons élèves se précipitaient, volontaires pour faire plaisir au maître, et les mauvais aussi, volontaires pour aller prendre l'air. »

On apporta la maquette avec mille précautions. Elle disparut aussitôt sous les têtes penchées.

– On dirait Sainte-Rhéa, aventura Jean Benoît.

– Mais c'est Sainte-Rhéa, rétorqua, radieux, Auguste Verjon.

– Ah ! oui. Regarde l'église !

– Et là ! le port.

– Et le bistrot de Gros-Lulu !

La maquette était très bien faite. On pouvait même y voir de jolies petites vaches noires et blanches broutant dans des prés verdoyants et des petites barques prêtes à prendre le large sur une mer bleue ignorant la tempête.

Le ministre laissa les conseillers, comme soudain échappés des mains de Gulliver, se promener à leur gré dans les rues de leur village. Enfin, l'un d'eux lui posa la question qu'il attendait :

– Mais quelle est cette ville à côté ? Ce n'est tout de même pas Saint-Martin-des-Remparts ?

Le ministre ouvrit très grand les bras et prit un ton très solennel :

– Messieurs, cette ville est Sainte-Rhéa 2, le centre européen de la guérison de la volanite.

La maquette disparut à nouveau sous les têtes penchées.

– Comme vous pouvez le voir, reprit le ministre, Sainte-Rhéa 2 est en partie construite sur ma propriété...

– Ah ! oui, c'est vrai.

Il s'ensuivit un nouveau murmure qu'Auguste Verjon se précipita habilement d'apaiser :

– Pourquoi, vous demandez-vous ? Tout simplement, mes chers amis, parce qu'il est normal qu'un ministre montre l'exemple. Vous n'avez pas hésité, vous, à vous séparer des terres de vos ancêtres afin qu'en bénéficient les gens de la ville ? Il est donc logique, à mon tour, que je sacrifie quelques hectares pour le bien être de la commune. Je ne vous cache pas que cette partie marécageuse que je cède et sur laquelle M. Pierre Bretonnet construira Sainte-Rhéa 2, mon intention première était de tout bonnement la donner, pour vous remercier de m'avoir accepté parmi vous. Mais on m'a fait remarquer très justement que l'opposition malveillante ne manquerait pas d'y voir là une manœuvre électorale de ma part…

Auguste Verjon posa sa main droite à gauche, à l'emplacement de son portefeuille, au-dessous duquel était son cœur.

– À contrecœur, je me suis donc résigné à vendre ce terrain… le prix que je l'ai acheté, évidemment !

Bien que tout le monde eût la question sur le bout des lèvres, personne n'osa lui demander le prix qu'il l'avait acheté.

Il mit son ongle bien fait au milieu de la maquette :

– Regardez ! Ici, le circuit automobile. C'est là que commencera le traitement de la volanite.

Toutes les têtes se tournèrent dans sa direction. Il lut, comme il s'y attendait, l'incompréhension la plus complète dans les regards.

– Je m'explique. Ce circuit comprend une grande ligne droite pour les malades atteints de la folie de la vitesse. Cette longue ligne droite est, comme vous pouvez le voir, fréquemment parsemée de cassis et de nids-de-poule pour les maniaques du volant. Elle est entrecoupée aussi de petites routes secondaires avec de nombreux panneaux : priorité à droite, croisement de deux routes de même importance, stop, feux rouges, motards, vitesse limitée, etc. Autrement dit, autant d'obligations qui, répétées quotidiennement, stressent ceux qui les subissent et finissent par leur provoquer la volanite.

– Mais alors ? Sur ce circuit, ce sera comme partout ailleurs ?

– Exactement ! Excepté que, sur ce circuit, la liberté de brûler les stops, de faire un bras d'honneur aux motards – car ils seront en plastique –, de ne pas respecter la vitesse, sera des plus complètes.

– Il n'y aura pas de gendarmes, des vrais, pour verbaliser les infractions ?

– Oh ! surtout pas ! Les sommités médicales sont formelles à ce sujet : surtout pas de gendarmes. Il ne faut pas oublier que nous avons à faire à des malades. Le moindre petit entretien avec un représentant de la maréchaussée ne pourrait qu'amplifier la maladie de ces volanitiques venus là pour guérir.

– Mais n'est-ce pas dangereux, cette méthode de soins ? questionna Édouard Pinson en allumant un petit cigare.

– Si vous voulez faire allusion aux risques d'accidents, il y en aura, c'est certain. Mais, pour employer le jargon médical, il ne conviendra plus d'appeler ses différents heurts des accidents, mais au contraire, des chocs salutaires propres à activer la guérison.

– Tout de même, je trouve le traitement un peu fort... avança timidement Jean Benoît.

– Non ! pas fort, mais énergique. Pensez en outre que ces chocs auront lieu entre malades alors qu'ils pourraient très bien avoir lieu sur la route, avec des personnes en bonne santé, victimes innocentes de volanitiques aigus ?

– Je trouve quand même que c'est un traitement dangereux, insista le conseiller.

– Rassurez-vous, nous avons tout prévu...

Le ministre promena sur la maquette un doigt orné d'une grosse chevalière en or :

– Ici, un cimetière de 4 500 places pour les incurables car, hélas ! il y en aura… Et là, pour les cas moins extrêmes, un hôpital des plus modernes pour les grands blessés.

Cette déclaration créa des réactions diverses parmi les conseillers. Auguste Verjon n'y prêta pas attention et continua :

– Quand les curistes viendront, soit par le grand axe routier que voilà, empruntant ce magnifique pont s'ils sont aptes à conduire eux-mêmes, soit par chemin de fer si un jugement les a reconnus interdits de conduite sur la route, ces curistes, dis-je, ne viendront jamais seuls. Ils viendront avec leur femme, leurs enfants ou leurs parents. C'est pour cette raison qu'il a fallu également prévoir des hôtels allant de la petite auberge à l'hôtel de grand standing, car tout le monde aura le droit de venir guérir à Sainte-Rhéa 2 de cette maladie qui frappe indifféremment toutes les classes sociales, que ce soit le simple manœuvre ou le président-directeur-général.

– C'est très juste, remarqua Édouard Pinson.

– Entre deux séances de soins, nos curistes et leur famille auront besoin de se distraire, de faire des achats… C'est pour cela que nous avons prévu, dans la grande rue centrale, des magasins, des bars, des boîtes de nuits, des cinémas, des banques, enfin, tout ce qui fait l'animation d'une ville…

Le ministre reprit sa respiration :

– Sans oublier une église, ajouta-t-il, levant les yeux vers le plâtre craquelé du plafond. Sans oublier non plus des garages pour la réparation des voitures et une gendarmerie tout de même, pour la circulation en ville.

– Les soins coûteront chers ? demanda Édouard Pinson.

Depuis qu'il avait vendu un terrain à la pointe des Sables, il s'était débarrassé de sa vieille traction pour acheter une voiture plus puissante et craignait, depuis le début de la réunion, d'avoir décelé en lui quelques symptômes de volanite.

– Actuellement le montant des soins est très élevé. C'est vous, c'est moi, qui les payons par le truchement des impôts. Mais dorénavant chaque acquéreur d'une nouvelle voiture contractera obligatoirement une assurance – l'assurance volanite mise au point par les services spécialisés des assurances La Planète dont je suis le président-directeur. Elle mettra ainsi le conducteur à l'abri de tous les frais que ne manque pas d'engendrer cette affreuse maladie et soulagera en même temps d'un impôt injuste ceux qui n'ont pas de voiture.

Jean Benoît hocha longuement la tête avant d'exprimer à haute voix ce qui était le point de vue de tous.

– Il faut reconnaître que c'est drôlement bien étudié.

Modeste, le ministre sembla ne pas entendre le compliment :

– Je vous laisse imaginer tous les emplois nouveaux que cela ne manquera pas de créer. Il va de soi que vous, Rhéalais, serez prioritaires. Il va falloir des chirurgiens, des garagistes, des restaurateurs, des peintres, des cantonniers, des serveurs, des serveuses, des croque-morts, que sais-je encore ?

– Croque-morts, à la rigueur, je peux le faire, mais chirurgien ? Mis à part mettre des ventouses et des cataplasmes... avoua un conseiller en se grattant, perplexe, le sommet du crâne.

À 23 h 45, le conseil municipal levait la séance après avoir accepté le projet à l'unanimité.

XVII

Les énormes engins de l'entrepreneur des travaux publics Pierre Bretonnet ne tardèrent pas à arriver à Sainte-Rhéa, comme l'avait promis le ministre. Dans un bruit qui fit trembler les vitres et lézarda les vieilles demeures, les monstrueux véhicules traversèrent Sainte-Rhéa.

Sans attendre, ils mordirent dans la pointe des Sables et ouvrirent une route large et spacieuse de chaque côté de laquelle on allait construire les villas. Comme prévu au plan, Sainte-Rhéa 2 serait mise en chantier aussitôt après.

– Simple question de budget ! comme le disait le ministre.

Assis sur la branche d'un gros figuier, Amédée s'évertuait, depuis près d'une heure, à réciter à Pierrette les huit lignes résumant la vie de Clovis quand, laissant brusquement tomber Clovis et son vase, il s'exclama :

– Regarde ! Ils enlèvent le buisson de tamarin et le nid de chardonnerets !

Pierrette leva ses grands yeux verts du livre qu'elle tenait sur ses genoux.

Enserré entre des griffes géantes, le bouquet d'arbre au feuillage vert tendre traversait un morceau de ciel, racines en l'air.

Amédée serra les poings, et dans ses yeux une lueur de colère le fit, un court instant, ressembler un peu plus à son père. Heureusement pour lui, Pierrette était à la recherche du couple de chardonnerets.

– S'ils viennent ici, je les fais tous sauter, assura Amédée, répétant des paroles qu'il avait dû entendre prononcer à la maison.

– Et on se sauvera en Amérique ! enchérit Pierrette, toute joyeuse.

Pas très loin des deux enfants se trouvait Julo la Biette. Il était dans sa vigne et ne regardait pas voler les chardonnerets. Depuis quelque temps, il y passait des journées entières. Successivement, il avait taillé, labouré, sarclé, sulfaté, soufré et recommencé... sans quitter des yeux les énormes machines qui, inexorablement, approchaient et se jouaient des dunes en les faisant disparaître, affolant les lapins de garennes, les mouettes et les goélands. Très vite, il ne resta plus rien de ces petites collines de sable édifiées au cours des siècles par le vent et la mer et sur lesquels les aïeux de Julo la Biette avaient couru pieds nus, agitant leur fanal afin d'attirer les grands voiliers vers le rivage.

Le pauvre Julo avait beau cracher et jurer sans cesse, le bruit des machines qui, chaque jour, approchaient davantage, couvrait sans peine le son de sa voix.

Avec rage, dans un dernier espoir, il enfonça à grands coups de masse, tout autour de sa vigne, des piquets de châtaignier jusqu'à ce que leur bout pointu vienne s'aplatir sur la couche calcaire dissimulée sous la faible épaisseur de sable. Après y avoir cloué quatre rangées de fil de fer barbelé aux piquants acérés, suant, soufflant et les mains en sang, il se retourna vers les engins de Pierre Bretonnet avec dans les yeux la même lueur que venait d'avoir son fils quelques instants plus tôt. Mais son poing qu'il levait en direction des travaux retomba au bout de son bras, ses doigts, noueux et racornis, s'ouvrirent comme à regret et se mirent à trembler d'une rage impuissante. Il se laissa tomber sur la grosse pierre que son grand-père avait mise pour marquer la limite de sa propriété. Les épaules étroites de Julo semblaient prêtes à toucher le sable de la vigne. La tête basse, il leva ses petits yeux ronds pour suivre le grand pin parasol qu'il avait toujours connu. Il balançait dans le ciel, l'écorce à vif, mordu cruellement par les dents acérées d'une énorme chenille de fer et d'acier.

Alors, pour la première fois, Julo eut peur pour ses piquets et la vigne qu'ils devaient protéger. Le combat était trop inégal. Péniblement, il se leva. Il semblait avoir beaucoup vieilli en quelques minutes et la poussière que la sueur avait collée sur son visage accentuait cette impression. Abandonnant ses outils sur place, traînant ses pieds nus sur le sable chaud, tête basse, mains jointes derrière le dos, Julo la Biette se dirigea vers son chai, le seul endroit où il pouvait encore espérer trouver du réconfort.

À partir de ce jour-là, il y eut chez Julo un revirement total de comportement. On ne le vit plus du tout dans sa vigne et il se désintéressa complètement de toutes ses activités quotidiennes. Perdant d'un seul coup toute intention belliqueuse, on le vit du matin au soir sur le chantier, mains dans les poches et nez en l'air, amusant par ses allures maladroites ingénieurs, contremaîtres et manœuvres. Mais Julo, bon diable, ne s'offensait pas du tout des réflexions que l'on pouvait faire sur son compte. Il en était même le premier à en rire. Il vint même, un après-midi où il faisait particulièrement chaud, avec une bombonne de quinze litres de vin. Évidemment, on ne pouvait pas boire le vin de Julo sans faire la grimace, mais il faisait tellement chaud et, comme le vin était frais, de l'ingénieur en chef au dernier des manœuvres, personne n'en refusa.

Le lendemain, pure coïncidence sans doute, tout le personnel de l'entreprise Pierre Bretonnet fut malade et ne put se rendre au travail, de l'ingénieur en chef au dernier des manœuvres. Tous durent rester au lit, ne se levant que pour courir vers la cuvette des waters. Le médecin diagnostiqua sans peine une intoxication alimentaire. Pour Gros-Lulu, chez lequel toute l'équipe prenait pension, cette nouvelle fit l'effet d'un outrage et il eut beau tenter de se disculper, il ne put éviter certaines réflexions désobligeantes.

Ce petit accident fut le premier d'une série de mille autres petits ennuis pour l'entreprise de travaux publics et son personnel. On limogea un conducteur d'engin pour faute professionnelle grave lorsque son véhicule étant tombé en panne, on s'aperçut qu'il n'y avait pas une goutte d'huile dans le carter. Il est certain qu'un conducteur sérieux et responsable ne démarre pas le matin sans vérifier le niveau d'huile de l'engin dont il est responsable et il eut beau certifier qu'il avait fait le plein la veille au soir, personne ne le crut. Il fallut trois jours pour remettre en état le monstre.

Le contremaître chargé de l'énorme réservoir de carburant eut aussi de gros ennuis avec sa direction quand, un matin, alors que tous les véhicules attendaient à la queue leu leu pour faire leur plein, on s'aperçut que la citerne était vide tandis que dans le sable, sous le robinet de vidange de l'énorme cuve, une grande tache sombre et malodorante étirait ses reflets mordorés au soleil. Qui d'autre que le préposé pouvait avoir oublié de fermer ce robinet ? Il fut donc congédié sur-le-champ, mais il fallut malgré tout attendre quarante-huit heures avant de pouvoir approvisionner à nouveau les véhicules.

La semaine suivante, la guigne sembla s'acharner sur le chantier. Les goupilles se dispersèrent à qui mieux mieux dans le sable et les durites crevèrent les unes après les autres. Puis ce furent les énormes pneus qui se fendirent et éclatèrent à leur tour. Jamais on n'aurait pensé qu'il y eut tant de vieux clous rouillés dispersés dans les dunes. Tout l'état-major de l'entreprise se pencha sérieusement sur ce problème et, après étude approfondie des clous, on en déduit que, vu leur état de vétusté, il ne pouvait s'agir que des vestiges d'un vieux gréement démoli à cet endroit au siècle dernier. C'est seulement lorsque, par une belle nuit illuminée par la cabane de chantier qui flambait, on s'aperçut que toutes les vitres des véhicules avaient été brisées à coups de galets, que fut émise la thèse de la malveillance. Aussitôt une enquête discrète fut faite auprès des membres du personnel récemment licenciés, soupçonnés de vouloir se venger.

À mi-chemin entre les bulldozers mutilés et la vigne de Julo la Biette, sainte Rhéa, sur son socle de pierre, était très mal à l'aise. Il lui était difficile de regarder vers le ciel, l'air absent, et de ne pas voir les flammes qui montaient jusqu'aux étoiles, éclairant une silhouette malingre qui, cette nuit encore, s'était infiltrée jusque sur le chantier.

– Faux-jeton ! lui dit entre les dents Julo la Biette en s'esquivant dans l'obscurité. Mais il n'osa pas le dire trop fort car il n'avait vraiment pas confiance en cette nouvelle venue qui faisait semblant de ne pas le voir, mais sûrement devait l'espionner du coin de l'œil.

XVIII

CETTE MÊME NUIT, Fernimore McKintely fixait l'horizon, l'œil morne. Dans la position qui lui était coutumière – à demi affalé sur le bossoir – il chantonnait, par habitude, son éternelle complainte écossaise que seul son mégot de cigare, coincé entre ses lèvres, pouvait entendre. En vérité, il n'avait pas du tout le cœur à chanter. Ses idées étaient noires, comme le ciel devant lui, car il en avait plus qu'assez de jouer les navigateurs clandestins sur ce tas de rouille pour un salaire hypothétique.

Une semaine plus tôt, en une nuit, en rade foraine de Carthagène, par la magie de quelques pots de peinture, le *Freetown* avait vu sa cheminée passer du rouge et blanc au bleu et jaune et son nom devenir *Rainbow* et son port d'attache Monrovia. Les documents de bord, apportés par un pseudo-agent de la compagnie fantôme pour laquelle le bateau et son équipage naviguaient, avaient dans le même temps subi une semblable métamorphose.

Le commandant du *Rainbow* cracha son mégot et cessa de chantonner. La nicotine lui brûlait la gorge et le whisky ne lui apportait plus cette euphorie qu'il recherchait dans l'alcool. Il se remit à remâcher une idée qui ne l'abandonnait pour ainsi dire plus, quand Abdulha ben Boukha, le nouvel officier en second embarqué à Malte où ils avaient fait escale pour mazouter, le fit sursauter en lui tapant sur l'épaule :

– Commandant ! Dans deux heures on sera par le travers du phare de Sainte-Rhéa.

– O.K. merci ! répondit sans conviction Fernimore McKintely.

Aussitôt, il reprit le fil de ses idées : « Dans deux heures… C'est grand temps de prendre une décision. »

Il redressa péniblement sa grande carcasse qui avait une forte tendance à s'écrouler et pénétra dans la chambre de veille. Pendant une demi-heure, il parla avec l'officier de quart puis descendit dans sa cabine.

À l'heure prévue par Abdulha ben Boukha, le vieux cargo mettait en panne, à vingt-cinq milles au large du phare de Sainte-Rhéa. Comme à son habitude, le navire se mit aussitôt à rouler bord sur bord, tandis que le bosco et les deux Pakistanais sortaient une dizaine de caisses de la cambuse, prêtes à être affalées le long du bord. Vingt minutes plus tard, après les signaux convenus, un splendide yacht à moteur aux lignes aérodynamiques, sortait de la nuit et venait se ranger le long du *Rainbow*.

– Ma doué béniguette ! ne put s'empêcher de s'exclamer le bosco en crachant à deux mètres le jus de sa chique, ça n'a rien à voir avec le cercueil en acier qui venait d'habitude ; ça, c'est le grand luxe !

Les caisses rapidement transbordées, le yacht fit entendre le bruit de ses puissants moteurs et tandis qu'il manœuvrait pour s'écarter, Fernimore McKintely, du haut de l'aileron de passerelle où il s'était appuyé pour surveiller les opérations, eut le temps de lire, à l'arrière du yacht, avant que le bosco n'éteigne le faible projecteur, « *Triton 2* - Monaco ».

Le commandant du cargo haussa les épaules : « Pas plus *Triton 2* - Monaco que *Rainbow* - Monrovia ». Et il cracha par-dessus bord, par habitude, avant d'entrer dans la chambre de veille :

– O.K. lieutenant ! En avant demi et cap sur le phare de Sainte-Rhéa.

– O.K. commandant.

Le lieutenant montra du doigt au Pakistanais illettré la route qu'il devait suivre. Sans chercher à comprendre, ce dernier obtempéra.

Pendant ce temps, dans sa cabine, Fernimore McKintely troquait sa casquette de commandant contre une casquette écossaise surmontée d'un gros pompon de laine, son uniforme élimé contre un costume de tweed dont il ne chercha même pas à fermer la veste sur son ventre proéminent, jeta un œil dépourvu de tristesse à sa réserve de whisky et de cigares sur l'étagère au-dessus de sa couchette et sortit, une minuscule valise à la main.

Quand ils furent à la limite des hauts-fonds, Fernimore McKintely donna l'ordre de stopper les machines et, à l'aide du jeune lieutenant – pendant que tout l'équipage dormait, à l'exception de ceux qui étaient à leur poste – ils mirent le youyou à l'eau : celui qui avait servi à peindre le nouveau nom à l'arrière du navire, car les canots de sauvetage étaient depuis longtemps impropres à toute navigation.

Le commandant du *Rainbow* serra chaleureusement la main du jeune officier.

– Je pense que nous aurions pu bien nous entendre, malgré notre différence d'âge. Je vous souhaite bonne chance, Abdhula.

– Bonne chance à vous aussi, commandant.

Et, sans plus s'éterniser, avec une aisance surprenante pour sa corpulence, il enjamba le bastingage, sa petite valise pendant sur sa large poitrine, il descendit l'échelle de corde le long du bord et sauta dans la frêle embarcation. D'un coup d'aviron, il l'écarta du cargo.

Deux minutes plus tard, la nuit noire s'était refermée sur lui et le cargo faisait à nouveau cap vers le large.

Le soleil commençait juste à grimper dans le ciel dans une débauche de lumière tandis que la pointe de ses rayons horizontaux teintait d'un rose discret les murs blancs de Sainte-Rhéa-la-Blanche. Mais par ce dimanche matin d'automne, personne n'avait pris la peine de se lever pour admirer le travail de l'immense artiste. Il était bien trop tôt, et Justinien Merlo lui-même ne se hasardait plus, depuis son histoire de sous-marin, à sauter du lit aux aurores et à partir alors que tout le village dormait encore. Seul Amédée était levé, mais il était bien trop préoccupé pour contempler les jeux de lumière du nouveau jour naissant. Assis sur la margelle du puits devant un grand bol de lait de chèvre, un morceau de gros pain et une pomme, il se pressait à engloutir le contenu de son bol, les yeux fixés sur une grosse araignée, suspendue immobile au beau milieu de sa toile perlée de rosée. La veille, avant de s'endormir, il s'était dit : « Chouette ! demain il n'y a pas d'école. » Et cela avait suffi – selon un phénomène qui lui était familier mais qu'il n'arrivait toujours pas à s'expliquer – pour qu'il fût levé avant le soleil.

Dès qu'il eut vidé son bol de lait et essuyé ses moustaches blanches sur le duvet de son bras, il sortit par la petite porte de derrière en mordant à pleines dents dans sa pomme, se réservant le morceau de pain pour plus tard. Il se retrouva dans le petit chemin oublié de tous, tel un navire qui sort des eaux calmes du port pour se retrouver dans la tempête du grand large. En effet, les dernières pluies et quelques rafales de vent avaient couché les avoines folles, sèches et jaunies, en grandes vagues frangées d'écume qui venaient s'écraser sur les dangereux récifs que constituaient les vieux murs de pierre tout écroulés. Amédée, d'un coup d'œil, jugea très vite de la gravité de la situation. Il termina sa pomme, cracha bien loin les pépins et, saisissant d'une poigne ferme la pagaie de sa pirogue, il s'aventura, sans hésiter un instant, dans les remous des hautes herbes. Un coup de pagaie à gauche pour éviter les orties, un coup de pagaie à droite pour frôler les ronces, deux autres encore pour s'écarter de la vieille herse émergeant traîtreusement sous les lierres, baissant la tête juste à temps pour ne pas rester accroché à la branche basse d'un pommier, il arriva, sans autre difficulté, dans les eaux plus accueillantes du clos du vieux Baboche. D'un dernier coup de pagaie habile, il accosta le tronc du vieux figuier où l'attendait toute une cargaison de petites figues sucrées et juteuses à souhait. Sautant prestement à terre, il courut chercher dans la hutte du vieil Indien – en vérité la cabane du grand-père Baboche – le baquet de bois du bonhomme afin de le remplir de fruits et les vendre à Gros-Lulu.

En fournisseur sérieux, il commença par vérifier à plusieurs reprises la qualité du produit : il adorait ces petites figues.

– Hello, boy !

Amédée s'immobilisa, pétrifié, la main en l'air à quelques centimètres d'une figue ronde et charnue comme une paire de fesses. On a beau s'appeler Amédée, avoir connu mille et une aventures, on a le droit, lors de certaines circonstances exceptionnelles, de connaître la peur. Et là, Amédée était envahi par une trouille bleue.

– Tu veux que je t'aide à cueillir tes figues ? demanda la voix derrière lui.

L'oreille d'Amédée parvint à saisir, malgré le tam-tam de son cœur, non seulement un accent bizarre mais de la bonhomie dans la voix. Doucement il tourna la tête, les yeux baissés. Il aperçut d'abord un drôle de pantalon émergeant des grandes herbes, puis, levant les yeux, un ventre énorme, puis une veste comme n'en portaient pas les gens de Sainte-Rhéa, puis une tête rougeaude, entourée de poils couleur de flammes et surmontée d'une étrange casquette surhaussée d'un gros pompon tout rigolo. « Un monstre qui vient de jaillir du puits », pensa un court instant Amédée, et il lui prit une envie de détaler à toutes jambes. « Mais on n'a jamais vu un monstre avec un large sourire et une casquette qui donne envie de rigoler », se dit-il aussitôt. Il fit donc face à l'intrus, prêt à se battre. Se souvenant très bien, à ce moment même, de la lecture du combat de David contre Goliath, il sentit sa gorge se serrer en réalisant qu'exceptionnellement, il avait oublié sa fronde.

– Comment t'appelles-tu ? demanda le gentil monstre en commençant à cueillir des figues sur les branches hautes.

– Moi ?... Amédée.

– Amédée, tu sais qu'elles sont drôlement bonnes, tes figues !

– Je sais. Et toi, comment tu t'appelles ? demanda le gamin, rassuré de voir que celui qu'il avait pris pour un monstre, appréciait comme lui les figues.

– Je m'appelle Fernimore.

– Fernimore ! s'exclama Amédée, les yeux tout rond d'étonnement.

– Oui, jeune homme.

– Et d'où viens-tu ?

Fernimore McKintely, d'un geste vague, montra l'océan :

– De par là-bas...

– D'Amérique ! Et les yeux d'Amédée se firent encore plus ronds.

Fernimore sourit :

– Oui, si tu veux... mais pas directement.

– Mais tu es allé en Amérique ? C'est vrai ?

– Souvent ! Parole d'homme ! dit Fernimore, à la fois amusé et attendri par la candeur de l'enfant.

– Et tu as vu des Indiens ? Avec des plumes ?

Le temps d'un souvenir, le marin se transporta dans les ports d'Amérique du Sud. Il revit les dockers indiens, descendus de leur cordillère natale, le ventre creux et leur petit bonnet de laine de lama enfoncé sur leur tête jusqu'aux oreilles. Ils n'avaient vraiment rien des fiers Indiens de la littérature western :

– Sûr que j'en ai vu, dit-il néanmoins, soucieux de ne pas décevoir son jeune interlocuteur.

– Et ils galopaient à toute allure, sans selle ?

Fernimore ferma un instant les yeux et Amédée remarqua, sans s'y attarder, que les cils du nouveau venu étaient jaunes comme la paille de blé. Le navigateur revit la banlieue sordide de Lima où il allait se soûler et faire l'amour pour quelques dollars. Il lui arrivait de croiser dans les étroites ruelles, des hommes – des Indiens – assis dans le creux de leur selle semblable à de vieux fauteuils posés sur de vieilles mules au trot fatigué :

– À toute allure ! Et sans selle ! affirma Fernimore en levant la main pour donner plus de véracité à ses dires.

Une heure plus tard, tous deux assis sur le tronc d'un arbre mort, ils discutaient toujours et étaient devenus les meilleurs copains du monde. Fernimore McKintely, lui, ne se souvenait plus quand, la dernière fois, il avait marché dans l'herbe, quand il avait mangé des fruits cueillis à l'arbre, quand il avait parlé à un enfant et pris tant de plaisir à l'écouter... Peut-être lorsqu'il était encore chez sa mère, dans leur propriété du Périgord ? Mais à coup sûr, la nouvelle vie qu'il avait décidé de prendre commençait bien.

– Bon ! ce n'est pas tout, dit-il, profitant d'un moment de silence pendant lequel Amédée surveillait une palombe posée sur la branche d'un amandier voisin, il faut que je trouve un hôtel.

– Alors, facile ! répondit aussitôt Amédée, oubliant l'oiseau. Je vais livrer mes figues chez Gros-Lulu, le patron du *Café-Hôtel-Restaurant du Port*... Suis-moi ! dit-il en se levant.

Et Goliath suivit docilement David.

Rosette profitait de l'heure calme – c'était l'heure de la basse-mer et tous les Rhéalais étaient partis à la pêche – pour compter le montant de ses recettes quand, soudain, l'obscurité se fit dans sa minuscule épicerie. Instinctivement, elle referma son tiroir-caisse et, effrayée, tourna la tête en direction de la porte d'entrée. Dans le contre-jour, elle crut percevoir une espèce de volcan au sommet duquel dansaient de petites flammes rouges. Encore plus affolée, elle vit le volcan bouger de gauche à droite et de droite à gauche comme s'il entrait en éruption et une voix semblant sortir des entrailles de la terre demanda :

– Pardon madame, est-ce que vous avez des cachous ?

Rosette posa sa main sur sa poitrine qu'elle avait forte et légèrement tombante et poussa un « ouf ! » de soulagement tandis que Fernimore McKintely faisait un pas en avant, laissant à nouveau pénétrer la lumière dans la boutique.

– J'ai des pastilles Zan.

– O.K. ! c'est très bien. C'est pour m'éviter la tentation de fumer.

L'épicière leva les yeux en direction de son unique client et brusquement lui revint en mémoire les prédictions, oubliées depuis longtemps, d'une cartomancienne, il y aurait vingt-huit ans à la prochaine fête de Sainte-Rhéa : « Tu aimeras un géant à la chevelure de feu, jailli de la mer pour t'épouser. » Troublée par ce souvenir qu'elle croyait enseveli sous les cendres épaisses du passé, elle fit un preste demi-tour, chercha d'abord dans les pots sur les étagères, puis dans les nombreux tiroirs les fameuses pastilles, et monta même à l'échelle de bois pour chercher sur les étagères du haut parmi les pelotes de coton à repriser et les boutons de toutes les tailles et de toutes les couleurs...

Pendant que Rosette s'affairait, encore toute troublée par cette réminiscence sortie de la nuit des temps, le regard de Fernimore allait du gros chignon noir, légèrement défait, parsemé de fils blancs qui frisottaient dans le cou replet de la ronde Rosette en équilibre sur sa petite échelle, aux bras grassouillets cramponnés aux montants brillant d'encaustique. L'éducation qu'on lui avait inculquée au collège d'Aberdeen, puis chez les Franciscains du Salardais, interdisait à Fernimore de s'attarder sur les mollets qu'il devinait cambrés sous les bas de laine beige et sur certaines rondeurs que la position haut perchée de l'épicière mettait en évidence. Éberlué, l'ex-commandant du *Rainbow* ne pouvait y croire : Rosette était l'incarnation même de ses vieux fantasmes de marin paumé, quand tout imbibé de whisky, allongé sur sa couchette aux draps froissés, il désespérait de serrer un jour tendrement dans ses bras une femme amoureuse. Il ferma un instant les yeux et une odeur de cuisine parvint jusqu'à ses narines :

– Cela sent la bonne cuisine, dit-il pour meubler le silence.

– Oh ! juste une blanquette de veau… Vous savez, quand on est seule, faire la cuisine…

De la blanquette de veau ! Comme dans ses fantasmes quand il avait trop bu ! Mais là ? N'était-ce pas parce que, au contraire, il n'avait pas bu une goutte d'alcool depuis vingt-quatre heures ? Peut-être était-il en manque ?

Enfin, Rosette trouva les cachous :

– Je suis bête, ils étaient sur la caisse juste devant moi, avoua-t-elle en rougissant.

Fernimore McKintely, bien qu'il en eût envie, n'osa s'attarder et sortit précipitamment, les cachous dans sa poche, pour revenir aussitôt, plus précipitamment encore, écarlate de confusion : il avait oublié de payer.

– Ah ! c'est vrai ? Je ne m'en étais pas rendu compte, avoua sincèrement Rosette, pourtant habituellement très attentive à alimenter son tiroir-caisse.

Le lendemain, à la même heure, Fernimore revint acheter une autre boîte de cachous et deux bouteilles d'eau minérale, après être allé chez le coiffeur faire tailler sa barbe et ses cheveux et s'être fait copieusement asperger de lotion et parfum. Il s'autorisa à parler un peu de lui, de sa jeunesse ballotée entre le ciel gris d'Écosse de son père et le Périgord vert de sa mère. Cette jeunesse, sans attache et affection réelles, expliquait sans doute ces longues années d'errance sur les mers du globe et ce besoin maintenant de jeter l'ancre dans un petit village bien tranquille... Comme Sainte-Rhéa-la-Blanche, pourquoi pas ?

Rosette, accoudée derrière sa caisse, buvait les paroles du vieux loup de mer. Sans cesse revenait à son esprit celles de la voyante : « un homme jailli des mers pour t'épouser... » Elle aurait écouté des heures encore parler le marin mais, Mme Pinson, la femme du premier adjoint, vint rompre le charme. Elle désirait acheter une demi-douzaine de pinces à linge.

Tous les jours suivants, comme Rosette l'espérait, Fernimore revint acheter ses cachous et ses deux bouteilles d'eau. Elle lui confia qu'elle avait sacrifié sa vie à sa vieille mère et à l'épicerie-mercerie-graineterie que cette dernière tenait. Elle qui aurait tant aimé devenir sténodactylo…

Tout ému, Fernimore l'écoutait et il compatit de tout son cœur quand elle lui avoua, les yeux timidement baissés vers le plateau de sa balance, que c'était un bien dur métier pour une femme seule : soulever les sacs de cinquante kilos de lentilles, de farine, de marrons, les bidons d'huile, de pétrole, les caisses de savons de Marseille, sans oublier celles de morue salée... Et le magasin ouvert tous les jours ! sauf le dimanche après-midi.

Le dimanche matin suivant, à l'heure où une petite moitié du village était à la messe et l'autre grosse moitié à la pêche, Fernimore était sur le seuil de l'épicerie de Rosette, ses cachous dans sa poche, ses bouteilles d'eau sous le bras. Sa grosse masse hésitante à l'entrée de la porte – il effectuait un pas pour partir mais revenait aussitôt – projetait une alternance d'ombres et de lumières dans la petite boutique qui tantôt aveuglait Rosette tantôt l'éblouissait. Enfin, après avoir trituré trente-six fois sa casquette à pompon, il fixa le bout de ses chaussures situées 195 centimètres plus bas que le sommet de sa casquette et demanda de sa grosse voix de basse :

– Mademoiselle Rosette, accepteriez-vous de venir cet après-midi faire une petite promenade sur la falaise avec moi ?

Rosette crut défaillir. Elle attendait cela depuis plus de trente ans.

Nerveux, anxieux, craignant un refus, Fernimore McKintely n'arrêtait pas de monter et de descendre la marche, et à chaque fois son énorme silhouette jouait les interrupteurs électriques, éclairant ou obscurcissant la boutique.

Rosette s'adossa à une étagère derrière elle. La tête lui tournait. L'odeur des fromages qui s'échappait du garde-manger, près de la caisse, lui fit du bien. Enfin, après s'être demandé trente secondes, juste par principe, si elle devait accepter, elle accepta.

Ils marchaient depuis plus d'une heure à pas lents et intimidés de parfois se frôler car c'était la première fois qu'il n'y avait pas le tiroir-caisse entre eux deux. Ils arrivèrent ainsi à l'endroit où la falaise surplombait le petit port privé du château de Montpardy :

– Mademoiselle Rosette…

– Oh ! je vous en prie, appelez-moi Rosette.

– Alors, appelez-moi Ferny.

Ils se faisaient face. Il lui prit les mains :

– Ma chère Rosette, je connais un homme qui pourrait très bien soulever les sacs de cinquante kilos de lentilles à votre place, et les bidons d'huile, et les caisses de savons de Marseille…

– Qui ? questionna Rosette qui n'osa pas croire à ce qu'elle devinait.

– Votre mari.

– Mon mari !

– Oui, moi.

– Oh ! Ferny.

Elle se jeta contre sa vaste poitrine et Fernimore McKintely entra son ventre afin de mieux la serrer dans ses bras.

Une dizaine de mètres plus bas, le yacht de Pierre Bretonnet semblait dormir, amarré à la petite jetée.

Toujours serrés l'un contre l'autre, Fernimore laissait courir distraitement son regard sur la mer, emporté par son bonheur tout neuf. Ses yeux glissèrent jusqu'au fier bâtiment tout blanc au moment même où un rayon du soleil couchant fit étinceler les lettres de cuivre à l'arrière du navire : « *Triton 2* – Monaco ». Mais Fernimore McKintely était bien trop aveuglé par l'amour pour que ce nom lui rappelât quelque chose.

XIX

CE MÊME WEEK-END SUIVANT, M. le ministre du Tourisme se rendait à sa résidence du château de Montpardy en compagnie de M. Pierre Bretonnet et de leurs charmantes secrétaires.

Il était 14 h 30 et ils s'apprêtaient à reprendre la route après avoir copieusement déjeuné dans une petite auberge, quand Huguette poussa un cri aigu :

– Ah ! j'ai oublié mon maillot de bain !

En parfait homme du monde, le ministre la rassura aussitôt :

– Si ce n'est que cela, ce n'est pas grave... Le nu te va à ravir.

– Oui, mais c'est que je l'avais mis avec ma trousse de maquillage...

– Et alors ?

– J'ai oublié les deux.

Il n'était pas du tout question pour Huguette de passer un week-end sans trousse de maquillage.

– Sois chou, va la chercher, minauda Huguette. Nous t'attendons là.

Auguste Verjon n'avait pas envie d'être chou et se mit en colère.

– Sois chou, mon petit Auguste, insista Huguette.

Peut-être ne l'aurait-il pas été si son ami entrepreneur ne lui avait pas proposé de retourner avec lui. Il fut donc chou, comme lui avait si gentiment demandé sa secrétaire. Malgré tout, c'est d'un coup de pied rageur qu'il appuya sur le démarreur de sa grosse Mercedes pour faire demi-tour en direction de Paris.

Le lendemain matin, Gros-Lulu finissait de se réveiller en buvant tranquillement son café sur le bord du comptoir. Le nez plongé dans sa tasse, il parcourait d'un œil distrait les gros titres du journal : *Tragique accident de la route*, lut-il.

– Pas étonnant ! ils ont tous la volanite ! Ah ! quand Sainte-Rhéa 2 sera construite, ça va changer !

Il termina son café et se servit un petit cognac avant de continuer sa lecture :

Alors qu'il quittait Paris en direction du charmant petit village de Sainte-Rhéa-la-Blanche, Monsieur Auguste Verjon, Ministre du Tourisme, a été victime d'un chauffard. Sous prétexte qu'il avait la priorité, un énorme camion…

Gros-Lulu ne put en lire davantage sans exprimer, à chaud, son opinion sincère :

– Ah ! bien ça alors… ça alors…

Hâtivement, Gros-Lulu alla se servir un deuxième cognac et reprit bien vite sa lecture :

Travailleur infatigable, Monsieur Auguste Verjon se rendait en compagnie de Monsieur Pierre Bretonnet, l'entrepreneur de travaux publics bien connu, dans le coquet petit village de Sainte-Rhéa-la-Blanche où il devait très bientôt inaugurer le centre européen de traitement de la volanite, lorsqu'il fut victime d'un chauffard qui a foncé sur la voiture que conduisait le ministre. Des débris du véhicule disloqué, malgré la rapidité des secours, on ne put retirer que deux cadavres morts sur le coup. La France entière ne manquera pas de rendre un dernier hommage à ces deux valeureux grands hommes.

La bouche ouverte, la tasse à la main, Gros-Lulu regardait la photo de l'accident. Elle remplissait la moitié de la première page. Au-dessous était écrit en caractère gras :

Très bientôt en hommage à l'œuvre du Ministre prématurément disparu, le début de notre grand reportage : Sainte-Rhéa-la-Blanche, village de France - Sainte-Rhéa 2, village d'Europe.

Gros-Lulu abandonna son journal et sa tasse, et se précipita dehors. Justement tous les pêcheurs étaient sur le port pour appareiller.

– Si vous saviez la nouvelle ! leur cria-t-il.

Cinq minutes plus tard, tout le village commentait l'événement.

La consternation fut grande dans toute la commune. On regrettait autant Auguste qui serrait les mains et levait le coude chez Gros-Lulu, que M. le ministre, auteur du grand projet de Sainte-Rhéa 2.

Dès le samedi qui suivit l'accident, les conseillers municipaux réunis en conseil exceptionnel écoutèrent leur maire faire longuement l'éloge de « ces deux grands Français, travailleurs intègres et infatigables, véritables apôtres des temps moderne ».

Après la minute de silence de rigueur, Ferdinand Lecomte proposa que la future place de Sainte-Rhéa 2 fût baptisée « place Auguste-Verjon » et que l'artère principale portât le nom de Pierre Bretonnet. Cette proposition fut acceptée à l'unanimité.

– On leur doit bien ça, remarqua Édouard Pinson.

– Exact ! Mais au fait, qui va continuer les travaux ? questionna Jean Benoît.

Le maire ne sembla pas avoir entendu et Jean Benoît reposa sa question d'une voix un peu plus forte et avec un peu plus de précision :

– Dis donc, Ferdinand ? J'espère que la mort d'Auguste Verjon ne va pas avoir une incidence sur le budget prévu pour la construction de Sainte-Rhéa 2 et que les travaux, à peine commencés, iront bien jusqu'à leur fin ?

La question était plutôt embarrassante par sa précision. Le maire, plongé dans la lecture d'un dossier, leva juste une main afin de faire comprendre qu'il n'allait pas tarder à répondre. Au bout d'un moment, il leva donc le nez, en massa l'extrémité ronde et velue entre le pouce et l'index :

– Il est certain que, vu les conjonctures nouvelles et totalement imprévisibles, les travaux juste ébauchés vont subir un certain retard par rapport au tableau prévisionnel. Il va falloir d'abord que l'entreprise que dirigeait d'une main de maître mon regretté ami Pierre Bretonnet se trouve un nouveau président-directeur-général. À ce sujet, je crois avoir entendu dire qu'elle pourrait être rachetée par une grande entreprise internationale dont le siège est aux Bahamas...

Jean Benoît, qui avait la manie de poser des questions, interrompit l'orateur :

– Est-ce que cela ferait plus vite avancer les travaux ?

Ferdinand Lecomte se massa à nouveau le bout du nez.

– On peut penser que oui. Une entreprise internationale, c'est une entreprise qui a des moyens !

– Mais elle ne travaillera pas pour rien ! On aura les sous ?

Les questions de Jean Benoît commençaient à agacer fortement Ferdinand Lecomte, mais il n'en fit rien paraître.

– Il n'est pas impossible que… si… comme on peut le craindre… l'opposition passe au pouvoir aux prochaines élections… que le nouveau ministre du Tourisme ne privilégie plus ce projet qui nous tient tant à cœur… et qu'un certain retard apparaisse dans l'exécution des travaux, si les subventions… on ne sait jamais, tardaient à nous être accordées... Mais, opposition ou non, croyez-le bien, mes chers amis et concitoyens, que moi, je serai toujours là ! Et tant que je serai là, Sainte-Rhéa 2 vivra !

Lorsque la réunion se termina, les paroles du maire n'avaient pas réussi à chasser tout à fait une certaine inquiétude qui planait dans la salle.

Le lendemain matin, à la grande messe, le curé Pageaud demanda à ses ouailles de prier pour le repos de l'âme des deux disparus. Comme le fit remarquer tout bas Jean Benoît, à genoux au premier rang à côté de Mme Pinson : « C'était de grands travailleurs, ils ont bien mérité du repos... » « ... et une prière », ajouta Mme Pinson en joignant les mains sur sa poitrine plate.

Pendant que le curé Pageaud officiait dans sa vieille église, Amédée, le bout de sa langue pointue accrochée au bout de son nez, suivait à pas de loup les traces d'un lièvre repéré la veille en sortant de l'école. L'animal avait piétiné impertinemment le sable de la vigne familiale protégée maintenant par sainte Rhéa en personne. Il y avait même laissé des crottes – qu'Amédée avait ramassées avec soin afin de les mettre subrepticement dans le cou de Bouffi, juste histoire de rire un peu – avant de traverser le champ de luzerne en friche et de se perdre presque aussitôt dans les gâtines en direction du château du comte de Montpardy. Mais il en fallait bien plus pour décourager le jeune chasseur. Depuis qu'il était entièrement habité par les grands projets élaborés en chœur avec Pierrette, Amédée était pleinement conscient, après avoir vidé sa tirelire, qu'il devait multiplier son capital-départ. Le revenu de la pêche aux palourdes et de la chasse aux escargots ne suffisait plus à ses ambitions. Il avait donc décidé de s'attaquer au gros gibier, le lièvre et le faisan et à défaut le garenne, la grive et le merle, plutôt qu'à la préparation de son certificat d'études. Comme il l'avait fait remarquer à Pierrette qui n'avait pu qu'approuver la justesse de sa remarque : « Les Indiens qui vivent bien en Amérique, est-ce qu'ils ont leur certificat d'études, eux ? Sûrement que non ! Et pourtant, ça ne les empêche pas de galoper sans selle... Fernimore me l'a dit ! Alors, pourquoi, moi, faudrait-il qu'absolument je le passe, mon certificat ? »

En traversant une haie d'atriplex qui, autrefois, protégeait une vigne du vent du large, Amédée perdit totalement la trace du lièvre et le fil de ses idées. Étrangement, le contact, dans sa poche, de son lance-pierres tout neuf lui fit enjamber l'Atlantique en même temps qu'il enjambait le grillage à l'extrémité oubliée du château.

Il avait taillé et poli avec soin, au couteau, son arme de chasse dans la fourche d'un tamarin afin de montrer aux Indiens comment lui, Amédée, pouvait tuer un bison en pleine course. Joignant le geste à la pensée, il sortit son lance-pierres et l'extrémité de sa langue pointue immobilisée à l'entrée de sa narine, l'œil gauche fermé et le droit rond comme une agate, accroupi dans les grandes herbes, il visa le mastodonte qu'il devinait tapi derrière le buisson à moins de cent mètres. Et, soudain, l'énorme animal se démasqua aux yeux éberlués d'Amédée Marcelet. Du moins, c'est ce que crut le fils de Julo, jusqu'à ce qu'il comprît que ce n'était pas un bison, mais le fourgon de la gendarmerie conduit par le gendarme Blondin accompagné de son collègue Gauthier.

Tous deux effectuaient tranquillement une tournée de routine. Ils l'avaient organisée de façon à se trouver aux alentours de midi chez Gros-Lulu, à l'heure du pastis.

Instinctivement, Amédée se jeta à plat ventre dans l'herbe. Pour mieux se dissimuler, il attrapa un carton venu on ne sait d'où, poussé jusque-là par le vent, et le mit devant lui. « Un véritable bouclier en peau de bison ! » se dit aussitôt le chasseur, se souvenant d'une gravure illustrant *Le Dernier des Mohicans* emprunté à la bibliothèque de l'école. Des signes bizarres y étaient peints et notamment deux mots mystérieux : *Olives fourrées aux anchois - Made in Spain.* Amédée n'avait jamais entendu parler d'olives, car à Sainte-Rhéa les oliviers ne poussent guère et leurs fruits n'étaient jamais encore parvenus jusque sur la table de Julo son père. Le mot pour lui n'évoquait pas la Méditerranée et *Made in Spain* n'avait vraiment aucune signification. Olive, pour lui, c'était l'image d'un vieux bonhomme, le père Olive. Il habitait à l'autre bout du village. Les gens de Sainte-Rhéa ne manquaient pas d'aller le voir dès qu'ils s'étaient tordu un genou, qu'ils avaient attrapé un tour de rein ou s'étaient luxé une épaule. À coup sûr, cela ne pouvait être qu'un mot de passe, peut-être même une formule magique, et par trois fois il répéta : « Olives fourrées - Made in Spain ! Olives fourrées - Made in Spain ! Olives fourrées - Made in Spain ! » mais, contrairement à ses attentes, le fourgon de la gendarmerie ne se volatilisa pas dans les airs. Pas déçu pour autant, il se demanda un instant si les sorciers indiens connaissaient le mode d'emploi de cette formule magique. Si oui, il ne manquerait pas de leur demander de l'initier. Puis, rampant sur les coudes et les genoux – comme un Indien – il entreprit de faire demi-tour. Ce n'est pas aujourd'hui qu'il vendrait un lièvre à Gros-Lulu.

Quand il se sentit en sécurité, il se releva et se dirigea sur la pointe des pieds, mais dos courbé au ras du sol – prudence oblige – vers le buisson de tamarin qui limitait la propriété du ministre. Juste avant d'y parvenir, son regard fut attiré par des traces de roues de véhicule dans les grandes herbes. Elles semblaient venir du château et se dirigeaient vers la mer, à moins que ce ne fût l'inverse. Un charriot sudiste ou nordiste ? À coup sur, des visages pâles. Amédée les suivit un court moment jusqu'à ce qu'il aperçut sur les herbes aplaties par le passage du mystérieux engin une boîte de conserve à demi écrasée. En digne fils de son père, prestement il la mit dans sa poche et, lestement, alla chercher la protection du bouquet d'arbrisseaux.

Olives fourrées - Made in Spain, comme sur le carton.

Par trois fois, il répéta la formule cabalistique écrite sur la boîte : « Olives fourrées, olives fourrées, olives fourrées ! » mais la boîte ne s'ouvrit pas. Il fut donc obligé d'utiliser son couteau.

– On croirait des figues pas mûres, dit-il pour lui-même.

La gourmandise autant que la curiosité lui fit mettre le bout des dents dans le petit fruit vert et déjà il pensait aux petites figues gorgées de sucre du clos du vieux Baboche.

– Mais, c'est dégueulasse, ça ne se mange pas ces trucs-là, fit-il, crachant et grimaçant.

Après quelques minutes de perplexité, il avait trouvé l'emploi du contenu de la boîte : les olives faisaient de merveilleux projectiles pour son lance-pierres. Et, les unes après les autres, elles partirent dans le ciel en direction des mouettes qui planaient au-dessus d'Amédée, semblables aux horribles condors de la cordillère des Andes – référence : bande dessinée prêtée par La Sauterelle.

Depuis un moment le véhicule de la maréchaussée cahotait en suivant le chemin qui longeait la falaise. Blondin, tout en conduisant, parlait des problèmes scolaires de son aîné et Gauthier l'écoutait distraitement en regardant la mer.

C'est ainsi qu'ils arrivèrent au château de Montpardy.

– Arrête-toi, dit soudain Gauthier.

Blondin obtempéra aussitôt.

-Tu as vu ? La porte du château est ouverte.

Blondin regarda la porte de service qui jouait sur ses gonds.

– C'est sûrement le vent, fit-il, car il n'avait pas envie de descendre du fourgon.

– On ne sait jamais. Il vaut mieux aller voir.

Ils entreprirent donc de faire le tour du bâtiment. Pendant que Blondin continuait de narrer les difficultés de son fils avec les mathématiques, Gauthier jetait un œil professionnel à chaque fermeture et constata avec satisfaction que ni les portes ni les volets n'avaient été fracturés. Ils passèrent près de la piscine dans laquelle tombaient les feuilles mortes et, avant de s'en retourner à leur véhicule, parvinrent à la falaise au bas de laquelle, dans le petit port, dormait le yacht de Pierre Bretonnet.

– Quel engin ! fit Gauthier admiratif. J'aimerais bien voir sa bécane.

Il avait une passion dévorante des voitures de sport et de toutes les belles mécaniques qui vont vite. Aussi, pour une fois, oubliant qu'il était de service, il descendit l'escalier pour aller admirer de plus près ce magnifique navire.

À contrecœur, Blondin le suivit.

Après l'avoir regardé de la petite jetée, de haut en bas et de long en large, la tentation fut trop grande pour Gauthier, lestement il sauta sur le pont. Beaucoup moins lestement, Blondin, à son tour, se crut obligé d'en faire autant.

Tandis que Gauthier cherchait à comprendre comment était propulsé ce véritable coursier des mers,

Blondin s'extasiait sur la fortune qu'il devait valoir. Machinalement, il appuya sur la porte donnant au salon :

– Ils auraient pu la fermer à clé, dit-il en constatant qu'elle ne l'était pas.

Il baissa la tête pour y entrer et se laissa tomber sur la banquette afin d'en apprécier le confort :

– Bon Dieu ! quel luxe !

Il enleva son képi et se mit à rêver tandis que Gauthier, la main sur la manette des gaz, était lui aussi parti à toute allure dans le domaine du rêve.

Blondin, qui avait habité toute sa vie dans des logements de fonction exigus, constatait en connaissance de cause l'habileté avec laquelle le constructeur avait su tirer parti du moindre petit endroit pour en faire un séjour luxueux. Sans se déplacer du coussin sur lequel il était assis, il prit le coussin à sa droite.

– Du véritable cuir ! constata-t-il, admiratif.

Puis, par pure curiosité, il souleva le couvercle de bois verni sur lequel reposait le coussin et qui faisait office de dessus de banquette.

– Astucieux, comme armoire de rangement ! reconnut-il, toujours admiratif.

Il en sortit deux brassières de sauvetage et admit tout de suite qu'elles n'étaient pas à sa taille. Avant de les remettre à leur place, il jeta un œil un peu plus fureteur à l'intérieur de cette banquette-rangement.

– Olives fourrées aux anchois. Made in Spain, lut-il sur un carton, et la salive lui monta à la bouche.

Il remit le tout soigneusement en place et, tout en attendant son collègue occupé à quatre pattes à essayer de comprendre l'utilité des différents appareils, il fit la même chose du côté gauche.

– Brassières de sauvetage, constata-t-il à nouveau... et deux cartons d'olives d'Espagne fourrées aux anchois !

Une fois encore, il remit consciencieusement tout en place et sortit rejoindre son collègue, dont il ne voyait que les fesses et les jambes, le reste ayant disparu par une trappe afin de contempler de plus près un moteur électrique auxiliaire.

– Eh bien ! dis donc ! fit Blondin goguenard, il devait les aimer les olives.

Gauthier sortit une tête cramoisie de la trappe :

– Pourquoi tu dis ça ?

– Parce qu'il y en a trois ou quatre cartons en stock sous les banquettes.

De rouge, le visage de Gauthier vira au... vert olive. Rapidement il rajusta son képi et, de l'index, montra la trappe à ses pieds.

– Il y a six autres cartons d'olives farcies là-dessous, derrière le moteur. Les boîtes de conserve, ça ne te rappelle rien ?

Blondin réfléchit un instant avant de porter la main à son front, juste sous la visière de son képi

– Mais bon Dieu ! si ! Les boîtes de maquereaux !

Blondin et Gauthier se regardèrent un long moment sans rien dire. La perplexité la plus complète se lisait dans leur regard.

– Après tout, répéta Blondin en rompant le silence, le proprio de ce navire a bien le droit d'aimer les olives fourrées aux anchois et d'en faire profiter les autres ? Tu sais, quand on est proprio d'un bateau comme le *Triton 2* et que l'on a son port d'attache à Monaco, on offre souvent l'apéritif avec des amuse-gueules comme des olives fourrées, par exemple...

– Alors ? Pourquoi les cache-t-il derrière le moteur, ses olives fourrées ?

Cinq minutes plus tard, une boîte d'olives dans chacune de leurs poches de pantalons, les deux gendarmes, prestement, se sauvaient comme des voleurs.

Deux kilomètres plus loin, leur fourgon à l'abri des regards, derrière un bosquet de tamaris, Blondin sortit les boîtes de ses poches, puis son couteau suisse, et entreprit aussitôt d'en ouvrir une.

– Des olives ! Rien que des olives ! dit-il en montrant le contenu de la boîte à son collègue.

Afin de mieux l'en persuader, il brassa même le contenu de la lame de son couteau :

– Rien que des olives ! répéta-t-il et, ne pouvant résister davantage à la gourmandise, il en prit une qu'il porta à sa bouche… Et même qu'elles sont bonnes ! Il ne manque plus que le pastis.

Mais, à peine avait-il dit cela qu'il fit une horrible grimace et s'exclama :

– Les voleurs ! Fourrés qu'ils disent ! Elles ne sont même pas dénoyautées.

Il cracha dans sa main et la mit sous le nez de Gauthier :

– Regarde ! dit-il scandalisé.

Gauthier fit un effort pour regarder ce que Blondin venait de cracher et, brusquement, ses yeux devinrent tout ronds :

– Ce n'est pas un noyau, c'est une capsule, dit-il.

Il n'eut aucune peine à l'ouvrir. Elle contenait de la poudre blanche.

Les deux gendarmes se regardèrent, complètement éberlués par leur découverte. Blondin avait la bouche grande ouverte et semblait avoir peur de la refermer. Gauthier, au contraire, mordait à pleines dents dans sa lèvre inférieure. Au bout d'un moment, il desserra les dents et dit :

– Ce n'est pas aux anchois, mais à la cocaïne qu'elles sont fourrées, les olives.

Quelques jours plus tard, malgré les efforts de certains hommes politiques qui tentèrent d'étouffer l'affaire, « par respect pour la mémoire d'Auguste Verjon, ce ministre intègre », tous les journaux et la télévision s'emparèrent du sujet. *L'ancien Ministre du Tourisme choisissait mal ses amis,* titrait l'un. *Après les faux dollars, de la vraie drogue,* écrivait un autre, et les infos de 20 heures de souligner : « Faux dollars... drogue... Sainte-Rhéa-la-Blanche ou Sainte-Rhéa-poudre-blanche ? Ce charmant petit port de la côte atlantique serait-il la plaque tournante d'un important trafic ? Pour le savoir, nos reporters vont aller dès demain passer vingt-quatre heures sur place. »

Mais comme l'équipe de journalistes habituée à traiter des problèmes de drogue était partie enquêter en Colombie, on envoya celle chargée d'effectuer les reportages sur la France traditionnelle, la France profonde.

C'est ainsi que, en avalant son potage, tout en regardant la télévision, la France entière put découvrir Sainte-Rhéa-la-Blanche, son petit port, ses barques qui dodelinaient au gré des vagues, ses rues étroites, sa petite place et sa vieille église, ses plages dorées, ses dunes et ses bois de pins... L'assiette n'était pas encore vide que toute la population de l'Hexagone immobilisait sa cuillère à quelques centimètres de sa bouche ouverte pour mieux savourer les anguilles façon Gros-Lulu. Et, quand Édouard Pinson, représentant le maire absent, fit part des grands projets de sa commune, toute la France sortit de table, sans même attendre le dessert, pour se retrouver, par la magie de l'image, allongée sur le sable doré avant de plonger dans l'océan émeraude de Sainte-Rhéa-la-Blanche.

XX

SEUL DANS SA CHAMBRE, à la pension des Mimosas, le comte Nicéphore de Montpardy, lui aussi, avait vu l'émission. Confortablement installé dans un profond fauteuil de cuir, un verre de fine champagne à la main, il avait simplement commenté les propos du présentateur en hochant la tête et en murmurant entre ses dents : « Sornettes ! Balivernes ! »

Excédé par ce qu'il venait d'entendre, il vida son verre d'un trait et alla s'en servir un deuxième.

Il faut dire que le comte de Montpardy avait beaucoup changé depuis qu'il avait vendu son château.

Après des années d'hibernation dans les grandes salles humides et froides de sa propriété, occupé seulement à ruminer ses échecs – il les incombait à l'incompréhension des autres – et à ne manger que des nouilles et des conserves arrosées d'une tasse de thé fadasse, il avait brusquement décidé de mordre la vie à pleines dents. Aussi, à peine était-il arrivé à la pension qu'il avait commencé par remplacer sa tisane par le cognac, et les nouilles et les conserves par des tournedos Rossini, homard Thermidor et autres délices de ce genre qu'il accompagnait systématiquement des crus les plus renommés. Puis, un beau matin, il se rendit en ville. Lorsqu'il en fut revenu, le personnel de la pension et les pensionnaires durent s'y prendre à deux fois pour reconnaître en lui ce vieux loup de mer vêtu d'un pull marin décoré d'une énorme ancre blanche sur la poitrine, d'une culotte de toile rouge, et coiffé d'une casquette bleue décorée, elle aussi, d'une ancre de marine. Sur son épaule, il portait un sac de matelot dans lequel il avait fourré ses vieilles nippes et grimaçait affreusement pour parvenir à tenir entre ses dernières dents une grosse pipe qu'il n'avait, toutefois, pas osé allumer de peur d'être pris d'une quinte de toux et de faire pleurer l'œil auquel était toujours accroché son monocle. En même temps, il avait adopté une démarche chaloupée et traînait ses bottes neuves, comme un vieux pêcheur d'Islande qui vient de passer l'hiver dans les tempêtes de l'Atlantique nord. Comme il était généreux, tant en pourboires qu'en tournées de champagne, personne n'osa rire lorsqu'il pénétra aux « Mimosas ».

Il regarda le contenu de son verre qu'il réchauffait dans le creux de sa main, puis la Méditerranée qui scintillait, au loin, entre deux collines que le jour déclinant commençait à bleuir.

– Ils ne parlent pas de Kurt. C'est qu'ils ne l'ont pas trouvé. À coup sûr ! dit-il en savourant son cognac.

Il eut un petit geste qui pouvait dire : « Je n'en ai rien à ficher ! » avant d'aller s'asseoir dans le grand fauteuil, la bouteille de cognac sous le bras. Il la posa sur son bureau de chaque côté d'un grand cahier qu'il ouvrit. Sur la couverture, il avait écrit en grosses lettres avec application : *Récit de la vie exemplaire du comte Nicéphore de Montpardy.* C'était le titre qu'il avait trouvé en revenant de chercher sa nouvelle tenue vestimentaire. Depuis, il attendait vainement l'inspiration. Pourtant, s'il avait changé de tenue, s'il avait décidé de rédiger ses mémoires, c'était uniquement pour plaire à son aïeul. Oui, oui ! Car maintenant, presque tous les soirs, Mathurin Naquinœil, le valeureux marin des siècles passés, venait le voir pour lui tenir la conversation. Il ne mettait que deux conditions pour venir lui parler. Il fallait d'abord que le comte s'installât comme ce soir, à son bureau, face à la grande glace. Ensuite, il devait consommer au moins les deux tiers d'une bouteille de cognac. Après ces simples préparations, Mathurin daignait apparaître dans la glace de l'armoire et discuter avec son descendant. C'est lui qui lui avait conseillé d'écrire ses mémoires. C'est lui encore qui lui en avait suggéré le titre. En revanche, il semblait être à court pour lui trouver une suite.

Ce soir-là, Mathurin Naquinœil fut plus présent et plus bavard que jamais. Il est vrai que Nicéphore de Montpardy avait fait le maximum pour satisfaire ses exigences et la bouteille vide qui gisait sous le fauteuil en était une preuve.

Personne ne saura jamais, autre que le comte en personne, ce que le vieux marin bourlingueur put dire au dernier de sa lignée, mais toujours est-il que le lendemain matin dès 8 heures, un taxi attendait devant la pension. Dans cette tenue qui ne pouvait qu'honorer Mathurin, le comte y embarqua après avoir jeté son sac dans le coffre. Le directeur, tout le personnel et les pensionnaires étaient là pour lui dire adieu. Adieu au comte, à ses pourboires royaux, au flot de champagne qu'il aimait faire couler.

D'une voix digne d'un vrai commandant de cap-hornier, il cria au chauffeur :

– Faites cap à l'ouest ? Cap sur Sainte-Rhéa !

Le chauffeur se détourna et le regarda tout étonné.

– Sainte-Rhéa ? Sainte-Rhéa-la-Blanche ? La Sainte-Rhéa de l'autre soir à la télé ?

– Évidemment !

Pendant que le taxi traversait le sud de la France, le comte de Montpardy, bien calé sur le siège arrière entre deux bouteilles de cognac, se laissait emporter tantôt par la somnolence, tantôt par les souvenirs, tantôt par les projets qui tournaient de plus en plus vite dans sa tête au fur et à mesure que les bouteilles se vidaient.

Il venait de dormir depuis une petite heure. La gorge sèche, il se désaltéra à la bouteille de droite et se mit à penser à Kurt. « Un sacré type, ce baron Kurt von Plünck ! Un homme comme on n'en fait plus. »

Il l'avait connu en 1944. Kurt commandait alors un sous-marin allemand basé à La Pallice. C'est en venant au château goûter quelques heures de détente que le monocle de Kurt von Plünck, de très vieille noblesse prussienne – il avait hérité du monocle de son arrière-grand-père paternel –, rencontra le monocle du comte de Montpardy – acheté chez un antiquaire quelques années avant les hostilités – et s'y laissa prendre. Quand sonna l'heure de la défaite, le baron eut une pensée émue pour ses ancêtres mâles. Ils avaient tous eu la chance de mourir à cheval, la tête emportée par un boulet de canon ou le ventre ouvert par la lame d'un sabre. Bon sang ne pouvait faillir. Comme il n'avait pas de cheval à sa disposition, il ne pouvait donc que continuer le combat et appareiller sans attendre pour vaincre ou périr. Mais l'équipage de son sous-marin, bien que se sentant vaincu, ne partageait pas du tout son point de vue et n'avait pas du tout envie de périr. Il déposa donc, manu militari, le commandant sur le quai et appareilla sans lui. Dès que les marins de l'U-Boot aperçurent dans le périscope un patrouilleur battant pavillon anglais, ils firent surface et montèrent sur le pont en levant les mains et en criant : « *Kamerad ! Kamerad !* » Ils pensaient tout bêtement qu'il valait mieux être vaincus et vivants que décorés à titre posthume.

« Des lâches ! » se dit le comte en se rappelant ce fait divers lu dans les journaux. Et pour chasser l'image de ces pleutres, il saisit la bouteille de gauche et l'allégea d'un bon décilitre d'alcool.

La chaleur du cognac lui fit du bien. Il revit Kurt von Plünck cognant à sa porte, en pleine nuit, grelottant et dégoulinant d'eau de mer. Il venait de voler à la base sous-marine de La Pallice un sous-marin de poche expérimental, moitié sous-marin, moitié bathyscaphe, encore en chantier. Sur le seuil de la porte, tout en essuyant son monocle, il lui avait déclaré simplement, dans son français étudié à l'université :

– Pour moi, la guerre vient juste de commencer.

Le comte Nicéphore de Montpardy avait senti alors un étrange frisson parcourir son dos. Mais peut-être était-ce tout simplement à cause de la porte ouverte ?

Le taxi n'était plus qu'à une cinquantaine de kilomètres du château et la nuit maintenant était complète quand il rejeta la bouteille qu'il venait de terminer. Et, comme par miracle, l'image de von Plünk et de son vieil aïeul apparurent au comte, sur le pare-brise en face de lui. L'officier, d'un geste dédaigneux de conquérant victorieux, poussa le pauvre Mathurin Naquinœil qui glissa, sans bruit, sous les roues de la voiture. Bien que profondément offusqué que l'on bouscule ainsi son ancêtre, le comte écouta, une fois encore, le baron lui annoncer sa décision de devenir à son tour un combattant de l'ombre faute de ne pouvoir combattre sabre au clair : « Oui, c'est pour cette raison qu'au tout début – il y a combien de temps ? Le comte de Montpardy essaya de calculer mais n'y arriva pas –, j'ai fait semblant de m'encanailler avec des trafiquants de tout poil pour amasser un maximum d'argent, dans le seul espoir, en réalité, de lever un groupe de vaillants légionnaires. J'étais le seul à posséder la carte des champs de mines allemands. Ce précieux document me donnait l'exclusivité pour aller, avec mon sous-marin, chercher la drogue qui arrivait par la mer. Et l'exclusivité, ça se paie au prix fort ! J'aurais eu vite fait, avec mon sous-marin de poche, d'amasser une somme colossale, s'il n'y avait pas eu cette maudite voie d'eau et cette maudite femme à bord. Heureusement que je connaissais le commissaire qui est venu m'arrêter. Je lui ai dit alors : “Vous m'aidez à m'évader ou je déclare à la presse que vous êtes un ancien collaborateur.” Le commissaire n'a pas hésité et c'est comme cela que je me suis à nouveau retrouvé chez vous, mon cher comte… »

Le comte Nicéphore de Montpardy s'agita sur le siège arrière, chercha de la main la bouteille qui n'était pas encore vide :

– Oui, chez moi… plus exactement dans le bunker ! dit-il à haute voix, tout en tournicotant le bouchon.

– Qu'est-ce que vous dites ? demanda le chauffeur de taxi, un œil dans le rétro.

– Moi ? Mais je n'ai rien dit.

– Ah ! pardon. J'avais cru.

Le taxi passa devant l'entrée principale du château dont l'énorme construction et les deux élégantes tourettes se détachaient en ombres chinoises sur le ciel parsemé d'étoiles. Aucune lumière ne filtrait des fenêtres à travers les persiennes et il était évident qu'il n'y avait âme qui vive.

Nicéphore de Montpardy eut quelques difficultés à obliger le chauffeur à parcourir deux kilomètres supplémentaires par des chemins sableux creusés d'ornières, bordés d'épineux qui raclaient la carrosserie de la voiture et faisaient maugréer le conducteur pressé de faire demi-tour.

– Laissez-moi là ! ordonna enfin l'ancien propriétaire du château.

– Ce n'est pas trop tôt. Parce que moi, il faut que je sois demain à 11 heures chez moi. Absolument ! on m'attend pour un tournoi de pétanque.

Il fallut une bonne heure au dernier des Naquinœil pour retrouver, à pied, le blockhaus. Il connaissait pourtant bien l'endroit, mais depuis qu'il était parti, les buissons d'épineux avaient encore gagné en étendue. Il constata en même temps avec satisfaction que le ministre n'avait apporté aucune modification à cette partie du domaine. À l'évidence, personne ne s'était aventuré par là, car les épineux étaient plus agressifs que jamais. Enfin… personne, sauf Kurt sans doute.

Lorsqu'il parvint à la fenêtre où Amédée, un jour, avait pointé son nez, il tapota trois fois trois petits coups et attendit. Rien ! Il attendit deux minutes et recommença. C'était leur signal de reconnaissance. Enfin au bout de deux autres minutes une petite lumière s'alluma et la grosse porte en fer, au bas de l'escalier en béton, gémit lugubrement dans la nuit.

Le baron Kurt von Plünk était en grand uniforme de *Korvettenkapitän* et le comte regretta un court instant de ne pas avoir accroché ses décorations sur son pull marin.

– Vous avez bien fait de venir aujourd'hui, comte, car demain il aurait été trop tard.

Le comte souleva un sourcil interrogateur – celui qui ne maintenait pas le monocle.

D'un geste prolongé du gros revolver qu'il tenait à la main, l'Allemand l'invita à pénétrer.

– Schnaps ? s'enquérit-il en l'invitant à s'asseoir sur l'unique chaise de la petite chambre.

– Je préférerais un cognac.

Kurt posa son revolver sur le lit de fer et sortit verres et bouteilles, fit le service et debout, immense devant le comte assis, fixa ce dernier derrière son monocle perché à près de deux mètres. Le comte eut l'impression que son monocle à lui n'était pas de taille à résister à celui du Prussien et cela le mit mal à l'aise. Heureusement Mathurin Naquinœil, surgi inopinément des profondeurs du verre, vola à sa rescousse. Aussitôt, le comte prit un ton princier pour questionner :

– Alors, comme cela, cher baron, vous partiez ? Vous apprêtiez-vous à guerroyer ?

Malgré son costume de loup de mer, le comte n'était pas encore parvenu à parler le langage qu'aurait aimé entendre son aïeul, celui des troquets sordides.

Le baron avala son schnaps cul sec et se versa aussitôt un autre verre.

– Non, comte, c'est fini. Je ne me bats plus. Je suis vaincu. Je n'ai plus qu'à disparaître...

Le comte crut bon de marquer une certaine inquiétude. Le baron continua :

– C'est fini. Tous ceux que je prenais pour de fidèles serviteurs, de vaillants légionnaires dévoués à la noble cause pour laquelle je voulais continuer à me battre, ne sont que de vulgaires mercenaires qui ne pensent qu'à s'enrichir. Il ne pense qu'à cela... au contenu de ces valises...

Du menton, il montra quatre valises en fer empilées les unes sur les autres, avant d'ajouter :

– Elles sont pleines de dollars. Des vrais, ceux-là ! Gagnés en convoyant de faux billets en conserve et de boîtes d'olives truffées de cocaïne... Mais de plus en plus l'étau se resserre sur moi. Un soir, j'ai trouvé un homme déguisé en pêcheur qui m'espionnait. J'ai dû l'assommer avant de le droguer. J'aurais dû le tuer et je ne l'ai pas fait. Je vieillis sans doute. L'autre jour, alors que j'avais commencé à débarquer les caisses d'olives bourrées de cocaïne, deux gendarmes sont montés à bord. Il s'en est fallu de cinq minutes pour qu'ils ne m'y trouvent pas...

– Alors, vous partez à l'étranger ? L'Argentine, peut-être ?

Le regard de Kurt von Plünk se fit de métal :

– Je pars, se contenta-t-il de répondre, énigmatique. Je ne peux décemment plus rester ici pour tout le respect que je dois à mes ancêtres. Le *Triton 2* est dans la crique. Ses soutes à mazout sont pleines. Je m'en suis servi exactement douze fois depuis que je me suis échappé de prison. Douze voyages d'une courte nuit, jusqu'à la limite des eaux territoriales pour faire ce sale trafic. Je pars une fois encore, mais cette fois je ne reviendrai pas au port.

Semblant totalement oublier son visiteur, il sortit pour se rendre dans la pièce à côté. Le comte de Montpardy en profita pour se servir subrepticement un grand verre de cognac qu'il but sans respirer et fit un hochement de tête complice à Mathurin Naquinœil qui venait d'apparaître dans la petite glace au-dessus du lavabo. Il jeta un rapide coup d'œil aux quatre valises en fer, puis sur le lit où était posé le gros revolver.

Quand le baron Kurt von Plünk revint, il avait coiffé sa casquette de cérémonie aux galons rutilants, revêtu son élégante capote d'officier de marine. Juste sous le revers gauche de sa capote, bien en évidence parmi une dizaine de décorations, était épinglée, pendante, la croix de fer.

Le comte visa juste au-dessous de la décoration. Il crut bon de crier, pour justifier son geste :

– Vive la monarchie ! Vive la France !

Le baron était à peine écroulé raide mort que le comte de Montpardy fonçait vers le *Triton 2* une valise en fer dans chaque main. Tout en courant vers le navire, il échafaudait un plan : « Escale rapide aux Canaries pour le ravitaillement – mazout, cognac – et cap sur les îles Caïmans ! »

À coup sûr, son vieux bourlingueur d'aïeul ne pourrait plus lui reprocher de ne pas être digne de lui.

Essoufflé et suant, il retourna au bunker finir la bouteille de cognac, fouilla dans le placard et trouva deux bouteilles pleines qu'il mit dans ses poches avant de repartir en trottinant aussi vite qu'il le put, les deux dernières valises à bout de bras.

Il n'avait pas fait cinquante mètres qu'une explosion sourde parvint jusqu'à lui. Inquiet, il s'arrêta et se retourna. À la place du blockhaus une grosse fumée noire montait dans le ciel étoilé, tandis que des déchets de ciment et de pierre tombaient autour de lui.

– Il aurait pu me prévenir qu'il l'avait dynamité ! J'aurais pu y laisser ma peau... fit le comte, scandalisé, avant de constater : C'est sûrement mon jour de chance. »

Le *Triton 2* fendait maintenant la mer, propulsé à toute allure par la force de ses puissants moteurs. Le phare de Sainte-Rhéa avait disparu depuis plusieurs heures derrière l'horizon et, à l'est, les premières lumières du jour commençaient à se deviner. Le comte Nicéphore de Montpardy tenait énergiquement le gouvernail dans la main droite et la dernière bouteille de cognac dans la main gauche. Maintenant il conversait cordialement avec son ancêtre Mathurin Naquinœil. Il gonfla son torse maigre pour demander :

– J'espère bien que vous êtes fier de moi, mon cher ancêtre ?

Il n'entendit jamais la réponse, car au même moment une formidable explosion volatilisa en poussière le *Triton 2* et son capitaine.

Le comte de Montpardy n'avait pas compris que le baron Kurt von Plünk, en digne petit-fils de ses ancêtres, avait décidé de mourir non pas à cheval comme eux, mais en pleine mer.

XXI

L'ÉTÉ PASSA, PUIS L'AUTOMNE. La majorité politique passa aussi. Elle disparut dans la minorité, et l'ancienne opposition devint majoritaire. Le nouveau ministre du Tourisme, qui était aussi l'élu d'un canton du sud de la France, ne vit pas l'opportunité de débloquer une partie de son budget pour un petit village de la côte atlantique. Quant à l'ancienne entreprise de feu Pierre Bretonnet, elle avait sombré, engloutie par un consortium traitant avec les Émirats…

Sur les dunes de Sainte-Rhéa, partiellement modifiées par les travaux inachevés, la nature inexorablement reprenait ses droits. Le sable, poussé par le vent d'hiver, lentement s'accumulait contre un engin abandonné, bien décidé à le faire disparaître un jour comme il le faisait depuis toujours avec les épaves des navires. Et les embruns salés, après en avoir dévoré la peinture, rongeaient maintenant la tôle. Au creux du siège défoncé, un couple de passereaux avait profité des belles journées d'été pour y tresser leur nid. Quelques duvets en ornaient encore douillettement le fond.

Le nez et les joues rougies par le grand vent froid, Amédée avançait prudemment, silencieux et le dos courbé pour mieux se dissimuler d'un éventuel ennemi. Il ne savait pas bien encore s'il était un Indien d'Amazonie ou un héroïque G.I. en mission spéciale aux Philippines, mais, par précaution, pour se camoufler, il avait pris soin de mettre, autour de sa tête et de sa ceinture, quelques fougères roussies.

Lorsqu'il ne fut plus qu'à quelques mètres de l'engin en partie enfoui, risquant le tout pour le tout, tenant bien serré dans ses mains sa mitraillette taillée dans une planche, il courut, toujours courbé, faisant fi du danger, jusqu'au véhicule et, d'un bond, sauta sur le marchepied. Personne à l'intérieur. L'ennemi avait lâchement fui, sans même combattre. Méfiant malgré tout, Amédée se retourna au cas où un tireur isolé serait resté embusqué derrière lui et il aperçut Pierrette. Inconsciente de tous les dangers auxquels elle venait d'échapper, elle arrivait en sautillant sur un pied, une tige d'oyat entre les dents.

Elle rejoignit son petit copain dans la cabine du véhicule :

– Oh ! regarde le joli nid. Tu crois que les petits sont partis en Amérique ? demanda-t-elle.

– Pourquoi pas ? En planant dans le ciel, c'est comme en faisant la planche sur l'eau, on peut aller très loin.

Pierrette n'avait aucune raison d'en douter :

– Nous aussi, on ira en Amérique !

– Oui, mais on prendra l'avion. C'est plus pratique.

En disant cela, Amédée suivait des yeux un goéland. Il glissait à raser les vagues, ses ailes déployées appuyées sur le coussin invisible du vent. Et il devint l'avion qui les emmenait, lui et Pierrette.

Douze coups sonnèrent au clocher. Amédée ne les entendit pas. Il était déjà trop loin, mais Pierrette sursauta :

– Oh ! midi. Il faut que je rentre vite.

Amédée brusquement atterrit quand sa belle passagère lui donna un gros baiser sur la joue.

– À demain, à l'école ! lui cria-t-elle avant de disparaître dans le chemin menant au village.

Amédée, pour l'heure, n'avait pas d'obligations. Ses parents ne l'attendaient sûrement pas à la maison. Il donna un coup de pied dans le sable, jeta un caillou vers le large, comme cela, par habitude et, mains dans les poches, s'en alla en suivant la laisse de mer.

Arrivé sur le haut de la falaise, il s'arrêta pour regarder le large. À l'horizon, les nuages dessinaient des montagnes bleues. « Les monts Appalaches », se dit Amédée qui aimait bien les images de son livre de géographie. Par chance, le vent soufflait en direction de l'Amérique. Il se mit à siffler à tue-tête *La Marseillaise* pour signaler sa présence aux Indiens.

Pendant ce temps, dans son chai, Julo la Biette, un petit sourire au coin des lèvres, savourait tranquillement le vin de sa vigne. Jamais il n'avait eu une aussi bonne récolte que cette année-là.

Ferdinand Lecomte s'attarda à regarder la plaque en cuivre, *Bureau de Monsieur le Maire* et poussa un soupir ;

lui qui avait faillit la faire enlever pour la faire remplacer par : *Bureau de Monsieur le Député-maire.*

– Ce que le peuple est ingrat, se dit-il.

Les dernières élections en avaient effectivement décidé autrement.

Il allait s'asseoir quand Emma, la secrétaire de mairie, l'appela de son bureau :

– Ferdinand ?

Il ne put retenir une grimace. Il avait horreur qu'elle l'appelât par son prénom. Il aurait tant aimé qu'elle lui serve du « Monsieur le Maire ». Mais allez donc le faire comprendre à une femme de trois ans votre aînée, fière de raconter à la moindre occasion qu'elle vous avait torché les fesses quand vous étiez à la maternelle !

– Ferdinand ?

Ferdinand fit la sourde oreille, mais le museau d'Emma ne tarda pas à passer par la porte entrouverte :

– Ferdinand ?

Le maire de Sainte-Rhéa-la-Blanche feignit, comme il le faisait souvent, d'être profondément absorbé dans un dossier. La tête dans ses deux mains, il pensait à Gladys. Elle l'avait abandonné, sans pitié, quand il avait perdu son siège de député, alors qu'il rêvait de l'installer comme secrétaire de mairie à la place de cette vieille chipie !

– Oui ? finit-il par dire à regret.

– Il faut absolument que tu appelles aujourd'hui le club Loisir et Santé. Il est intéressé par l'achat du château de Montpardy pour y implanter un hôtel de luxe et un golf. Ils ont déjà téléphoné trois fois.

– D'accord ! D'accord ! répondit le maire en essayant de se remémorer la voix suave de Gladys. Non, vraiment rien en Emma ne pouvait lui rappeler celle qui avait été un des avantages en nature de sa fonction de député.

Emma s'apprêtait à sortir quand elle se ravisa :

– Ah ! j'oubliais. Il y a aussi deux comités d'entreprises qui ont également téléphoné. Ils voudraient acheter les terrains de la C.O.D.I.S.R. pour y construire un camping pour leur personnel.

– Bien ! nous en parlerons à la prochaine réunion du conseil.

Emma ferma la porte sur elle et revint presque aussitôt. Elle posa sous le nez du maire une chemise sur laquelle était écrit *Courrier* :

– Ce sont les lettres de personnes qui demandent des renseignements après avoir lu et entendu les reportages. Ils voudraient venir en vacances cet été à Sainte-Rhéa.

Elle allait refermer la porte quand elle ajouta :

– On avait vraiment pas besoin de ce reportage à la télé ! L'article sur la mort du ministre suffisait amplement. Depuis, les gens n'arrêtent pas d'écrire. Ils veulent tous venir en vacances à Sainte-Rhéa ! Lis le courrier, tu verras !

Ferdinand Lecomte abandonna ses vieux fantasmes. Il posa son coude sur la pile de lettres et s'enfonça le doigt dans le nez à la recherche des projets qui se bousculaient dans sa tête.

Les premiers éléments avancés de la grande invasion toute proche étaient là, sous son coude, la grande invasion touristique, prête à déferler sur Sainte-Rhéa-la-Blanche.

Table des matières

Chez le même éditeur

Sagas familiales et destins singuliers sont au cœur des romans De Borée. Découvrez-les sans plus attendre.

ANGLADE Jean
Le Chien du Seigneur

AUCOUTURIER Alain
Aux innocents les mains pleines
La Mère-Nuit
Le Besacier
Le Bon Dieu dans les orties

AUDIDIER Robert
Les Sentiers de traverse
Le Voyage de Pierre Angibaud

AUDOUX Marguerite
Marie-Claire suivi de *L'Atelier de Marie-Claire*

AUJOULAT Noël
Le Village perdu

BARBET Jean-Louis
Le Chocolat des temps amers

BARDOT Thierry
Le Hameau des Tailles

BARTHOMEUF Georges,
ROUZAIRE Roger
Le Prix de la terre

BÉLARD Paul
Moissons d'enfance
La Ferme aux écrevisses

BÉNÉ Robert
La Belle Virginie
La Belle Marguerite
La Belle Mathilde
Le Trésor d'Alpaïde
La Belle du Saint-Laurent

BERTHÈS Colette
La Mémoire des chemins

BERTHOD Michel
Le Temps des hirondelles

BESSON PIERRE
Un pâtre du Cantal

BOBÈCHE Adrien
La Fille de la meunière
Les Confitures du haut de l'armoire
Au vent des brandes

BORMANN Christian
Les Coulées douces

BOSQUET Roland
Les Yeux de Chloé

BOUCHARDY Christian
Le Fugitif de la Saint-Jean

BOUCHET Maurice
La Pierre au mercier
Le Chêne foudroyé
La Fille du pertuis
Là où disparaît le torrent

BOUDOU Josette
Les Grillons du fournil
La Maison d'école
Marie, fille des montagnes
Les Chemins de toile
La Ronde des saisons

BRIAND Charles
Le Foulard de l'aviateur

BUICHE Jean-Pierre
Une petite âme

CALLEROT Geneviève
Treize grains de maïs

CAPPEAU Marie Nicole
La Mule blanche
Chantemerle
Désacœur

CASTELAIN Anne-Marie
Le Loup du marais
Les Amours de Louise
La Promesse
Le Passant de l'été

CHALAYER Maurice
Les Promesses du haut pays
La Paix des collines
Un buisson d'aubépine
Le Secret de Jean

CHATRY Colette
Les Rubans roses

COGNÉRAS François
La Mémoire engloutie

COLLIN Yvon
L'Écorce amère

COSEM Michel
Justine et les loups

COSMOS Jean
La Dictée

DEMURE Jean-Paul
Les Rosiers de la rue Vermenouze

DRAVAINE Claude
Le Grand Domaine

DUHAMEAU Jacques
Le Vent du Peyradoux

DUPUY Daniel
Fontcouverte
Les quatre jeudis

FABRE François, RICHARD Jean
La Bête du Gévaudan

FABRE Jean-Luc
Le Colporteur des âmes

FARINELLI Bernard
Terre-Dieu

FRONTENAC Yvette
Les Années châtaignes
La Soupe des autres
Les Années chantepleure
Éléonore

GALLOIS Christiane
La Clairière aux genêts
Nanou, les doigts pleins d'encre

GAMARRA Pierre
Le Maître d'école
Les Coqs de minuit suivi de *Rosalie Brousse*

GIMBERT Yveline
La Méprise
L'Ombre des chênes

GONZALÈS Daniel
La Demoiselle du port

JAILLER Isabelle
La Ferme des hautes terres

JUBIEN Aurélie
Un jour d'octobre

JUDENNE Roger
Drôle de moisson
Les Terres brunes
Les Bons Jours
Une vie de dimanche
Louison la douce

LABORIE Christian
L'Arbre à pain
L'Appel des drailles
Les Drailles oubliées
Le Secret des Terres Blanches
L'Arbre d'or
Le Saut-du-Loup

LACOMBE Michel
Les Brûlots de paille

LAVARENNE Michelle
La Belle Vie d'Anna

LAVISSE Suzanne
Le P'tit Louis de la loge

LEBERT Karine
Nina et ses sœurs

LEDOUX Ivan
La Guerre des marrons

LEMAIRE Philippe
Les Vendanges de Lison
Le Chemin de poussière
La Belle absente
La Soureillade
Compagnons de fortune

MALLOUET Jacques
Années vertes, années noires
Japperenard

MICHELIN Yves
L'Héritage trahi

MOSCA Lyliane
Les Gens de Laborde

NAVARRO Christine
Le Bonheur en été
L'Échappée belle

NEGRI (DE) Gérard
La Brûlure des pierres

PALET (DE) Marie
Les Terres bleues
La Demoiselle
Retour à la terre
Tistou
Mademoiselle Fine
Amandine
Céline, une vie toute simple

PECOU Raymond
Allée des Alyscamps

PERRÈVE Paul
La Pierre levée
La Burle

PERROT Philippe
Les Pommiers sauvages

PICCINO Sylviane
Les Sabots de peine

PINCE Jacques
Tustou et Marie
Les Premiers Sillons
Les Blouses grises
Le Goût du blé
La Vengeance de Bogis

PLAIT Annie
Les Longues Saisons

PONTY Monique
Un orage dans la tête

PUIJALON Bernadette
L'Œil du vivier
Un parfum de gentiane
L'Heure de l'alouette
Des monts de tempête

QUEREILLAHC Jean-Louis
Trois sillons de terre rouge

RIPERT Pierre
Le Temps d'un été

ROCHE Florence
Des monts de résistance
Les Hautes Terres

ROYER Roger
La Colombière
La Colline des Maures

SABOURIN Pierre
La Terre des coteaux
Le Boulanger de Saint-Laurent

SAND George
La Ville noire
Jean de la Roche
La Mare au Diable
Le Péché de monsieur Antoine (tomes I, II)
Le Marquis de Villemer
François le Champi
Le Compagnon du Tour de France *
Le Compagnon du Tour de France **
Contes d'une grand-mère *
Contes d'une grand-mère **

SOYEZ Jean-Marc
La Vigne à Saint-Romain
Le Bonheur selon Félisse
Les Galoches de Julia
La Ramandeuse
Julia

STEVENSON Robert Louis
Voyages avec un âne dans les Cévennes

TAMAIN Louis
L'Encre violette
Le Renard
Le Temps de l'école – L'Encre violette
Médecin de campagne – L'Encre violette
L'Énigme de Fontary

TESSIER Colette
Les Carnets noirs

THOULON-LANGUET Michèle
Le Tablier bleu
Maria du bout du monde

TOUATI Claude-Rose et Lucien-Guy
Une maison dans les herbes

VAISSIÈRE Marie-Louise
Marie, fille de cocagne

VALETTE Paule
Les Feuilles du pêcher

VÉDRINES Jean-Pierre
Un jour d'orage
Froides Vendanges
Marie des vignes
Soleil de femmes

VERDIER Henri
La Fille du bénitier

VERRIER Michel
La Ferme des Pitaval

VINCENT Claude
Les Roses de l'hiver
La Révolte du père

VITTÉ Louis-Olivier
La Vallée des illusions